스토리텔링, 그 매혹의 과학

이야기의 본질과 활용

스토리텔링, 그 매혹의 과학

이야기의 본질과 활용

| 최혜실 지음

한울
아카데미

차 례

프롤로그

이야기의 본질을 말하면서 당시 가장 뜨거운 화제였던 9·11 테러를 예로 들었을 때니까, 2001년 가을이었을 것이다. 그때 필자는 SK 아트센터 나비에서 디지털 스토리텔링을 소개하고 있었다. 프롭Vladimir Propp 과 그레마스Algirdas J. Gremas의 이론으로 게임이 서사敍事, narrative 구조로 되어 있다고 설명하자, 당시 각 분야의 전문가인 여러 참가자가 반론을 제기했다.

첫째, 산업공학과 전공자들은 유저인터페이스User Interface: UI가 어떻게 이야기가 될 수 있는지 의문을 제기했다. 그 의문은 인간과 컴퓨터의 인터페이스에서 어떻게 이야기가 생성되는가 하는 회의에서 출발하고 있었다. 게임은 마우스를 클릭하면서 컴퓨터 공간의 움직임을 진행해나간다. 이 과정이 문자를 수동적으로 읽어서, 또는 영상을 수동적으로 감상하여 책과 스크린 속의 이야기를 감지하는 서사와 어떻게 같을 수 있느냐며 항의했다.

둘째, 게임은 과정 추론적인 성격을 띠고 있다. 게이머는 주어진 상황에서 아이템을 모으고 전략을 짜서 임무를 수행한다. 이런 문제 해결 과정이 어떻게 이야기인가 하는 항의였다. 어떤 교육학자는 수학 문제 푸는 것이 소설 읽기와 같으냐고 반문했다.

셋째, 게임은 일종의 인간 경험 과정이다. 즉, 표출된 이야기가 아니라 개인이 알아서 진행하여 만들어가는 이야기이다. 게다가 우리는 살아가면서 온갖 경험을 하고 그것을 기억 속에 저장한다. 그렇다면 우리의 삶 자체가 이야기라는 말인데, 이야기의 범위가 너무 확장되는 것이 아니냐는 의문이었다.

넷째, 유사 공간 탐색이 어떻게 이야기이냐는 반론이 있었다. 게이머가 아바타를 조정해서 가상 공간을 돌아다니며 임무를 수행하는 과정이 소설과 어떻게 같을 수 있는가 하는 반론이었다. 사실 이 질문은 공간 탐색인 테마파크의 스토리텔링을 연구할 때도 봉착하게 된 어려움이었다.

이야기는 인류가 탄생하면서부터 존재해왔다. 그런데 왜 이 디지털 시대에 갑자기 이야기가 주목을 받게 된 것일까? 이런 의문은 2002년 역시 나비에서 '문화예술과 스토리텔링'이란 주제로 대중 강연을 기획했을 때 더 깊어졌다. 그때 디자인, 게임, 애니메이션, 영화, 패션 등 온갖 분야에서 '이야기'가 막 주목받기 시작하고 있었는데, 그 이유는 분명하지 않았다. 필자가 이야기에 대한 관심을 디지털 매체에서 공간과 드라마, 상품, 브랜드 가치 등으로 옮기면서도 그 이유를 구명할 수 없었다.

당시 필자가 겨우 찾아낸 이유는 디지털 시대 전자 공간의 영향으로 가상성과 놀이성이 강조되어 가상 세계의 놀이성을 현실 공간에도 적용하려는 욕구가 이야기의 유행을 낳았다는 것이다. 원래 놀이란 '내가 참여해 만드는 이야기'이기 때문이다. 물론 맞는 말이었다. 그러나 더 근본적인 원인이 존재할 것이라는 심증이 날로 깊어갔다.

그리고 이 의문은 인간의 마음 구조가 이야기 구조로 되어 있다는 사실을 발견하면서 풀리기 시작했다. 아주 오랜 옛날부터 인류는 생존을 위해 투쟁하면서 자신에게 유리한 방향으로 진화했고, 그 결과 중 하나가 정보 저장 장치를 이야기 구조로 변형하는 것이었다. 즉, 이야기는 인간이 진화적 적응을 갖추는 과정에서 부수적으로 발생하게 된 마음의 한 장치로 볼 수 있다.

정보처리장치가 이야기 구조로 되어 있으니 이야기 형식은 당연히 기억하기 좋은 구조를 지니게 된다. 우리는 어떤 사람의 이름, 지명 같은 고유명사를 직접 기억하기보다 당시 그와 관련해 우리가 경험했던 이야기를 나열하는 과정에서 인명이나 지명을 떠올리는 경우가 많다. 그 이유는 우리 마음 구조의 기억 저장소가 단어 중심으로 구성되어 있지 않고 대본, 즉 스크립트script 중심으로 구성되어 있기 때문이다.

우리는 자신과 다른 사람들이 겪은 수많은 경험으로 상황, 그리고 그 상황에 대한 대본을 기억 저장소에 질서정연하게 배열해둔다. 그리고 이것들을 응용하여 새로운 상황에 대처해나간다.

어린 시절부터 재미있게 듣고 읽었던 신화, 전설, 민담은 실은 당시 사람들이 살아가기 위해 적어둔 지침서, 전문지식이다. 기억하기 좋은 이야기 구조 속에 민족의 역사, 좋은 배우자를 만나는 법, 부모와 자식 사이의 관계에 대한 지침을 담아 잊어버리지 않게 한 것이다.

이야기는 내 마음의 구조와 같으니 익숙하다. 익숙하면서 기억하기 쉽다. 사람들이 이야기를 좋아하는 것은 당연한 일일 터이다. 그렇다면 왜 원시시대부터 존재했던 이야기가 요즘 와서 각광을 받고 있는 것일까?

정보 전달 도구가 인쇄 매체였고 정보의 양이 아직 충분하지 않았던 시절에는 아무리 불친절하게 구성된 정보라도 사람들에게는 더할 나위 없이 소중한 것이었다. 아무리 한자가 많아도, 서론·본론·결론 형식의 딱딱한 문장으로 되어 있더라도, 정보에 접근할 수만 있다면 고마운 일이었고 정보 접근권의 차이는 빈부의 차이, 권력의 차이로 이어졌다.

실제로 수기 문자 시절이었던 중세에 정보를 독점할 수 있었던 귀족과 성직자 계급은 막강한 권한을 행사했고, 암흑의 중세는 1,000년을 유지할 수 있었다. 서양의 종교개혁이 독일어로 번역되어 인쇄 매체로 보급된 성경과 함께 시작된 것은 이를 상징적으로 드러낸다. 이 같은 정보의 독식 현상은 인쇄 매체의 발달로 책이 값싸게 보급되면서 어느 정도 불식되기 시작했다. 많은 사람이 책을 통해 교육받고 지식을 획득할 수 있었으며, 이들이 시민계층을 형성하면서 민주주의 사회가 되었다.

그러나 책은 저렴하기는 하나 기본적으로 일정한 값을 지불해야 하는 정보였다. 실제로 필자가 초등학교에 다닐 때만 해도 가난해서 교과서나 자습서를 사지 못하는 학우들이 있을 정도였다. TV도 농촌에는 거의 보급되지 않았다. 이처럼 정보 접근권이 제한되었기 때문에 그것이 '정보'라는 사실만으로 귀하게 여겼던 시절이 있었다.

그러나 인터넷이 보급되고 영상물이 폭발적으로 늘어나면서 문제가 달라졌다. 정보 폭발이 나타난 것이다. 누구나 정보에 접근해 원하는 지식을 얻을 수 있게 되었다. 심지어 인터넷에 떠돌아다니는 온갖 쓰레기 같은 정보를 선별해야 하고, 교실이나 거리, 회사, 식당 같은 곳에서까지 영상의 폭격이 퍼붓는 상황에서 정보는 공해가 되기 시작했다. 이제 사람들은 자신에게 적합하다고 생각되거나 감동적으로 와 닿는 정보만을 선별적으로 취하게 되었다.

이야기 콘텐츠가 뜬 것은 바로 이 시점에서였다. 정보 폭발의 디지털 시대에 콘텐츠는 그 소통을 위해 사람들을 현혹할 형식을 필요로 하게 되었다. 콘텐츠는 저마다 이런 요소들로 무장하게 되었고, 그 핵심 기술로 스토리텔링 기법이 부상했다. 왜냐하면 우리 마음의 구조가 이야기 구조로 되어 있기 때문이다.

사람들은 자기에게 익숙한 것, 자기와 닮은 것을 좋아하기 마련이다. 컴퓨터가 명령어 체제로 되었을 때 많은 사람이 그 시스템에 적응하지 못하고 거부 반응을 일으킨 것은 그 소통 방식이 인간의 대화 방식과 너무나 달랐기 때문이다. 그나마 아이콘 형식을 사용하는 체제가 나오자 장년층이 컴퓨터에 정을 붙일 수 있었다. 예를 들면 파일을 버릴 때 휴지통 아이콘으로 파일을 끌어 넣는 방식 같은 것이다. 사람들은 자신의 정보처리 구조와 닮아 있는 이야기 형식의 정보에 편안함을 느끼게 되었다. 그리하여 스토리텔링은 모든 매체에 들어가 그 매체의 부가가치를 한 단계 업그레이드하는 21세기 문화 신소재로 부상했다.

이야기는 소설, 연극, 영화, 드라마, 게임 등 종래 이야기 장르뿐만 아니라 마케팅, 관광, 테마파크를 비롯한 생활공간, 사람들 사이의 소통, 광고, 홍보, 교육 등에까지 그 필요성이 인정되고 있다. 그러나 불행히도 이들 새로운 분야의 스토리텔링은 풍문만 요란할 뿐 어떤 효능도 입증되지 못한 형편이다.

특히 문화산업에는 엄청난 자본의 투자가 필요하므로 어느 정도 스토리텔링의 질을 보장받을 수 있는 장치가 필요하다. 작가의 직관이나 역량에 무조건 매달릴 수 없는 것이다. 이제 이야기의 질에 대한 계산학적 예측이 필요하다. 이야기가 마음의 틀이라는 것이 자명한 만큼 마음의 과학인 인지

과학cognitive science과의 결합을 통해 이야기 이론을 과학화할 필요가 있다. 여기에 매체에 따라 연동되는 이야기 장르의 특성상 21세기 대표 매체인 IT 와의 결합도 필수적이다. 또 이야기 장르별로 경영학, 관광학, 건축학, 공간학, 교육학, 의학 등의 결합도 중요하다.

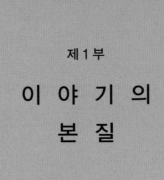

제1부

이 야 기 의
본 질

———

제1부

1장
이야기에 관한
진화심리학적 관점

1. 옛날옛날에

아주 오래된 나무나 바위에는 으레 거기에 얽힌 전설이 있다. 깜깜한 밤 하늘에서 빛나는 별은 사실 불규칙하게 흩어져 있으며 그 모습에 어떤 의미 도 없다. 그러나 별자리 이야기를 듣자마자 우리는 별의 무리를 일정한 형 태로 감지한다. 우리 민족의 건국 역사는 참으로 이상하게도 곰과 호랑이의 이야기로 되어 있다.

그것은 인간의 마음이, 우리 조상들이 식량을 채집하거나 수렵하는 과정 에서, 그리고 다른 사람을 이해하고 정복하는 과정에서 직면했던 문제들을 해결해주기 위해 설계된 기관들의 연산체계이기 때문이다. 이 정의는 다시 몇 가지 요소로 좀 더 상세하게 설명될 수 있다. 첫째, 마음은 뇌의 활동인 데, 더 엄밀하게 말하면 뇌는 정보를 처리하는 기관이며 사고는 일종의 연산이다. 둘째, 마음은 여러 개의 모듈module, 즉 마음의 기관들로 구성되어 있으며, 각 모듈은 이 세계와의 상호작용을 전담하기 편하게 진화해왔다. 모듈의 기본 논리는 유전자 프로그램에 의해 정해진다.

이런 모듈들의 작용은 인간의 진화사 대부분을 차지하는 수렵·채집 시기에 우리 조상들이 직면한 문제를 해결하기 위해 발전된 것이다. 그 원리는 다윈의 진화론이 발전시킨 인간 신체의 진화 원리와 동일하다. 인류가 직면했던 다양한 문제는 그들의 유전자가 자기의 수를 늘려 다음 세대에 남기는 문제와 상통하는 것이다.

복제자가 복제를 하는 동안 가끔 우연한 오류가 발생하는데, 그중 복제자의 생존율과 번식률을 높이는 오류들이 여러 세대를 거치면서 유전자에 축적된다. 우리 신체의 복잡한 장치는 인간이 생존하고 번식할 수 있도록 설계된 것이다. 마찬가지로 마음의 복잡한 모듈들도 이런 과정을 통해 진화한다. 마음은 자연선택이 설계한 적응체계인 것이다.[1] 이야기 역시 인간이 진화적 적응을 갖추는 과정에서 부수적으로 발생하게 된 마음의 한 장치로 볼 수 있다.

우리는 이른바 뒷담화(?)를 좋아한다. 최진실이 왜 우울증에 걸렸으며 이혼 후에 어떤 갈등을 겪었는지, 김혜수와 유해진이 사귄다는데 처음 만난 때가 언제이고 어느 쪽이 아깝다든지 하는 연예인 이야기부터 이웃집 부부 싸움, 윗집 남자의 패션 스타일 등 온갖 쓸데없는 이야기로 시간을 보낸다.

그 이유는 수렵 시대에서부터 찾아낼 수 있다. 우리의 마음이 진화한 그 시대의 소규모 집단에서는 누군가의 은밀한 사생활을 알아내는 일이 생존과 번식에 도움이 되었다. 마을의 최고 권력자가 과거에는 동족을 배반하고 적에게 비밀을 팔던 협잡꾼이었다든가, 여자 문제에 온갖 수단과 방법을 가리지 않고 비리를 행사해 상대방 남자를 좌절시켰다든가 하는 소문은 더 빨리, 더 많이 들을수록 진화적 성공에 도움이 되었다.

사람들은 중요한 인물의 사생활이나 비밀에 귀를 기울이게 되었고, 그런 소문을 주고받는 과정은 당연히 자신의 삶에 도움이 되는 좋은 시간으로 즐겁게 기억되었을 것이다. 그런데 먼 옛날의 그 버릇은 사실 매스미디어가 발달한 오늘날에는 그리 필요한 정보가 아니다. 신문이나 TV 뉴스가 정확한 정보를 실시간으로 알려주고 있는 마당에 은밀하게 돌아다니는 소문은 때로는 맞을 때도 있지만 대부분 신빙성 없고 불확실한 것이다. 게다가 수천만이 저마다 자신의 직업과 가족에 충실하며 살아가는 국가에서 자신과 관계없는 연예인이 결혼을 한들 사기를 친들, 뭐 그리 중요하겠는가?

그런데도 우리의 유전자는 오늘날까지도 이런 남의 뒷소문을 캐는 시간을 짜릿하고 즐겁게 느끼게 하고 있다. 사실 이 짜릿한 재미 때문에 최진실에 대한 많은 소문이 인터넷에 유포되었고, 그녀의 우울증은 무분별한 악성 댓글로 더욱 심해졌다. 그래서 최진실의 죽음이 인터넷상의 소문에 의한 것이라는 결론까지 났을 정도였다. 수렵 시대에는 개인의 생존에 필수적인 요소였던 뒷담화(?)가 디지털 시대에는 두 아이의 어머니이자 불행한 과거를 지닌 여인을 죽음으로까지 몰고 간 칼날이 된 셈이다.

아무튼 이런 뒷소문에 대한 우리의 선호는 더 나아가 현실과 관계없는 드라마나 소설의 주인공들이 펼치는 사랑과 배신, 은혜, 관계 등을 접하면서 즐거움을 느끼게 하고 있다.

2. 기억하기 좋은 구조

지난 2,000년 전에 단군왕검檀君王儉이 있었다. 옛날에 환인桓因의 서자 환웅桓雄이 자주 천하에 뜻을 두고 인간 세상을 다스리고자 했다. 그의 아버지는 아들의 뜻을 알고 삼위태백三危太伯을 내려다본즉 널리 인간을 이롭게 할 만했다. 이에 천부인天符印 세 개를 주어 여기를 다스리게 했다. 환웅은 3,000명의 무리를 거느리고 태백산太伯山 꼭대기에 있는 신단수神檀樹 아래로 내려오니 이곳을 신시神市라 했으며, 이분을 환웅천왕桓雄天王이라고 불렀다. 풍백風伯, 우사雨師, 운사雲師를 거느리고 곡물·생명·질병·형벌·선악을 주관한바, 무릇 인간의 360여 가지 일을 관장하여 세상을 다스리고 교화했다.

이때 곰 한 마리와 호랑이 한 마리가 같은 굴속에 살았는데, 항상 환웅에게 빌어 사람이 되기를 기원하였다. 그때 환웅이 신령스러운 쑥 한 다발과 마늘 스무 개를 주면서 "너희들이 이것을 먹고 100일 동안 햇빛을 보지 않으면 쉽사리 사람이 되리라" 하였다. 곰은 그것을 먹고 삼칠일[21일] 동안 참은 끝에 여자의 몸을 얻었으나, 호랑이는 참지 못해서 사람의 몸을 얻지 못했다. 웅녀는 혼인할 상대가 없으므로 매일 단수 밑에서 잉태하기를 빌었다. 환웅이 잠시 거짓으로 변하여 그녀와 혼인하고, 아들을 잉태하여 낳았으니 이름을 단군왕검이라 하였다.

『삼국유사』에 실린 이 이야기는 한국인이라면 누구나 알고 있는 건국 신화이다. 아무리 수천 년 전의 일이라고는 하지만 하늘에서 내려온 것은 무엇이며 곰의 자식이라니 있을 법한 일인가? 한 국가가 서는 현실적이고 중차대한 일에 대해 이런 허무맹랑한 내용으로 가득한 기록이 어떻게 수천 년 동안 전해져 내려오는 것일까?

연구자들은 이 신화를 현실적으로 분석한다. 비, 구름, 바람은 농경사회를 의미하는바, 당시 한국이 수렵사회에서 농경사회로 변모한 사실을 상징하는 것이다. 곰과 호랑이란 곰 토템 부족과 호랑이 토템 부족을 일컫는 것으로, 곰 토템 부족이 농경을 중심으로 한 외부 세력과 연합해 국가를 세웠다는 것이다. 사실이 그렇다면 그대로 그렇게 쓰면 되는 일이지 왜 이렇게 환상적인 이야기로 사람들을 현혹하는 것일까?

이는 개연성과 보편성을 담은 이야기가 기억하기에 좋기 때문이다. 고등학교 시절 화학 선생님께서 원소 주기율표를 다음과 같은 이야기로 외우게 하신 일이 있다.

경상도 출신인 어느 화학 선생님이, 철수라는 학생이 금속의 이온화 경향 순서를 너무 못 외우는 것을 보고는 화가 나서 이렇게 외치셨다.

"크카나 마 알아라 철수야 구수은 백금 이야기! [그카나 마, 알아라 철수야, 구수한 백금 이야기 좀 알아라!]"

칼륨K, 칼슘Ca, 나트륨Na, 마그네슘Mg, 알루미늄Al, 아연Zn, 철Fe, [니켈Ni, 주석Sn, 납Pb,] 수소H, 구리Cu, 수은Ag, 백금Pt이던가? 왜 이것을 외워야 했는지, 어디에 쓰는 것인지 이제 까맣게 잊어버린 30여 년 전의 금속의 이온화 경향 순서를 필자는 지금도 생생하게 외우고 있다.

의미 없이 나열된 개념이나 단어는 외우기 어렵다. 우리 마음 구조의 기억 저장소가 단어 중심이 아니라 대본 중심으로 구성되어 있기 때문이다. 우리는 자신과 다른 사람들의 수많은 경험을 중심으로 개별적인 상황에 대한 대본들을 기억 저장소에 구비해 갖고 있다. 이것들은 어떤 새로운 상황,

돌발적인 상황에서 어떻게 대처해야 할지를 우리에게 제시해준다. 그리고 이 대본들은 당연히 보편적이고 대체 가능한 것으로 이루어져 있다.

한마디로 있을 법한 일들이다. 젊은 남녀가 만나면 처음에는 싸우거나 대립하기도 하지만 결국은 사랑하게 되고, 그 사랑은 행복 또는 비극적인 결말로 끝난다. 이야기는 문제 해결을 위해 인류가 개발한 처방전이기 때문에 당연히 문제 해결 과정을 담는다. 대부분의 이야기에 고난 극복 과정이 담긴 것은 이 때문이다. 따라서 이야기는 외우기 쉽다. 마음의 구조가 그렇게 되어 있기 때문이기도 하고, 그렇기에 우리에게 보편적으로 느껴지는 것이기도 하다.

문자가 없었던 아득한 옛날, 이야기는 망각으로 도망치는 지식을 필사적으로 잡아놓기 위해 인류가 개발한 기억 저장 장치이다. 수천 년 전 한국인은 문자를 가지고 있지 못했다. 그러나 자신의 근본이 무엇이고 어떻게 국가가 형성되었는지를 전 민족에게 알리고 전승시킬 필요가 있었다. 그래서 역사는 이야기가 될 수밖에 없고, 신화는 이렇게 탄생한다.

고조선을 건국한 단군의 조상은 외부에서 유입된 농경 부족이고, 당시 호랑이 토템 부족과 곰 토템 부족으로 대립되던 만주 땅에는 곰 토템 부족과 외부 농경 부족의 연합으로 고조선이 세워진다. 이 딱딱한 역사는 곰과 호랑이의 갈등과 경쟁 구도, 곰의 고난 극복사와 사랑으로 윤색되어 당시 사람들의 기억 속에 각인된다. 오랜 세월이 흐른 뒤 구전되던 신화는 문자로 기록되었으니, 이것이 우리의 건국 신화가 곰과 호랑이의 이상한 이야기로 된 이유이다.

3. 정보 전달의 도구

많은 전설은 순수한 공간적 정보에 사회적 정보가 들어 있는 구조로 되어 있다. 앞에서 잠깐 언급한 별자리 이야기를 살펴보자. 흔히 별자리는 어떤 사물이나 사람의 형상을 하고 있으며, 그 별자리의 이야기는 사물이나 사람이 어떻게 해서 별자리에 오르게 되었는가 하는 사연, 즉 유래담으로 되어 있다. 사람들은 그 유래담을 듣고 불규칙하게 흩어져 있는 별자리를 하나의 형상으로 규칙화해 확실하게 판별할 수 있게 된다. 대표적인 예로 북두칠성 설화를 들 수 있다.

옛날 어느 마을에 홀어머니와 일곱 형제가 살고 있었다. 일곱 형제는 모두 우애가 깊고 어머니에게 효도하는 착한 사람들이어서 가난하지만 단란한 가족을 이룰 수 있었다. 그런데 어느 날부터 새벽마다 어머니가 잠꼬대로 "아이고 추워, 아이고 춥다" 하며 추위를 탔다. 아들들은 어머니를 위해 전보다 군불을 더 넣었다. 그런데도 어머니는 계속 춥다고 했다. 그러던 어느 날 밤중에 큰아들이 깨어보니 어머니가 보이지 않는 것이었다. 어머니는 밤마다 어디론가 사라졌다가 동틀 무렵에야 돌아왔다. 걱정이 된 큰아들은 몰래 어머니 뒤를 따라가 보았다. 바람이 불고 몹시 추운 밤, 어머니는 차가운 개울을 건너 혼자 사는 할아버지 집에 마실을 가는 것이었다. 밤새도록 할아버지와 도란도란 이야기를 나눈 어머니는 다시 개울을 건너 집에 돌아왔다.

일곱 형제는 그동안 어머니가 혼자 사는 할아버지를 만나러 다니는 것을 자식들에게 창피해 말하지 못한 것을 알고 할아버지를 만나러 가는 길에 놓인 개울을 건널 돌다리를 놓았다. 그날 밤 어머니는 일곱 형제가 어머니 몰래 놓은 일곱 개의 징검다리를 건너며 감사하는 마음으로 하느님께 기도했다. 이 다리를 놓은 사람이 죽어서 별이 되게 해달라고 말이다. 세월이 흘러 일곱 형제는 세상을 떠나 하늘의 별이 되었다. 이 별들이 바로 밤하늘에 징검다리처럼 반짝이는 북두칠성이다.

왜 별자리가 있으며 별자리의 유래담이 있는 것일까? 밤에 항해할 때나 여행할 때 레이더나 나침반이 없던 옛날, 사람들이 길잡이로 삼던 것은 하늘의 별이었다. 그러나 무수한 별 중에 특정한 별을 찾기란 몹시 어려웠다. 이런 이유로 사람들은 별에 특정한 형태를 부여하고 그 형태의 유래담을 덧씌우게 된 것이다.

일곱 개의 별이 국자 모양으로 늘어선 북두칠성은 모두 2등성 내외의 밝은 별이고 그 길이가 20도에 이르므로 찾기 쉬우며 북극성을 찾는 기준이 되는 점에서도 유용하다. 이 때문에 길잡이별로서 중요한 기능을 하게 되었고, 사람들은 이 북두칠성을 쉽게 식별하기 위해 그런 전설을 만들게 된 것이다.

별자리나 지형지물의 기원에 대한 전설은 이처럼 기억하기 어려운 공간적 정보에 기억하기 쉬운 사회적 정보를 덧씌워 그 지형지물의 특성이나 위치를 더 쉽게 전달하는 기능을 한다고 미셸 수기야마Michele Sugiyama와 로런스 수기야마Lawrence Sugiyama 부부가 제안했다. '3월경에는 정오에 남중하고 5~6월경에는 오후 8시쯤 남중하는 2등성 내외의 일곱 개 별'보다는 '국자 모양의 별자리'가 훨씬 찾기 쉽다.[2]

4. 세계적 보편성 또는 삶의 시뮬레이션

신화나 전설은 흔히 세계적 보편성을 가지고 있다. 어느 곳을 가나 비슷한 이야기가 전래되고 있는 것이다. 대표적인 예로 신데렐라 이야기를 들 수 있다. 이 이야기는 내용상 다소 편차를 지니면서 프랑스의 「상드리용 혹은 작은 유리구두」, 독일의 「재투성이 소녀」, 이탈리아의 「고양이 신데렐라」, 중국의 「섭한」, 베트남의 「카종과 할록」, 영국의 「이끼옷」, 아르메니아의 「신데렐라」, 이라크의 「가난한 소녀와 암소」, 러시아의 「부레누슈카」, 아일랜드의 「얼룩소」, 아메리카 인디언의 「칠면조 소녀」, 필리핀의 「마리아」, 아프리카 하우사 족의 「처녀와 개구리, 그리고 추장의 아들」 등으로 전 세계에 퍼져 있다.[3]

왜 이렇게 같은 이야기가 전 세계에 퍼져 있는 것일까? 그것은 이야기가 인간 삶의 모형을 반영하기 때문이다. 문자가 아직 없었던 원시·고대에 사람들은 많은 정보와 지식이 필요했고 전수할 매체도 필요했다. 이에 기억하기 쉬운 매뉴얼인 이야기를 통해 삶의 패턴이나 생존 방법을 전달했던 것이다. 그런데 이 삶의 방식이라는 것이 대개 비슷비슷했다. 누구나 태어나서 성장하고 남들과 경쟁하며 부와 이성을 획득하고 번식하여 종족을 보존하는 것이 다를 바가 없었다.

신데렐라 이야기도 가난한 여성의 혼사 장애담, 계모와 전실 자식 간의 갈등 등 가족 관계에 다름 아니다. 옛날에 한 여자아이가 있었는데 불행히도 어머니가 일찍 돌아가셔서 아버지가 새어머니를 들였다. 새어머니와 같이 들어온 언니들은 마음씨가 아주 고약해 어머니와 함께 소녀를 구박하고 괴롭혔다. 아이는 부엌데기가 되어 난로의 재 속에서 추위를 견디는 바람에

재투성이를 뜻하는 신데렐라라는 이름을 얻게 된다. 그리고 어느 날 무도회가 열리는데……. 우리가 너무 잘 아는 이야기이니 더는 거론하지 않겠다.

그런데 최근 여성주의 시각에서 이 신데렐라 이야기가 많은 비판과 공격을 받고 있다. 여성이 주체적으로 자립하지 않고 결혼을 통해 신분상승 하려는 도피적인 성향을 부추긴다는 것이다.

그러나 이런 비판은 상당히 신중하게 생각해야 할 부분이다. 왜냐하면 이야기들은 대부분 수렵 시대나 중세 등 오랜 옛날에 형성된 삶의 매뉴얼이기 때문이다. 그 시대에는 여성이 자기실현을 하는 방식이 결혼이라는 제도를 통해서였다. 따라서 십수 년 전까지의 신데렐라 이야기는 자기 시대에 맞는 여성의 주체성 확립의 방법론이 되는 것이다.

사실 현재 우리가 읽고 있는 신데렐라 이야기는 샤를 페로Charles Perrault가 민담을 채록한 후 자신의 스타일로 가필·수정한 것이다.[4] 실제로 그림 형제 Jacob Grimm & Wilhelm Grimm가 채록한 이야기는 전반적으로 잔인하고 무겁다. 새어머니는 신데렐라가 무도회에 가지 못하도록 재 속에 콩을 넣고 그것을 골라내는 일을 시킨다. 사랑하는 왕자가 그녀를 찾아왔을 때 신데렐라는 비둘기장에, 그리고 배나무에 숨는다. 그때마다 아버지가 도끼를 주어 새장과 나무를 찍게 하지만 왕자는 신데렐라를 찾지 못한다. 왕자가 신발을 가지고 신데렐라를 찾을 때 두 언니는 작은 신발에 발을 억지로 넣기 위해 자기 발뒤꿈치를 자른다. 마침내 신데렐라의 결혼식 날 언니는 새에게 눈을 쪼여 장님이 되는 끔찍한 형벌을 받는다.

어린이가 읽는 동화 치고는 너무 잔혹하다는 느낌이 있지만 신데렐라 설화의 원본은 대부분 이렇다. 필리핀 판본에서는 사악한 아낙네들의 사지가 야생마에 의해 찢기고, 일본판 신데렐라 이야기에서는 언니를 통에 집어넣어 절벽에서 떨어뜨린다. 베트남과 인도네시아 등 동남아시아 판본에서는 심지어 언니의 살을 발라서 젓갈을 담그기도 한다.

이렇게 내용이 잔인한 것은 해당 사회의 잔혹한 여건이 그대로 투영되었기 때문이다. 당시의 민담들에는 강간, 근친상간, 수간, 식인 등의 끔찍한 이야기가 자연스럽게 노출되어 있다. 그야말로 원시적이고 벌거벗은 야만성의 세계가 리얼하게 그려져 있는 것이다. 중세에 계모와 고아의 세계는 생존을 위한 처절한 몸부림의 세계였으며, 그 시절에는 대단히 사실적인 참상인 것이다.[5]

기아와 폭력, 강간 등에 노출된 아이들이 그 세계를 헤쳐나갈 방법은 무엇인가? 지금 동화로 윤색되어 있는 민담에 그 방법들이 소상하게 기록되어 있는 것이다. 이런 세계에서 힘없고 나약한 여성이 인간다운 삶을 획득하는 방법은 무엇일까? 당연히 왕자님을 만나는 일이다. 이 리얼한 세계에 여성의 주체적 삶을 주장하는 것은, 여성이 직업을 가지고 생계를 꾸려나가며 자아 성취를 할 수 있는, 현대 십수 년 정도에나 타당한 일일 뿐이다.

남성은 선천적인 번식 본능 때문에 좋은 자손을 낳아줄 여성을 구하려 한다. 반면 여성은 좋은 자손을 얻기 위해 살아남을 확률이 높은 용감하고 힘센 남성을 배우자로 선택하려고 한다. 이것은 수만 년을 걸쳐 내려온 인류의 생존 본능이다.

아니, 지금 이 시기에도 왕자님을 만나는 것은 매우 멋지고 효율적이며 손쉬운 방법론이다. TV에서 인기리에 방영되었던 〈섹스 앤드 더 시티 Sex and the City〉의 영화판(2008)에는 주인공 캐리가 샬럿의 어린 딸에게 신데렐라 이야기를 읽어주는 장면이 나온다. 상위 1% 안에 드는 뉴요커 여성에게도 좋은 남편감을 만나는 것은 지상 최대의 과제이다. 물론 영화 속의 남성들이 동화 속의 왕자와 같이 완벽한 대상은 아니며 현대 미국의 현실에 맞게 변형되었을지언정 괜찮은 남편감임은 틀림없다. 이처럼 신데렐라 이야기는 오랜 세월 동안 보편적 구조는 그대로 남긴 채 세부 내용이 변화해왔고 앞으로도 그럴 것이다. 많은 이야기가 예전 설화의 변형으로 이어져 내려오며 국가와 민족, 시대를 초월하여 보편성을 띠는 것은 그것이 우리에게 인생을 살아가는 방법론을 제공하기 때문이다.

허구의 테크놀로지인 시뮬레이터는 관객을 동굴, 소파, 극장, 좌석의 안락함으로 인도하는 삶의 시뮬레이션을 제공한다. 언어가 심상을 환기하면, 실제로 세계를 지각할 때 대상을 등록하는 뇌 부위들이 활성화된다. 또 다른 테크놀로지들은 실제 사건을 보고 듣는 경험이 부분적으로 복사된 착각을 만들어낸다. 의상, 무대장치, 음향효과, 촬영기술, 만화영화가 그런 것들이다.

이런 시뮬레이션 기능은 실제 효과까지 있어서 사람들은 현실 공간에 있는 듯한 착각을 느끼면서 현실의 기술을 배우기도 한다. 예를 들면 자동차 운전 시뮬레이터는 운전 연습 보완용으로 훌륭하게 기능을 발휘한다.

이야기가 우리에게 주는 재미와 교훈(또는 교육)이라는 두 기능은 이야기 자체만으로 독립되어 발전한 문학 장르에도 마찬가지로 적용된다. 컴퓨터 과학자 제리 홉스Jerry R. Hobbs는 「로봇에게도 문학이 있을까? Will Robots Ever Have Literature?」(1993)라는 논문에서 허구 이야기를 설명하고 있다. 여기서 그는 소설이 실험과 같다고 말한다. 작가는 가상의 인물을 실제 세계의 상황과 똑같이 설정된 시간적·공간적 배경에 놓고 독자에게 결과를 탐구하게 한다.[6]

일단 허구의 세계가 성립하면 주인공은 목표를 부여받고, 독자는 주인공이 목표를 달성하기 위해 장애물을 극복하는 과정을 지켜본다. 우리는 여기서 줄거리(대본)에 대한 정의가 지능의 정의와 똑같다는 사실에 주목해야 한다. 허구 세계의 인물들은 실제 세계에서 지능이 우리에게 행동하도록 하는 방식과 똑같이 행동한다. 우리는 그들에게 무슨 일이 일어나는지를 지켜보면서 주인공들이 목표를 달성하기 위해 사용하는 전략과 전술을 마음속에 새겨 넣는다. 이는 마치 체스 선수가 게임에서 승리하기 위해 훌륭한 사례들을 마음속으로 정리하는 것과 같다.[7]

그런데 소설에 설정된 목표는 주로 무엇일까? 진화론자들은 유기체의 궁극적인 목표는 생존과 번식이라고 말한다. 소설 속의 인간 유기체들이 갈등하고 행동하며 투쟁하는 목표도 이 생존과 번식이다. 우리가 접하는 많은 소설은 주인공의 사랑과 결혼, 가족의 안전과 위협에 대한 저항과 극복을 주제로 하고 있다. 성인 소설의 주된 주제는 섹스와 폭력이다. 생존과 번식을 위해서는 당연히 남녀가 사랑해 자식을 낳아야 하는데, 그것을 방해하는 인자인 온갖 종류의 폭력이 인생행로에 잠복해 있어 번식 개체들을 위협한다.

허구의 이야기는 우리에게 언젠가 직면할 수 있는 운명의 수수께끼와 그 속에서 전개할 수 있는 전략의 결과를 요목별로 정리해준다. 셰익스피어의 『햄릿』은 만일 삼촌이 나의 아버지를 죽이고 내 어머니와 결혼했다는 의심이 든다면 내가 취할 수 있는 '선택 사항'은 무엇인가를 항목별로 정리해준다. 톨스토이의 『안나 카레니나』는 현숙한 귀족의 아내가 미남 청년과 열정적인 사랑을 꽃피운다면 어떤 파국을 맞게 될지 적나라하게 가르쳐준다. 염상섭의 『삼대』는 대가족 제도 아래에서 할아버지가 임종을 맞게 되면 가족들은 저마다의 지분을 차지하기 위해 어떠한 대립각을 세울지 아버지, 어머니, 아들, 서모 등 대상별로 경우의 수를 들어가며 보여준다.

사람들은 소설을 읽고 재미를 느끼며 감동한다. 그러나 소설의 효용은 거기서 그치는 것이 아니다. 감동이 가슴속에 자리 잡는 순간 삶의 값진 정보도 우리의 마음속에 입력된다. 이렇게 입력된 정보가 많은 사람은 빼어난 배우자와 값진 재물을 얻어 종족 보존에 성공한다.

우리는 세상을 살아가면서 수많은 난관에 부딪히고 항상 그 문제를 해결해야 앞날을 보장받을 수 있다. 따라서 소설과 같은 허구의 시뮬레이터를 통해 유용한 정보를 얻고 전략과 전술을 익혀 수정하는 것은 참으로 효율적인 유기체들의 개체 보존 방법일 것이다.

5. 문제 해결의 매뉴얼

디지털 스토리텔링 이론을 처음 정립할 때 난관에 부딪힌 적이 있었다. 당시 교육학자들이 게임은 과정 추론적이며 일종의 어려운 과업을 풀어가는 문제 해결 방식이므로 서사와 관계가 없다고 주장했기 때문이다. 그러나 앞의 여러 예에서 볼 수 있듯이 서사는 문제 해결 과정과 유사하다. 이야기는 세상을 이해하고 나름의 의미를 형성해가는 기본 도식 중 하나로, 대상의 의미를 창출하는 핵심 방법이다.

앞에서 살펴보았듯이 이야기는 기본 골격은 그대로 둔 채 세부 내용은 사회적·역사적 맥락에 따라 얼마든지 대체·보완될 수 있으며 변형이 쉽기 때문에 독자는 일상적 서사 체험을 바탕으로 손쉽게 새로운 서사 지식을 생성할 수 있다.[8]

교육과 이야기의 긴밀한 관계를 좀 더 구체적으로 살펴보기 위해 문제 해결 교육론을 요약해보기로 한다. 교육학에서 문제 해결은 문제의 최초 상태에서 최종 상태로 가는 길을 찾는 과정이다. 더 상세하게 정의한다면, 구조적으로 불안전한 문제 상황에서 갈등이 야기되어 평형화를 추구하는 심리적 역학이 작동하면서, 부분과 전체의 구조적 관련성이 파악되고 부분의 재조직화로 구조의 개선적인 변화가 일어나 구조적 혼란이 해소되고 간격이 메워짐으로써 의미 있는 우아한 형태로 바뀌는 순간에 일어나는 통찰의 과정이다.[9]

이 문제 해결에는 세 가지 특성이 있다. 첫째, 개인적인 이유로 문제를 수용한다. 둘째, 처음 해결을 시도했을 때는 실패하기 마련이며, 문제 해결에 습관적인 반응과 패턴은 도움이 되지 않는다. 셋째, 해결을 위해 새로운 방법론이 필요하다.

그런데 문제 해결 교육론은 문학 이론가들의 소설 이론과 놀라울 정도로 흡사하다. 예를 들어 츠베탕 토도로프Tzvetan Todorov는 서사란 최초의 균형을 유지하는 진술이 사건을 매개로 불균형한 상태가 되었다가 다시 균형점으로 돌아오는 원형적인 궤도를 말한다고 주장한다. 물론 도중에 방향을 잃은 듯 보일지 모르나 그것은 이야기가 갈등 또는 우연한 사건으로 인한 등장인물의 목적 달성 방해 등과 관련된 것이다.[10]

루카치György Lukács의 『소설의 이론Die Theorie des Romans』 첫 부분을 살펴보기로 하자.

> 별이 빛나는 창공을 보고 갈 수가 있고 또 가야만 하는 길의 지도를 읽을 수 있는 시대는 얼마나 행복했던가? 그리고 별빛이 그 길을 훤히 밝혀주던 시대는 얼마나 행복했던가? …… 세계와 자아, 천공의 불빛과 내면의 불꽃은 서로 뚜렷이 구분되

지만 서로에 대해 결코 낯설어지는 법이 없다.[11]

　그러나 이런 원환적圓環的인 완결성을 지닌 세계가 사라지고 난 후 인간은 세계와의 괴리를 느끼게 된다. 근대의 개인은 자신을 둘러싼 세계가 완결된 행복한 곳이 아니므로 모순을 느끼고 갈등을 겪는 것이다. 근대적 주인공은 자아와 불일치하는 세계의 모순에 맞서고 반항하면서 이질적이고 소외된 인물로 형상화된다. 소설은 문제적 개인이 본래의 정신적 고향과 삶의 의미를 찾아 나서는, 동경과 모험에 찬 자기 인식으로의 여정을 형상화하는 형식이다. 즉, 소설은 현실 세계의 모순을 깨달은, 문제의식을 지닌 문제적 개인이 자신을 찾아가는 여행인 것이다.

　이는 교육학에서 말하는 문제에 대한 정의와 같다. 문제는 일반적으로 목표를 성취해야 하나 목표를 향한 직접적인 통로가 막힌 상황, 즉 목표는 분명하지만 그 목표에 이르는 길이 즉각적으로 주어지지 않는 것이라 정의된다. 이런 상황은 그 문제를 갖고 있는 사람이 존재해야 성립하며, 따라서 문제는 동기화된 주체의 활동이다. 이 동기화된 주체의 활동이 문제적 개인의 길 찾기이다. 또 뤼시앵 골드망Lucien Goldmann 식으로 말하면 소설이란 문제적 개인이 타락한 사회에서 타락한 방식으로 진정한 가치를 추구하는 서사 양식이라 할 수 있다.

　예를 들어 이기영의 「서화鼠火」는 현실의 문제점을 발견하고 그 해결을 모색하는 과정을 그린 것이라 할 수 있다. 작품의 주인공 돌쇠는 이마에 흉터가 있으나 열기와 기품이 있는 인물이다. 그런데 돌쇠가 투전, 화투, 골패에 빠진 것은 무슨 연유일까? 사실 예전의 그는 정월 대보름에 줄다리기, 널뛰기, 윷놀이 등의 민속놀이를 즐겼으며, 야성적인 쥐불놀이에 심취했다.

그러나 일제강점기의 현실에서 민속적인 것은 억압되고 훼손된다. 이제 놀이가 남아 있지 않은 공간에서 돌쇠는 노름에 빠질 수밖에 없는 것이다.

그러던 어느 날 돌쇠는 여자 문제, 노름 문제 때문에 면서기 원준의 모함을 받지만 일본 유학생으로 고향에 와 있던 사회주의자 정광조의 논리적인 변호로 위기에서 벗어날 수 있었다. 그리하여 돌쇠는 자신이 노름에 빠진 상황의 문제점을 깨닫고 현실의 모순을 자각한 농민으로 거듭날 수 있었다.

이처럼 세계와 자신을 배우는 서사 구조는 게임에서 주어진 과업을 수행하는 과정에서 문제를 해결하는 방식과 다를 바가 없다. 소설 속의 주인공은 어려운 상황에서 무수한 선택을 해야 하지만 그 선택 과정에서 자신이 처한 위기와 슬픔을 극복해간다. 그런데 일방향적인 문학작품에서는 독자가 그 과정을 간접적으로 경험하지만, 게임에서는 아바타를 통해 거의 직접적으로 난관을 헤쳐가면서 문제를 해결한다.[12]

이때 게이머의 행위는 중요하며 스토리텔링의 핵심이 된다. 왜냐하면 행위란 이미 존재하는 사태나 사건을 다르게 만드는 개인의 능력에 대한 의존이며, 하나의 사건을 생성하기 때문이다. 경험 이전의 인간과 이후의 인간은 다르며, 그 차이는 개인을 성장시킨다. 이런 의미에서 게임은 문제 해결 과정과 일치하며 동시에 서사구조인 것이다.◆

◆ 물론 게임의 유해성은 여기에서 비롯된다. 과업을 완수하는 과정에 변조나 구체성보다 반복에 의존함으로써 성찰 과정이 결여되기 때문이다.

제1부

2장
이야기에는 특별한 것이 있다

1. 이야기에 대한 혼란스러운 정의들

이야기란 무엇인가? 특히, 이야기가 다른 서술과 다른 점은 무엇인가? 이에 대해 문학 분야에서 '서사'란 이름으로 다양하게 논의되고 있다. 서사에 대한 초기의 대표적인 견해는 포스터Edward M. Forster의 것이다. "왕이 죽었다, 그리고 왕비가 죽었다." 서사에 대한 이 유명한 정의에 주네트Gérard Genette는 "왕이 죽었다"로도 충분히 서사가 성립한다고 반박한다. "소년이 돌아왔다" 또는 "소녀가 떠났다"도 서사로 성립한다면서 재미있거나 흥미롭지 않아도 서사임을 강조한다.

그러나 "메리가 사과 주스를 한 잔 마시고 맥주를 한 잔 마셨다" 정도의 구체성을 지니거나 "왕 또는 대통령이 죽었다" 정도의 뉴스 가치가 있어야 서사가 성립되는 것이 아닐까? 예를 들어 삼단논법은 서사적으로 만족할 만한 구체성이 없다.

모든 사람은 죽는다.
소크라테스는 사람이다.
고로 소크라테스는 죽는다.

이것을 과연 서사라고 할 수 있을까? 이 때문에 디디에 코스터Didier Coster
는 서사성에 영향을 미칠 수 있는 몇 가지 요소를 설명하고 있다. 첫째, 변화
하는 것보다는 변화하지 않는 것(단순한 해프닝과 대립적인 것), 둘째, 자동적
인 것보다는 변화하는 것(행위자와 수동자를 포함하는 사건), 셋째, 그것의 결
핍과 반대되는 인과율(연대기적으로 첫 번째 사건이 마지막까지 함축적인 방식으
로 연결되도록 하는), 넷째, 보편성보다는 특수성, 다섯째, 진부함보다는 특이
함(반복성의 기피와 다양성의 추구), 여섯째, 서사 참여자를 위한 양자택일적
과정의 부재와 대척적인 존재로 설명하고 있다.

한편, 마리-로르 라이언Marie-Laure Ryan은 한 존재를 묘사한 세계와 사건,
그리고 그들이 만든 관계의 네트워크가 일깨우는 조리 있고 명료한 세계에
의해 서사적 텍스트가 창조된다고 주장한다.[1] 그런가 하면 윌리엄 라보브
William Labov는 무의미한 이야기가 간접적인 답변을 만나서 훌륭한 서사가 이
루어진다고 주장한다. 어머니가 딸에게 옛날이야기를 들려준다. "옛날옛날
에 왕과 왕비가 살았단다." 딸은 질문한다. "그래서?" "둘은 서로 사랑했단
다." "그래서?" 유능한 스토리텔러는 이 끊임없는 질문을 훌륭하게 넘기면
서 다음 사건을 진행한다.

이야기에 대해 너무나 많은 사람이 정의를 내리고 있다. 화이트Hyden White

는 서사를 서술하기(연대기적 순서로 사건을 보고하는 것)와 서사화하기(사건을 이야기 형식으로 꾸미거나 세상으로 하여금 이야기로 말하게 하기)로 구분해 설명하고 있다. 폴 리쾨르Paul Ricoeur 는 시간 분석과 역사에 관한 지식을 서사 구조 설명에 활용한다. 그가 역사물의 유사 플롯과 서사물의 플롯을 구별하여 유사 캐릭터와 캐릭터를 구분한 것은 유명하다.◆2 조너선 컬러Jonathan Culler 는 세상에서의 인간 프로젝트의 전달 또는 세상에서의 인간의 약속이라고 서사의 범위를 확장하고 있다. 심지어 모니카 플러더닉Monika Fludenick 은 '의인화된 경험성experientiality', 예샤야후 셴Yeshayahu Shen 은 '사건과의 관계의 일종'이라고까지 이야기의 범위를 확장하는데, 이쯤 되면 서사와 다른 진술 방식들은 제대로 구분이 되지 않는다.

마지막으로 채트먼Seymour Chatman과 주네트 등은 서사를 개념 작용이 연속적으로 결합하는 사건의 연쇄라고 정의한다. 여기서 사건은 원인문장(전쟁이 임박했다)과 표적문장(전쟁은 끝났다) 사이의 시간과 공간의 변이이다.

① 전쟁은 끝났다. 전쟁이 임박했다. 전투가 벌어졌다.
② 전쟁이 임박했다. 그리고 전투가 벌어졌다. 그 후 전쟁은 끝났다.

◆ 리쾨르는 유사자(l'analogue)라는 개념으로 역사와 허구의 차이를 구분한다. 역사는 실제로 일어난 일에 기초를 두고 있지만, 역사를 서술하는 과정에서 역사가 자신의 역사적 인식이나 가치관에 따라 이야기를 재구성하게 된다. 예를 들어 김해왕릉에서 대퇴부 부위가 발달해 여성의 것으로 추정되는 무사의 유골이 발굴되었다면, 역사학자들은 과거의 역사 자료들과 유전자 감식 같은 현대 과학기술의 도움을 받아 근거 있는 추론을 하게 될 것이다. 이를테면 당시에는 여성 호위무사가 있었고, 순장제도에 따라 왕릉에 순장되었을 것이라 추론할 수 있다. 그러나 그것이 사실인지는 아무도 증명할 길이 없다. 단지 역사가가 상상력과 논리력으로 개연성 있는 추론을 한 것일 뿐이다. 사실에 입각한 것이되 사실이 아니며 역사가의 추론과 상상력에서 나온 이야기라는 점에서 이는 허구를 쓰는 작가들이 작품을 생산해내는 방식과 유사하다고 할 수 있다.

①에서는 원인문장과 표적문장이 단순히 이어 붙여질 뿐이지만, ②에서 표적문장은 원인문장과 전도를 이루고 있다. 질문의 뒤바꿈이 둘 사이에 사건을 일으키는 것이다. 인간의 서사 능력은 고차원적인 문장 구조를 포함한 사건의 서열을 창작하고 개념화하는 데서 발생한다. 그리고 서사에는 시간부사와 인과관계 등의 언어학적 방법이 동원된다.[3]

2. 이야기의 서술적 특별함

이야기를 규정할 때 그 특수함을 다른 진술 방식과 구분 지어 설명하는 방식은 문학작품의 서사 구조 분석에서 주로 사용되어왔다. 서사에 대한 이런 태도는 아리스토텔레스의 『시학』으로까지 거슬러 올라갈 수 있다. 그의 유명한 "비극은 완결되고 일정한 크기를 지닌 전체적인 행동의 모방"이라는 정의는 서사라는 장르를 현실의 담화와 분리하는 데 중요한 이론적 기초를 마련한다.[4]

그에 따르면 비극은 쾌적한 장식을 가진 언어이다. 비극은 진지하고 크기가 일정한 완결된 행동을 모방하며 쾌적한 장식을 가진 언어를 사용하되, 각종 장식은 작품의 상이한 부분에 따로 삽입된다는 것이다. 여기서 '쾌적한 장식'은 언어 자체의 미적 형태를 말한다. 그리고 전체적인 이야기의 흐름은 '완결되고 크기가 일정한' 표현으로 모방된다. 이는 현실의 지루하거나 산발적이며 개연성 없는 사건들과 달리 잘 계획되고 짜여야 한다. 그리고 이렇게 짜인 모방은 독자에게 연민과 공포를 환기시키는 사건에 의해 감정의 카타르시스를 일으킨다. 즉, 행동의 모방이되 이 모방은 아무 행동이나 하는 것이 아니다.

아리스토텔레스가 가장 경멸했던 플롯 또는 행동은 삽화적인 것이다. 상호 간에 개연성이나 필연적 인과관계가 없는 삽화들의 모임은 최악의 플롯이다. 설사 급전急轉이 일어날지라도 이렇게 사태가 반대 방향으로 흘러가는 것은 필연적 인과관계가 있을 때 의미를 지닌다.

20세기 초 러시아 형식주의자들은 문학을 '낯설게 하기'라고 규정하여 현실 세계에서의 평범한 서술 구조와 확연히 구분함으로써 이야기의 특별함을 강조한다. 그들에게 문학은 너무나 익숙해 경험하지 못하고 지나가는 일상의 시간을 흩어놓아 다시 경험하는 형식form이다. 아리스토텔레스가 말한 갈등의 고조, 절정, 반전과 발견, 카타르시스를 '사건의 순서 흩어놓기'라는 말로 바꾼 셈이다. 이것은 20세기 초 모더니즘의 파편화된 예술 형식과 기법의 실험 등과 밀접한 관련을 지니는 방법론으로 볼 수 있다.[5] 이때 러시아 형식주의자들이 말했던 구분은 파불라fabula(일련의 사건으로서의 이야기)와 수제sujet(내러티브 속에서 진술되는 것으로서의 이야기)였다.[◆6]

서사학자들에게 내러티브는 단순히 기정사실이 아니라 추론적인 힘 또는 요구의 산물로서 사건을 드러낼 때 그 가치를 지닌다. 예를 들어 '오이디푸스'는 단순한 사건이 아니다. 교묘한 지연과 가중되는 흥미가 섞인 폭로 과정이다. 줄거리는 충격적이기는 하나 간단하다. 오이디푸스는 라이오스 왕을 살해한 살인자일 뿐만 아니라 살해된 남자와 그의 아내이자 왕비인 이오카스테의 아들이다. 의도하지 않은 부친 살해와 근친상간 때문에 그는 스스

◆ 물론 종종 혼동되어서, 레시(récit)를 브레몽드(Claude Bremond)는 파불라로, 바르트(Roland Barthes)는 수제로 사용하기도 한다. 주네트는 사건의 시퀀스를 이스타르(histoire)로, 담론에서의 사건의 표시를 레시로, 내러티브의 명확한 진술을 나라숑(narration)으로 구분하고 있다.

로에 대한 혐오감으로 눈을 찔러 장님이 된다.

그러나 이 서사 구조는 간단하지 않다. 오이디푸스가 태어났을 때 아폴로 신전에서 받은 신탁 때문에 그는 산중에 버려진다. 그러나 이웃 마을의 목동에게 발견되어 왕자로 자라게 된다. 우연히 자신의 운명을 알게 된 오이디푸스는 아버지를 살해하고 어머니를 범한다는 신탁에 조국을 떠나기로 하고 이웃 나라(자신이 태어난 나라)로 향한다. 가는 길에 우연히 만난 귀족을 아버지인 줄 모르고 살해한 그는 스핑크스의 수수께끼를 풀고, 과부가 된 자신의 어머니와 결혼한다. 오랜 세월이 흐른 뒤에 그 사실을 알게 된 오이디푸스는 부모를 몰라본 자신의 눈을 뽑고 장님이 되어 세상을 방황한다.

이 비극적인 운명은 교묘한 우연들의 연속 때문에 오이디푸스에게 쉽게 알려지지 않는다. 관객은 이 지연 과정에서 언제 출생의 비밀이 폭로되는지 마음을 졸이며 기다리다 마침내 대단원에서 그 사실이 알려질 때 카타르시스를 느끼게 된다.

즉, "왕이 죽었다, 그리고 왕비가 죽었다"는 내러티브가 아니다. "왕이 죽었다, 그 후에 시름에 잠겨서 왕비가 죽었다"가 인과적 내러티브의 파불라인 것이다. 원인이 있고 다음에 결과가 있다. 예를 들어 모기가 어떤 사람을 물고, 그런 다음 그 사람은 고통을 느낀다. 그러나 이런 시퀀스는 주어지는 것이 아니라 수사학적인 조작에 의해 구성되는 것이다. 예를 들어 우리는 고통을 느끼고서 그 원인에 대해 찾아보고 그것을 규정한다. 즉, 먼저 아프고 그다음에 모기가 오는 것이다. 이런 시퀀스는 담론적인 힘의 산물이다.

이야기의 전문적이고 특수한 형태인 소설에서 서사 분석이 주로 이루어지면서 서사는 현실의 여러 서술 구조와 다른 무엇으로 규정되었다. 자연히 서사 기법 쪽에 초점이 가게 되었다.

시점, 인물 등에 대해 다양한 분석이 이루어지는 것은 당연한 결과일 것이다. 영미 신비평New Criticism 이론이 대표적인데, 예를 들어 퍼시 러벅Percy Lubbock은 서술 시점에 초점을 맞추었다. 카메라가 화면 전체를 비추는 롱테이크보다 특정한 인물의 시점 안으로 들어가 그가 응시하는 사건을 보여주는 것이 더 입체적이라는 점에서 그는 1인칭 제한 시점과 3인칭 제한 시점을 중시한다.

1인칭 제한 시점에서는 서술자가 인물이 보는 것만 따라가기 때문에 독자가 인물과 일체감을 느끼게 된다. 3인칭 제한 시점은 3인칭 인물이 주인공이지만 전지적 시점과 달리 서술자는 쓰는 권리를, 시점자는 보는 권리를 갖는 서사 방식이다.

한편 포스터는 평면적 인물flat character과 입체적 인물round character이라는 범주를 통해 인물 분석의 지평을 열었다. 신비평 시대에 브룩스Peter Brooks와 워렌Austin Warren은 인물, 플롯, 주제라는 서사의 세 가지 요소를 확정하기도 했다.[7]

인물 유형에 대한 분석의 경우 웨인 부스Wayne C. Booth의 분석이 널리 읽히고 있다. 그는 1인칭과 3인칭의 구분을 비판한다. 그런 분류는 특정한 서술자의 특색이 구체적인 효과와 어떻게 관련되는지 설명하지 않는다면 별로 중요한 구분이 아니라는 것이다. 많은 소설이 단 두 종류의 인칭으로 나뉜다면 별로 유용한 조건이 되지 못한다. 이에 따라 작가와 서술자, 등장인물 사이의 거리와 관계에 따라 유형을 나누는 방식이 소개되기 시작한다.

예를 들어 부스의 극화된 서술자dramatized narrators와 극화되지 않은 서술자undramatized narrators,[8] 신빙성 없는 화자 등의 개념이 그것이다. 이런 논의들을 종합한 견해가 다음과 같이 채트먼의 도식에 잘 형상화되어 있다.[9]

시점 이론은 영화로까지 확산되면서 더욱 다채로운 견해의 차이를 드러내고 있다. 원래 시점은 미술에서 발견되었던 것이지만 소설에서 그 매체적인 특성에 적합한 방식으로 발달했고, 영화에서는 영상(공간성)과 서사(시간성)의 특성이 혼용되어 새로운 양상을 드러내고 있다.

영화의 시점을 '누가 말하는가'와 '누가 보는가'로 보는 견해는 흥미롭다. 전자의 경우에는 서술하는 자와 이야기 속에서 말하는 자의 차이를 생각해야 한다. 소설에서는 인물 속의 한 명을 '나'로 했을 때, 그것을 서술하는 '그'가 필요하다. 반면 영화에서는 '배우-인물voice-in'의 목소리와 '배우-서술자voice-over'의 음색을 구별한다.

후자의 경우는 누가 보는가, 즉 서술의 관점을 인도하는 초점이 무엇인가를 파악하는 것이다. 영화에서는 카메라가 보여주는 것과 영화 속 인물이 본다고 간주되는 것 사이의 관계가 정립되어야 한다. 시각화에는 첫째, 1차 내적 시각화, 둘째, 2차 내적 시각화, 셋째, 무시각화가 있다.◆[10]

한편 영화의 시점은 시각화와 초점화로 다시 구분된다. 영화에는 미장센된 행위와 배경에 따라 시각화의 인지적 가치가 나타난다. 예를 들어 〈시민

◆ 1차 내적 시각화는 한 인물의 시점에서 카메라의 앵글을 잡는 방법이다. 예를 들어 인물이 술에 취한 경우 화면 전체를 뿌옇게 해서 그 인물의 몽롱한 의식을 표현한다. 2차 내적 시각화는 대부분의 영화에서 사용하는 방법으로, 인물이 보는 방향에 따라 카메라의 시선을 계속 옮기는 것이다. 무시각화는 비디오 촬영 때처럼 카메라를 한 방향으로 고정해 촬영하는 것을 말한다.

케인(Citizen Kane)(1941)에서는 천진난만하게 노는 케인의 어린 모습과 그를 버리는 부모의 모습이 같은 쇼트 안에 나타난다.

내적 초점화는 서술이 인물이 알 수 있는 것만으로 한정될 때 해당된다. 외적 초점화는 히치콕Alfred Hitchcock의 〈사이코Psycho〉(1960)에서 베이츠가 어머니를 지하실로 데리고 가는 장면을 외적으로만 보여줌으로써 관객으로 하여금 어머니가 살아 있다고 잘못 알게 만드는 경우에 나타난다. 그리고 관객의 초점화는 서스펜스물에 많이 보인다.[11]

3장
이야기의 서술적 보편성

1. 구조주의적 관점

그러나 현대 서사학자들은 서사에 대한 논의를 시작한 지 얼마 지나지 않아, 이야기가 단지 소설 같은 특수한 매체에서 작동하는 독특한 미학이라는 생각을 버리게 된다. 롤랑 바르트Roland Barthes는 이야기가 "무수한 형식을 통해서 시대, 장소, 사회를 초월하여 존재한다"고 말한다.

이야기들은 우리를 둘러싸고 있다. 어렸을 때 우리는 할머니에게서 옛날이야기를 듣고 울음을 그치며 차츰 자라면서 동화책, 소설, 전기를 읽는다. 위인들의 일화에서 자신의 나아갈 지표를 세우고, 당시의 역사를 익힌다. 성경이나 불경에 나오는 이야기들을 통하여 도덕을 배우고 종교적 신념을 얻는다. 심지어 과학적 지식도 과학자들이 어떤 발견을 하게 되는 과정을 통하여 습득한다. TV의 드라마, 쇼를 통해 우리 시대의 문화를 익히고 뉴스에서 아나운서의 이야기를 통해 시사 지식을 얻는다.

우리는 대화를 할 때도 농담을 던지거나 우스갯소리로 분위기를 부드럽게 한다. 또 자신의 과거 일화를 인용하며 상대방을 설득시키기도 한다. 잠을 잘 때도 우리는 이야기를 붙들고 있다. 우리는 이야기 형태로 꿈을 꾸며 그것을 다시 다른 사람들에게 이야기한다. 이야기는 인간이 세계를 인식하는 근본적인 한 가지 방식일 것이다.

이야기는 다양한 매체를 통해서 표현된다. 세상에는 무수한 형식의 이야기들이 있다. 이야기, 서사물의 매체들 가운데는 발언된 언어(문자 언어 및 음성 언어), 그림, 제스처, 이러한 매체를 다양한 방식으로 혼합한 것들이 있다. 이야기는 신화, 전설, 우화, 설화, 소설, 서사시, 역사, 비극, 추리극, 희극, 무언극, 회화, 스테인드글라스로 된 창, 영화, 뉴스, 일상 대화 등 무수한 형태로 존재한다. 그리고 이 무수한 형식을 통해서 이야기는 시대, 장소, 사회를 초월하여 존재한다. 이야기는 인류의 역사와 동시에 시작되었다고 표현할 수 있을 정도이다.[1]

이야기의 영역을 확장시킨 프랑스 구조주의자들 중 선구적인 존재는 츠베탕 토도로프Tzvetan Todorov이다. 토도로프는 『데카메론의 문법Grammaire de Décameron』(1969) 서론에서 '아직 존재하지 않은 과학'이지만 '서술의 이론 théomè d'une narration'을 다루는 학문을 '서사학narratologie'이라 부를 것을 제안하며, 이를 이야기의 과학이라고 부연한다. 어원 그대로 '서사의 학문'이라는 이 단어는 구조주의자들이 나아가야 할 방향을 제시한 하나의 이정표라고 할 수 있다.[2] 그러나 이 용어보다는 '시학poetics'이라는 용어가 훨씬 널리 쓰이기 시작했다.

여기서 주네트가 '구조주의 비평'에 대해 규정한 지침을 생각해보게 된다. 그는 구조주의 비평을 문학적 담화와 문학사의 특성을 기술하는 것이라고 했다. 개별적인 작품은 구조주의가 성취하려는 목적에서 떨어지게 되는데, 그것은 독서 과정에서 의미에 대한 탐구가 이루어지기 때문은 아니다. 구조주의 비평이 오랫동안 단지 기원적 형태로만 존재해왔다면 그것은 이 명칭에 모순이 내재하기 때문이다. 즉, 그것은 구조주의적일 수 있는 과학이지, 비평은 아닌 것이다. 이에 토도로프는 코앙Jean Cohen의 저서 『시어의 구조Structure du langage poétique』가 문학적 담화의 특성을 연구하는 것이 어떻게 가능한지에 대한 시사점을 우리에게 제공해준다고 보고, 그의 저서에 시학이라는 이름을 붙이자고 제안한다. 코앙은 이 책의 서문을 시작하면서 매우 확고한 입장의 차이를 내보이고 있으며 신성모독에 대한 두려움 없이 시의 과학을 말하고 담대하게 과학적인 가설을 세우려 했다는 것이다.[3]

즉, 토도로프는 기존의 문학 연구를 비평이라고 부르면서 이와 구분되게 시학이란 영역을 내세우고 있는 것이다. 비평이 개별 작품의 특이성을 설명하는 데 초점을 맞추고 있다면, 시학은 각 작품이 지니는 공통적 특성을 찾으려는 노력이며 최대한 객관적인 기준을 제시하고 이를 통해 작품의 유형을 분류하려는 실험이다.[4]

서사의 분야는 신화에서 현대 소설에 이르기까지 걸쳐 있는데, 이들은 어떤 구조적 공통점(인물, 상황, 행동, 해결)을 지니고 있다. 이런 공통점의 원형적 특성이 가장 잘 드러나는 이야기 장르가 민담이다. 민담이 "초자연적인 것을 다루는 신화와 취흥을 위한 이야기이며, 역사적 사건에 대해 목적의식을 가지고 행한 설명, 또는 도덕적인 우화, 그 밖에 여러 분류 기준에 의해 차별된 서술 등을 포함한다"고 할 때, 민담은 종래 설화·신화·구비·민담 등

으로 불리는 서사적 진술narrative discourse들을 일괄하는 넓은 개념이다.[5]

민담 속의 인물이나 상황 또는 행동 등이 구조적으로 인식될 때, 그것들은 그 사이를 연관시키는 내적 관계, 즉 하나의 체계에 종속된다. 체계는 곧 구조를 말하는데, 이는 지속적이며 불변적인 것이다. 민담의 구조는 민담에서의 지속적이며 불변적인 요소를 뜻하는데, 그것은 피아제Jean Piajet가 말한 구조의 개념과 일치한다. 즉, 민담의 구조는 민담 외적인 것에 의해 결정되는 것이 아니라 민담의 내적 일관성에 근거한다. 또 그것은 스스로 변형하는 힘을 갖는데, 이는 민담의 구조가 다양하게 변이를 보일 수 있다는 것을 뜻한다. 그러면서도 민담의 구조는 민담이 민담의 고유한 특성을 넘어서는 것을 스스로 제어하는 역할도 한다.[6]

일찍이 프롭Vladimir Propp은 러시아 민담에서 지속적 요소와 가변적 요소를 구별하여, 이야기의 인물들은 변할 수 있다 해도 이야기 안에서 그들의 기능은 지속적이며 제한되어 있다는 결론에 도달한다. 그는 이 기능을 "행동의 진행에서 의미significance의 관점으로부터 정의된 인물의 행위"로 정의하면서, 민담에 적용할 수 있는 네 가지 법칙을 제시했다.[7]

① 인물들의 기능은 그것이 어떻게, 그리고 누구에 의해 수행되는가와는 관계 없이 이야기 안에서 고정적이고 지속적인 요소로 작용한다. 그것들은 이야기의 기본적인 구성 요소를 이룬다.

② 민담에 알려진 기능들의 숫자는 제한되어 있다.

③ 기능들의 연쇄 sequence는 언제나 동일하다.

④ 모든 민담은 그 구조를 관찰할 때 같은 유형이다.

그리고 이 기능들은 31개이며, 모든 이야기는 다음과 같이 제시된 기능들의 조합이라고 말한다.[8]

1. 가족 중 한 성원이 집에서 내보내진다. (나감: β)

2. 금지가 주인공에게 전달된다. (금지: y)

3. 금지가 깨어진다. (위반: δ)

4. 악마가 정찰을 시도한다. (정찰: ϵ)

5. 악마가 그의 희생자에 대한 정보를 입수한다. (정보: ζ)

6. 악마가 희생자와 그의 종자들을 잡기 위해 그를 속이려 한다. (속임: η)

7. 희생자는 속임수를 당하여 무심결에 자신의 적을 돕게 된다. (연계: θ)

8. 악마가 가족 중 한 사람에게 해를 끼친다. (피해: A)

   8.a. 가족 중 한 사람이 어떤 것을 결여하거나 어떤 것을 갖기를 욕구한다. (결핍: a)

9. 불운 또는 결핍이 알려지게 된다. 주인공은 요구와 명령에 의해 이에 접근하게 된다. 그는 가도록 허용되거나 급파된다. (중대, 연결적 사건: B)

10. 탐색자seeker는 제지counteraction에 동의하거나 제지를 결정한다. (반대 행위 시작: C)

11. 주인공이 집을 떠난다. (출발: ↑)

12. 주인공은 시험·심문·공격을 받는데, 그것은 그가 주술적 물건magical agent 또는 원조자를 얻기 위한 방법을 예비한다. (증여자의 첫 기능: D)

13. 주인공이 미래의 증여자의 행동에 반응한다. (주인공의 저항: E)

14. 주인공은 주술적 물건의 사용법을 취득한다. (주술적 물건의 수락: F)

15. 주인공이 탐색 대상이 있는 장소로 옮겨지거나 인도된다. (인도자와의 여행,

장수 이동: G)

16. 주인공이 악마와 직접 싸운다. (투쟁: H)

17. 주인공이 낙인찍힌다. (낙인: J)

18. 악마가 퇴치된다. (승리: I)

19. 최초의 불운과 결여가 제거된다. (복수: K)

20. 주인공이 돌아온다. (귀가: ↓)

21. 주인공이 쫓긴다. (추적: Pr)

22. 주인공이 추적으로부터 구출된다. (도움: Rs)

23. 주인공이 인지되지 않은 채 집 또는 다른 나라에 도달한다. (몰래 도착: O)

24. 가짜 주인공이 거짓 주장을 한다. (거짓 주장: L)

25. 어려운 과업이 주인공에게 제안된다. (과업: M)

26. 과업이 해결된다. (해결된 과업: N)

27. 주인공이 인지된다. (인지: Q)

28. 가짜 주인공 또는 악마의 정체가 드러난다. (폭로: Ex)

29. 가짜 주인공에게 새로운 모습이 주어진다. (변모: T)

30. 악마가 벌을 받는다. (벌: U)

31. 주인공은 결혼하고 왕좌에 오른다. (결혼: W)

이 기능들의 조합으로 나오는 이야기의 탄생 순서는 '① 심층 층위: 논리적 규칙', '② 기호-이야기체 층위: 문법적이고 인류학적 규칙', '③ 담화체 층위: 사회·문화적이고 감성적 규칙'으로 배열할 수 있다. 심층 층위에는 그 이야기의 상징체계가 잠재해 있다.

그리고 민담의 인물들을 '행위 범주'에 따라 분석하면 다음과 같은 구조를 지니게 된다.

파송자 → 객체 → 수령자
↑
원조자 → 객체 ← 적대자

그레마스Algirdas J. Gremas는 이야기를 구성하는 행위의 주체와 행위를 살펴보았을 때, 파송자, 수령자, 원조자, 적대자, 주체, 객체의 여섯 개 배역이 나타난다고 보고, 이를 행위소 모델로 정리했다. 또 그레마스의 기호 사각형은 발견 원리로서 이야기체를 인식으로 전환하고 인식을 이야기체로 전환해주는 블랙박스이다.[9]

2. 인지주의적 관점

컴퓨터와 인공지능의 발달과 더불어 언어 과정의 일부로서 사람들이 이야기를 창작하고 이해하는 것을 인지학적으로 바라보려는 연구가 늘고 있다. 서사를 의사소통이나 인식의 시스템으로 보는 것이다.

인공지능을 통한 이야기 문법 연구인 『스크립트, 계획, 목적, 그리고 이해 Scripts, Plans, Goals and Understanding』(1977)에서 생크Roger C. Schank와 아벨슨Robert P. Abelson은 정형화된 지식이 어떻게 복잡성을 줄이고 이해의 과정을 지속시키는지 보여준다. 여기서 '스크립트'란 개념이 개발되었는데, 그들은 이 개념으로 인간이 약간의 텍스트와 담론만으로도 복잡한 이야기를 구술할 수 있는 방법과 과정을 보여주고 있다.

예를 들어 복면한 인물이 돈가방을 든 채 은행을 뛰쳐나온다는 서술이 있다고 하자. 우리는 과거에 축적된 스크립트에 의해 그 인물이 은행강도라고 추측할 수 있다.

서사를 창조하고 저장하며 반응하고 혼성하는 것은 근대적 인간의 독특한 능력이라 할 수 있다. 실제의 이야기 속에서도 인간은 그들이 상상한 시나리오 속에서 공상하고 거주하며 살아남았다. 더구나 인간은 완전히 다른 두 이야기를 혼합해 제3의 이야기를 창작할 수 있다. 이런 식으로 인간은 현재와 상상의 시나리오를 뒤섞거나 두 서사를 결합한 후 현실을 재해석할 수 있다. 이런 종류의 혼성은 인간이라는 종이 수만 년 동안 살아남아 지금까지 올 수 있었던 중요한 능력이다.

제 2 부

이 야 기 와
인 지 과 학

——

1장
인지과학과 융합 학문

2장
스크립트로서의 이야기

3장
사람과 이야기, 그 독특한 능력

1장
인지과학과 융합 학문

1. 인지과학의 정의와 역사

1950년대부터 형성된 인지과학은 뇌와 마음과 컴퓨터가 본질적으로 동일한 추상적 원리를 구현하는 정보처리체계라는 생각에서 출발했다. 인지과학은 뇌와 마음과 컴퓨터에서, 그리고 인간을 포함한 동물에게서 각종 정보가 어떻게 처리되며 그러한 정보처리를 통해 지능이 어떻게 구현되고 응용될 수 있는지를 탐구하는 종합 과학이다.

또한 인지과학은 두뇌, 마음, 컴퓨터, 그리고 기타 인공물(언어, 경제, 행정 체제 등의 소프트 인공물과 컴퓨터, 로봇, 휴대전화 등의 하드 인공물 포함), 이 넷 사이의 정보적·인지적 관계를 다루는 다학문적·학제적 과학이라고 정의할 수 있다.[1]

컴퓨터가 출현하기 전까지는 마음을 몸과 분리되어 존재하지 않는 것으로 보았기 때문에 마음은 과학의 연구 대상이 되지 못했다. 그런데 많은 과학자들이 컴퓨터가 프로그램에 의해 작동되는 것에 착안해 두뇌라는 기계가 마음에 의해 동작될지 모른다는 영감을 갖게 되었다. 이렇게 마음과 뇌의 관계를 프로그램과 컴퓨터의 관계처럼 보게 되면서 비로소 마음에 대한 과학이 존재할 수 있게 되었다.

인간의 마음은 대개 인지cognition, 정서emotion, 의욕conation의 세 가지 기능으로 요약될 수 있다. 그중 과학자들이 가장 관심을 가지는 영역은 인지 기능이다. 인지 개념에는 일반적으로 지식, 사고, 추리, 문제 해결과 같은 지적인 정신 과정을 비롯해 지각, 언어, 기억, 학습까지 포함된다. 정의를 내린다면, 인지는 자극과 정보를 지각하고 여러 가지 형식으로 부호화하여 기억에 저장하고 다시 이용할 때 상기해내는 정신 과정이다.

결국 매우 다양한 인지의 범위 때문에 과학자들은 우리가 마음에 대해 너무 모른다는 사실을 깨닫고 다른 학문의 협조 없이는 마음의 작용에 대한 수수께끼를 성공적으로 풀 수 없다는 사실을 절감하게 되었다. 이리하여 인지과학은 심리학, 철학, 언어학, 인류학, 신경과학, 인공지능 등 여러 학문에 깊은 뿌리를 두고 발전하게 된다.[2]

인지과학은 여러 학문 분야의 생각들이 수렴하면서 가능해졌다. 철학의 형식주의 이론, 수학의 계산 이론과 튜링 기계Turing machine 이론, 컴퓨터의 발전과 컴퓨터 과학에서의 폰 노이만John von Neumann의 '저장된 프로그램 이론', 1930년대 커뮤니케이션 이론의 발전과 정보 이론의 부상, 두뇌를 논리 기계로 간주하는 사상의 발달, 사이버네틱스라는 '두뇌-기계'를 연결한 인공두뇌 이론과 일반체계 이론의 발달, 촘스키Noam Chomsky의 언어학 이론의 부상, 심리학 내에서의 정보처리틀 형성 등 여러 학문적 사건이 수렴하면서 점차 기본적인 틀이 형성되기 시작했다. 그리고 많은 학술 모임을 통해 수렴된 이론이 1956년 MIT에서 개최된 정보 이론 심포지엄을 기폭제로 하여 정보처리적 틀이 인지과학이라는 하나의 새로운 과학적 패러다임으로 형성되었다.[3]

2. 서사학과 관련된 인지과학의 여러 학문들

1) 인지과학의 핵심 학문과 주변 학문

인지과학을 형성하고 있는 학문들 간의 관계와 그 학문들이 인지과학에 제공한 주제와 방법의 관계를 간결하고 명확하게 표현한 도식이 있다.

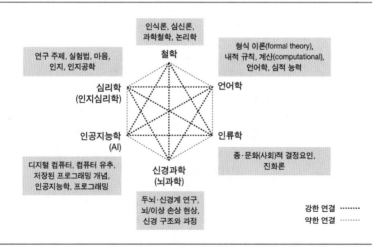

그림 2-1 | 인지과학의 각 핵심 학문 간의 관계와 각각 기여한 연구 주제와 방법

앞의 〈그림 2-1〉은 인지과학을 형성하고 있는 학문들의 관계를 도식화한 것이다. 철학, 언어학, 인류학, 뇌과학, 인공지능학, 심리학의 여섯 개 학문 분야가 서로 교류하여 융합하고 있다. 철학에서는 인식론, 심신론, 과학철학, 논리학이, 언어학에서는 형식이론, 내적 규칙, 계산언어학 등이 인지과학에 활용된다. 인류학에서는 진화론과 종·문화적 결정요인이, 신경과학에서는 두뇌, 신경계 연구, 뇌/이상 손상 현상, 신경 구조와 과정이, 인공지능학에서는 디지털 컴퓨터, 컴퓨터 유추, 저장된 프로그래밍 개념, 인공지능학, 프로그래밍이 인지과학에 제공된다. 마지막으로 심리학에서는 연구 주제, 실험법, 마음, 인지, 인지공학이 기여하고 있다.

한편, 〈그림 2-2〉는 인지과학의 핵심 학문과 주변 학문의 관계를 도표화한 것이다. 심리학, 인공지능학, 신경과학이 핵심 학문이고, 철학, 인류학, 언어학이 밀접한 관련 속에 있다. 수학, 물리학, 사회학, 커뮤니케이션학이 그 주변에 머무른다. 그리고 전기공학, 로보틱스, 일반정보과학, 의학, 생물

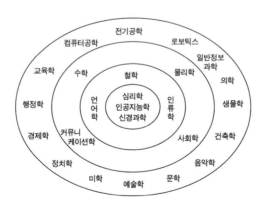

그림 2-2 | 인지과학의 각 핵심 학문과 주변 학문

학, 건축학, 음악학, 문학, 예술학, 미학, 정치학, 경제학, 행정학, 교육학, 컴퓨터공학은 좀 더 주변부에 위치한다.

2) 심리학

19세기 후반 심리학은 독일의 철학자 빌헬름 분트Wilhelm Wundt에 의해 학문으로 성립되었다. 분트는 과학적 실험 방법으로 연구하여 철학의 분과였던 심리학에 학문의 기틀을 마련했다. 그리하여 초기 심리학은 자신의 사고 과정을 객관적으로 관찰·보고하게 하는 내성법introspection을 사용하는 구조주의에서 다시 행동주의behaviorism로 바뀌게 되었다.

행동주의는 마음이 객관적으로 정의될 수 없는 막연한 개념이기 때문에 연구 대상을 관찰과 측정이 가능한 행동에 국한해야 한다고 주장한다. 이 때문에 심리학은 모든 행동을 '자극 → 반응'으로 설명하며, 마음은 적절하지 못한 대상으로 배제된, 자연과학의 영역이 되어버린다.

그러나 컴퓨터의 출현 덕분에 정보처리 접근 방법으로 인간의 정신 과정을 분석하는 인지심리학이 가능하게 되었다. 다시 말해서 인지심리학은 인간의 마음이 정보를 지각하고 해석해, 기억 속에 저장하고 다시 사용하는 과정을 연구하는 것이다.

인지주의는 마음이 서로 분리된 여러 개의 정보처리 단위에 의해 구성된 것으로 보는 단원성modularity의 견해와 중앙 처리central processing의 견해로 나뉜다. 단원성의 견해에 따르면, 인간의 마음은 언어를 다루는 모듈과 시각 정보를 처리하는 모듈을 별도로 갖고 있다. 반면 중앙 처리의 견해는 정보의 내용이 언어이건 시각 정보이건 상관없이 지각, 기억, 학습과 같은 인지

기능이 동일하거나 유사한 방식으로 작용하는 것으로 전제하는 접근 방법
이다.[4]

인지학은 인지심리학을 중심으로 하고 여기에 발달심리학, 사회심리학,
신경생리심리학 등의 심리학 분야가 관련하여, 인간의 형태 지각, 주의, 학
습, 기억, 언어 이해 및 산출, 개념적 사고, 문제 해결적 사고, 추리, 판단과
결정, 창의성과 지능, 운동 행동을 비롯한 각종 행위와 기술 등의 심리적 과
정 실험, 시뮬레이션, 언어 보고 분석 등을 사용하며 정보처리적 관점에서
연구하는 학문이다.[5]

3) 인공지능학

매카시John McCarthy와 민스키Marvin Minsky는 인공지능학을 "인간을 포함한
지적 행위체의 지적 행위를 기계가 수행할 수 있게 하는 과학"이라고 했다.
즉, 언어를 구사하는 능력, 대상을 인식하고 식별하는 능력, 문제 해결 능력,
논리적 추론 능력 등 인간의 다양한 지적 능력을 기계가 갖추도록 연구하는
분야를 총칭한다. 한때는 컴퓨터를 좀 더 지능적으로 만들려는 컴퓨터 공학
의 한 연구 분야로 범주화되었으며, 최근에는 사람이 더 잘할 수 있는 분야
를 컴퓨터가 할 수 있게 하는 연구 분야로 정착하고 있다.[6]

컴퓨터가 과연 사람처럼 생각할 수 있을까에 대해서는 그간 많은 논의가
있어왔다. 기계가 생각할 수 있는가에 대해 튜링Alan Turing은 다음과 같은 테
스트에 합격하는 기계는 생각할 수 있는 것으로 간주할 수 있다고 주장한다.
즉, 한 방에 남자(또는 여자)와 기계를 두고 다른 방에서 질문자가 질문을 한
다. 남자는 자신이 사람임을 입증하기 위해 충실하게 질문자의 물음에 대답

하지만, 기계는 그 남자를 기계로 착각할 만한 답변을 한다. 이때 기계를 사람으로 착각할 정도의 답변을 기계가 한다면 그 기계는 생각할 수 있는 것으로 간주된다는 것이다.

그러나 이런 단순한 구분법은 많은 인공지능학자의 비판을 받게 된다. 대표적인 비판자로서 휴버트 드레이퍼스Hubert Dreyfus는 인간의 행동이 기본적으로 완벽하게 시뮬레이션될 수 없기 때문에 인간의 모든 행동을 시뮬레이션할 수 있는 컴퓨터를 만드는 것이 불가능하다고 주장한다. 예를 들어 자전거를 타는 사람이 균형을 유지할 수 있는 이유는 물리학적으로 설명될 수 있지만, 정작 자전거를 타는 사람은 그것을 의식하면서 균형을 잡지 않는다. 즉, 인간이 자신의 행동에 관한 규칙을 모르는 상태에서 얼마든지 행동을 수행할 수 있기 때문에 인간의 모든 행동이 컴퓨터의 연산체계 속에 들어올 수는 없다.[7]

한편 괴델Kurt Gödel은 기계가 의식을 가질 수 없는 이유로 추론의 '무한 역행'을 들었다. 똑같은 논리를 되풀이하여 끝없이 결과에서 원인으로 소급하는 논증을 무한 역행이라고 한다. 닭이 먼저냐, 달걀이 먼저냐 하는 문제는 닭과 달걀이 생긴 순서가 끊임없이 반복되면서 시간을 거슬러 올라가는 무한 역행이다.

인간의 모든 추론 과정은 아무리 간단한 것일지라도 그 과정의 정당성을 보증하기 위해서는 반드시 그보다 더 높은 수준의 과정에 있는 더욱 정교한 추론의 규칙을 사용하지 않으면 안 된다. 그러나 컴퓨터는 프로그램에 명시된 규칙에 따라 동작하므로 무한 역행의 추론이 불가능하다. 따라서 기계는 인간처럼 의식을 가질 수 없다.

그런데 괴델이 죽은 이듬해 더글러스 호프스태터Douglas Hofstadter는 『괴델,

에서, 바흐Gödel, Escher, Bach: an Eternal Golden Braid』(1979)라는 책에서 괴델의 주장을 정면으로 반박하는 논리를 전개했다. 그에 따르면 의식의 무한 역행은 마음의 계층 구조에서 서로 다른 수준의 이상한 고리를 만들기 때문에 모순에 빠져드는 것이다.

호프스태터는 이런 이율배반이 나타나는 이유를 다음 문장을 예로 들어 설명한다.

다음의 문장은 거짓이다.
앞의 문장은 참이다.

이 두 문장은 에피메니데스의 이율배반과 같은 효과를 지닌다.◆ 첫째 문장은 둘째 문장에 대해 말하기 때문에 둘째 문장보다 더 높은 단계에 있다. 그러나 같은 이유에서 둘째 문장도 첫째 문장보다 높은 단계에 있어야 한다. 그러나 그것이 불가능하기 때문에 이 두 문장은 무의미하다. 더 정확히 말하자면 이 문장들은 언어의 엄격한 위계질서에 근거하는 체계 속에서는 전혀 말해질 수 없다. 즉, 연결되지 말아야 할 문장들이 연결되어 의미가 기묘해지는 것이다.

이 기묘한 고리는 호프스태터에 의해 바흐Johann Sebastian Bach의 〈음악의

◆ 에피메니데스의 이율배반으로 알려진 "모든 크레타 사람은 거짓말쟁이이다"라는 명제는 명제를 참과 거짓으로 가르는 이분법적 판단에 위반된다. 이 말을 한 에피메니데스는 크레타 사람이었다. 이 명제가 참이라면 에피메니데스는 거짓말쟁이가 되는 것이고, 그가 거짓말쟁이라면 이 명제는 거짓이 된다. 이 명제가 거짓이라면 에피메니데스는 참말을 한 것이고, 그가 참말을 한 것이라면 다시 이 명제가 거짓이 된다. 그러나 각각의 문장을 떼어놓고 보면 그 자체로는 아무 문제가 없다. 결국 이 이상한 고리는 두 문장 중 어느 하나 때문에 생기는 것이 아니라 두 문장이 서로를 지시하는 방식 때문에 생긴다. 즉, 각 부분이 전체로 통합되는 과정에서 불가능성이 배태되는 것이다.

[위 왼쪽]
바흐, 성군 웬서슬라스, 스콧 E. 킴
에 의한 전회카논
[위 오른쪽]
에셔, 손을 그리는 손
[아래 왼쪽]
에셔, 폭포
[아래 오른쪽]
에셔, 올라가기와 내려가기

그림 2-3 | 무한 역행의 기묘한 고리

헌정〉과 에셔Maurits Cornelis Escher의 〈폭포〉, 〈올라가기와 내려가기〉 등으로
확대되면서 창발적으로 증명된다. 바흐의 음악에는 음조가 C마이너에서 출
발해 점차 높은 키로 올라갔으나 결과적으로 다시 처음 음조인 C마이너로
돌아오는 매우 독특한 작곡체계가 있다.

마찬가지로 에셔의 그림도 층을 따라 점차 내려갔던 물이 어느 사이에 다
시 올라가서 떨어지는 폭포수가 되어버리는 이상한 상황을 그리고 있다. 계단
을 따라 올라가는 사람들이 어느 사이엔가 다시 원위치에 오는 상황도 있다.

이처럼 음악, 미술, 논리학 등에서 이상한 고리의 예를 찾아낸 호프스태
터는 다시 에셔의 〈손을 그리는 손〉을 해석하면서 인간의 의식과 두뇌의 관
계를 설명한다. 오른손이 왼손을 그리고 왼손이 오른손을 그리는 끊임없는

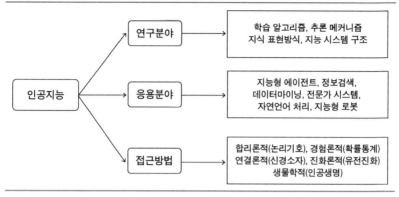

```
                    ┌─────────┐        ┌──────────────────────────────┐
              ┌────►│ 연구분야 ├───────►│ 학습 알고리즘, 추론 메커니즘   │
              │     └─────────┘        │ 지식 표현방식, 지능 시스템 구조 │
              │                        └──────────────────────────────┘
  ┌────────┐  │     ┌─────────┐        ┌──────────────────────────────┐
  │ 인공지능 ├──┼────►│ 응용분야 ├───────►│ 지능형 에이전트, 정보검색,     │
  └────────┘  │     └─────────┘        │ 데이터마이닝, 전문가 시스템,   │
              │                        │ 자연어 처리, 지능형 로봇       │
              │                        └──────────────────────────────┘
              │     ┌─────────┐        ┌──────────────────────────────┐
              └────►│ 접근방법 ├───────►│ 합리론적(논리기호), 경험론적(확률통계) │
                    └─────────┘        │ 연결론적(신경소자), 진화론적(유전진화) │
                                       │ 생물학적(인공생명)             │
                                       └──────────────────────────────┘
```

그림 2-4 | 인공지능의 분야

무한 역행의 뒤엉킨 계층 구조의 비밀은 이 그림을 그리고 있는 화가 에셔의 손이 보이지 않는 데서 비롯된다. 즉, 눈에 보이는 그림 그리는 손을 위쪽 수준이라 하고 눈으로 보이지 않는 에셔의 손을 아래쪽 수준이라고 한다면, 아래쪽 수준은 위쪽 수준을 지배할 수 있지만 위쪽 수준은 아래쪽 수준을 지배할 수 없다.

이 경우를 인간의 뇌와 마음에 빗대어 설명한다면, 위쪽 수준인 마음에서 사고가 이루어지는 듯하지만 실제로는 아래쪽인 뇌의 지원을 반드시 받게 된다. 그러나 에셔의 손을 우리가 볼 수 없는 것처럼 뇌의 작용을 우리가 볼 수 없기 때문에 우리는 착각하는 것이다.[8]

따라서 의식과 같은 높은 수준의 개념은 마음속에서 이상한 고리가 형성될 때 두뇌에서 창발한다. 마음을 컴퓨터의 소프트웨어, 두뇌를 하드웨어로 간주하면 두뇌가 떠받들고 있는 마음에서 의식이 창발하는 것처럼 컴퓨터 역시 하드웨어의 지원을 받는 소프트웨어에서 의식을 만들어내는 이상한 고리와 같이 뒤엉킨 수준이 발생할 수 있을 것이다. 즉, 기계가 의식을 가질

개연성이 있다는 주장이다.[9]

아무튼 헐Clark Hull과 로스Thomas Ross의 가설을 바탕으로 형성되었던 인공
지능학은 학습에 의해 문제를 해결하는 체계인 인공신경망 연구를 거쳐
2000년대에 이르러 인간과 로봇의 상호작용, 상징체계와 신경망체계를 혼
합한 하이브리드형hybrid形으로까지 발전하게 된다.

4) 인지언어학

인지과학이 마음의 구조를 밝히는 학문이라면, 언어학은 인간 언어 형태
의 구조를 발견하고 형태와 의미를 연구하는 학문이다. 또 심리학, 컴퓨터
과학, 신경과학, 인류학 등 인접 학문과 더불어 언어적 지식이 마음속에 어
떻게 표상·저장되고 습득·지각·사용되며 인지의 다른 부분들과 관계되는
지를 이해하는 분야이다.[10] 인지언어학은 인간 범주화 및 게슈탈트 심리학
Gestalt psychology에 뿌리를 두고 있으며, 언어 연구의 형식적 접근법이 지닌 한
계에 대한 불만과 대안으로 1980년대에 대두했다.[11]

언어는 단순히 형식과 의미의 대응 관계에 의한 자율적 기호체계가 아니
라 신체와 정신을 가진 언어 사용 주체가 환경 세계와 상호작용하면서 신체
적 경험을 기반으로 획득해온 전달 수단이다. 그러므로 언어에는 인간의 신
체와 신체적 경험이 다양하게 반영되어 있기 마련이다. 신체화는 인간 인식
의 출발점일 뿐만 아니라 의미 확장의 진원지이며, 신체적 경험은 원초적인
경험으로서 새롭고 추상적인 대상을 이해하는 준거가 된다.

은유는 단지 수사학적인 표현 기법이 아니라 개념을 만들어내는 체계이
다.[12] 레이코프George Lakoff와 존슨Mark Johnson은 개념적 은유를 단어나 문학

적 비유가 아니라 세계에 대한 사고와 개념을 가능케 하는 인식이라고 규정한다. 은유는 대다수 사람에게 일상적이라기보다 특수한 언어의 문제로서, 시적 상상력과 수사적 풍부함의 도구로 간주된다. 특히 은유는 사고나 행위라기보다는 순수한 언어만의 특성이라고 인식되어왔다. 이 때문에 사람들은 은유 없이도 일상생활을 잘 영위할 수 있다고 생각한다.

그러나 은유는 우리 삶의 모든 과정에 널리 퍼져 우리가 생각하고 행동하는 관점이 되고 있다. '시간은 돈'이라는 다음의 은유적 개념을 살펴보자.

시간은 돈

너는 시간을 낭비하고 있다.
이 장치는 네 시간을 절약해줄 것이다.
나는 너에게 내줄 시간이 없다.
요즈음 어떻게 시간을 보내니?
저 터진 타이어 때문에 한 시간이 들었다.
나는 그녀에게 많은 시간을 투자했다.
나는 그것에 할애할 만한 시간이 없다.
너는 시간을 아껴 쓸 필요가 있다.
탁구를 할 시간을 좀 남겨두어라.
너는 시간을 유익하게 쓰고 있지 않아.

이 예에서 알 수 있듯이 우리 문화에서 시간은 귀중한 상품이며, 우리의 목적을 달성하기 위해 우리가 사용하는 한정된 자원이다. 이처럼 우리가 시

표 2-1 | 관습적 은유의 종류

방향적 은유	존재론적 은유	구조적 은유
여기와 저기, 위와 아래, 안과 밖, 속과 겉, 왼쪽과 오른쪽 등 공간의 방향성을 토대로 우리의 경험을 이해하는 방식의 은유	양적으로 표현이 가능한 구체적 형태의 실체나 대상으로 우리의 경험을 이해하는 방식의 은유	어떤 면은 감추고, 어떤 면은 드러내어 경험을 구조화하는 방식의 은유
"○○○의 사상은 왼쪽으로 기울어 있다."	"토요일 밤은 무척 뜨겁다."	"사랑은 둘만의 긴 여행이다."

* 주: 레이코프와 존슨이 분류한 은유의 종류를 도표화한 것이다.

간을 개념화하는 데 돈이나 한정된 자원, 귀중한 상품에 대한 일상적 경험을 사용하기 때문에 이러한 개념은 은유적이다.[13]

은유는 언어의 기능이고, 언어는 은유적 구조를 갖는다. 이는 언어가 이미 존재하는 현실에 대해 지식을 전달하는 매체가 아니라 현실을 존재하게 하는 원인이 된다는 의미이다.[14] 은유적 개념은 우리의 경험을 구조화하고 규정하는 인지적 메커니즘이다.

은유의 특성은 다음과 같다. 첫째, 추상적 사고는 대부분 은유적이다. 둘째, 은유적 사고는 불가피하고 편재하며 무의식적이다. 셋째, 추상적 개념은 은유 없이는 완전하지 않다. 예를 들어 사랑의 경우, 마법, 매력, 미침, 결합, 양육에 대한 은유 없이는 사랑이라고 할 수 없다. 넷째, 우리는 은유로 도출하는 추론을 통해 삶을 살아간다.[15]

레이코프와 존슨에 따르면, 관습적 은유는 방향적 은유, 존재론적 은유, 구조적 은유로 나뉜다(〈표 2-1〉 참조).

감정 표현에 사용되는 은유의 방식 역시 포괄적이고 다양하다. 감정은 추상명사이면서 본질적으로 심리적인 양상을 드러내지만, 그 표출은 항상 육체적으로 드러나기 마련이다. 이 때문에 인간은 추상적이면서도 심리적인 감성을 드러내는 몸의 신체 생리적 반응을 활용하고 있다.

> 얼굴이 벌겋게 달아올랐다.
>
> 속이 부글부글 끓어오른다.
>
> 열이 뻗쳤다.
>
> 오장육부가 뒤집혔다.
>
> 비위가 상했다.[16]

오늘날 언어 연구는 인간의 인지 구조, 뇌의 작동 방식, 나아가 인간의 마음을 이해하는 데 중요한 실마리를 제공하고 있다. 이를 위해 철학, 인지심리학, 생물학, 뇌신경학 등 인접 학문을 포괄하는 학제 간 연구로 발전하고 있는바, 이런 관점에서 핑커Steven Pinker의 언어 이론도 인지언어학의 범주에 든다고 볼 수 있다.

이제 물질과 마음, 물질과 영혼, 육체와 정신, 생물과 문화, 자연과 사회, 과학과 사회과학, 인문학, 예술의 구분은 마음, 뇌, 유전자, 진화의 연구 영역들이 합쳐지면서 무너지고 있다.[17] 언어는 문화의 발명품이 아니며, 상징 사용의 일반 능력을 보여주는 징표도 아니다. 세 살배기 아이도 문법의 천재이다. 언어가 살아 있는 종들 가운데 오직 호모사피엔스에게만 있는 능력이라고 해서 생물학의 영역에서 벗어난 것이라고 볼 필요가 없는 것이다.

물론 언어는 해명 불가능한 인간 고유의 본질이 아니라 정보를 전달하려는 생물학적 적응이다. 우리는 여기서 다윈의 관점을 차용할 필요가 있는바,

그에 따르면 언어의 복잡성은 인간의 생물학적 생득권의 일부이다. 언어 능력은 인간의 어떤 능력을 습득하려는 본능적인 경향이며, 수많은 단계를 거치면서 알지 못하는 사이에 천천히 발달해왔다. 언어는 하나의 진화적 적응이며, 그 주요 구성 성분들은 중요한 기능을 수행하도록 디자인되었다.[18] 이는 마음이 자연선택이 설계한 적응체계이며 서사 역시 마음 진화의 소산이라는 점에서 마음과 언어, 서사의 밀접한 관계를 잘 보여주는 이론이라 할 수 있다.

2장
스크립트로서의 이야기

1. 지능과 기억

지식의 본질에 대한 진지한 탐구는 인공지능에 대한 연구가 나타나면서 새로운 국면을 맞이했다. 지식체계를 연구하는 심리학자들은 인간의 마음에서 개념이 어떻게 형성되는지, 그리고 그러한 개념이 어떻게 발전하고 행동 이해에 어떻게 활용되는지 알고 싶어 했다. 반면 인공지능을 연구하는 사람들은 컴퓨터가 외부 세계를 이해하고 거기에 상호작용하도록 프로그램하는 방법을 연구한다. 그런데 지능을 가진 기계를 만드는 가장 좋은 방법은 언어를 다루는 인간의 개념적인 메커니즘을 모방하는 것이라는 데에 심리학자와 컴퓨터 과학자들이 동의함으로써 이 두 영역은 만나게 되었다.

사람의 두뇌와 달리 컴퓨터의 경우에는 그것이 다루어야 할 특정한 정보를 광범위하게 제공하지 않고는 충분히 이해하고 작동하게 할 수 없다. 왜냐하면 현실 세계는 수학처럼 논리정연하지 않고 매우 혼란스러우며 비논리적이기 때문이다. 이런 한계 때문에 인공지능학자들은 점점 심리학에 경도하게 되었다. 한편 심리학자들은 인간을 복잡한 외부 세계로부터 지속적인 정보의 흐름을 포착하여 이해하려고 노력하는 정보처리체계로 보게 되면서 공통적인 관심 영역에 도달했고, 인지과학이라는 용어가 쓰이게 되었다.[1]

사람들은 어떻게 수많은 지식을 습득하며 그것을 이해할 수 있을까? 이는 컴퓨터의 인공지능 영역에서 실패한 무수한 사례가 우리에게 다시 질문하는 부분이다. 어떤 문장을 이해하는 것은 그렇게 단순하지 않다.

나는 오늘 약국 세 곳을 갔다.

이 문장을 완전히 이해하려면 첫 번째 약국에서 그가 원하는 것을 발견하지 못했다는 개념이 내포되어 있음을 알아야 한다. 그렇지 않다면 약국을 세 곳이나 갔을 리가 없을 것이다.

나는 사과를 좋아한다.

이 문장이 어떤 정신 나간 사람의 입에서 뜬금없이 나온 것이 아니라면 발화자가 그런 말을 하게 된 상황이 있을 것이다. 예를 들면, 배와 사과 중 하나를 선택해야 하는 상황이었다든가, 개인의 취향을 묻는 질문에 답변하는 과정이었다든가 하는 것 말이다. 이처럼 사람들은 문장 하나를 정확히 이해하는 데도 많은 지식 구조의 레퍼토리를 불러와야 한다. 이런 구조를

학자들은 프레임frame[2] 또는 스키마 schema[3]라고 부르는데, 스키마는 글을 읽는 사람들이 이미 갖고 있는 과거의 경험, 아는 지식을 의미한다.[4]

'대상을 이해하는 것은 과거의 사례에서 하나의 비슷한 일화를 끄집어내는 과정이다'라는 말을 역으로 뒤집으면, 기억이 개인의 경험이나 일화로 저장되어 있다는 말이 된다. 우리는 흔히 의미론적인 기억을 중요하게 생각한다. 예를 들면, 계층적인 맥락에서 카나리아는 새鳥로 연결되고, 새는 동물로 연결된다. 그러나 이런 조직화가 동사나 추상적인 명사에 대해 그리 큰 효과가 없다는 사실을 우리는 일상의 경험에서 쉽게 알 수 있다.

즉, 기억 속에 저장되는 방식은 계층화의 연결 형식에 의해서가 아니라 여행 중 카나리아에 대해 겪은 일화나 장소와 관련되어 카나리아의 개념이 성립된 상황에서 저장되는 것이다. 예를 들어 어떤 사람에게 1968년에 사귀던 여자친구의 이름을 기억하라고 하면 금방 떠올리지 못한다. 대개는 1968년에 자신이 어디에 있고 무엇을 했는지를 기억해낸 후에 비로소 그때 사귀던 사람의 이름을 떠올릴 수 있다. 이처럼 사람들은 단어나 개념을 과거에 일어났던 일화들의 목록 속에서 끄집어낸다. 이는 단어들이 일화의 구조 속에 저장되어 있음을 증명하는 예이다.

2. 지능과 이야기: 깡통 로봇의 이야기

1) 지능과 스크립트의 관계

일요일 밤에 KBS에서 방영되는 〈개그콘서트〉의 한 코너였던 '사이보그지만 괜찮아'에는 슈바이번 박사와 알통 28호, 꼴통 28호 로봇이 등장한다. 박사가 심혈을 기울여 만든 알통 28호는 박사의 주장대로라면 완벽하게 제작된 로봇이다. 그러나 실제 생활에 그를 내보내면 늘 문제가 일어난다. 알통 28호가 인간을 대신해서 편의점 아르바이트 일을 맡았을 때, 박사가 어디서 그런 일을 소개받았느냐고 묻자 그는 거침없이 대답한다. "맨해튼 역 4번 출구 제시카 알바 직업소개소." 여기까지는 로봇이 대단한 기억력을 가진 명석한 존재로 보인다. 그러나 실제로 박사의 명령을 받아 일을 할 때는 실수 연발이다. 물건을 계산할 때 바코드를 찍으라는 박사의 말에 망치로 물건을 찍어버린다. 핫바를 데우라고 하자 입으로 핫바에 김을 불어넣는다. 그러지 말고 전자레인지에 넣고 돌리라고 말하자 전자레인지의 스위치를 누르는 게 아니라 전자레인지 전체를 회전시켜버린다.[5]

다른 회의 에피소드도 마찬가지이다. 역시 기억력이 비상하다. 인간을 대신해서 대역을 연기하는 역할을 어디서 배웠느냐고 박사가 묻자 알통 28호는 위치를 소상하게 말한다. 그러나 막상 연기를 시작하자 소통이 불가능할 정도로 문제를 일으킨다. 상대역이 "내 칼을 받아라"라고 외치자 로봇은 무릎을 꿇고 그 칼을 공손하게 받는다. 박사가 싸우라고 명령을 내리자 칼을 내팽개치고 머리채를 잡고 싸우려 한다. 화가 난 상대역이 "때려치워!"라고 외치자 로봇은 상대방을 때려서 옆으로 밀쳐낸다.[6]

왜 이런 일이 일어났을까? 알통 28호는 틀림없이 비상한 기억력을 가지고 있다. 그런데도 박사의 말의 본질을 이해하지 못한다. 즉, 그는 박사가 사용하는 말의 사전적 의미는 정확하게 파악하고 있으나 그 의미가 맥락에 따라 다르게 작용하는 방식을 모르고 있는 것이다.

즉, '돌리다'라는 말은 대부분의 경우 물건을 회전시킨다는 뜻이 있지만 확장된 의미로 기계를 작동시킨다는 뜻도 있다. 로봇이 이를 혼동하는 이유는 그가 전자레인지를 사용하면서 그런 대화를 나눈 경험의 스크립트가 없기 때문이다. 즉, 사람들이 수십 년을 문명사회에서 살면서 자연스럽게 익힌 경험의 스크립트, 즉 이야기의 저장 창고가 그에게는 없기 때문이다. 그는 단어의 추상적인 의미들만 가득히 입력된 인공지능 로봇이다. 그래서 지능이 없는 백치처럼 행동하는 것이다.

생크에 따르면 이미 프로그래밍된 특정 질문에 대답할 수 있는 것은 지능적인 기계가 아니다. 아무리 많은 데이터베이스를 가지고 있어도, 그리고 데이터베이스가 아무리 유용하더라도, 그 기계는 지능적이라 할 수 없다. 수학 문제를 증명하고 소수 전문가가 할 수 있는 고도로 전문화된 일을 수행한다고 해서 그 기계를 지능적이라 말할 수 없다. 지능은 흐릿한 상황에서 반복적으로 증명해내는 일상적인 문제 해결 능력이라고 생크는 정의한다.

그가 즐겨 인용하는 유명한 식당 일화가 있다. 식당을 한 번도 이용해보지 않았거나 오직 단어와 문법으로만 영어를 알고 여러 상황의 이야기들을 입력받지 않은 컴퓨터는 식당에서의 대화를 이해하기가 대단히 어렵다. 일상의 상황에서 모르는 사람에게 음식을 요구했다고 그 사람이 음식을 주지는 않는다. 만약 웨이터가 신경질적으로 음식을 내려놓았다면 그것은 식당에서는 있을 수 없는 특별한 경우라는 사실을 식당을 이용해본 경험이 있는 사람만이 이해할 수 있을 것이다.

컴퓨터가 식당에서의 사건들을 이해하기 위해서는 표준적인 이야기, 식당의 스크립트가 가득 찬 색인 목록이 있고, 그것을 끄집어내어 상황을 구성해야 한다. 그리고 그 스크립트는 다른 종류의 식당에서 지식을 습득할 때나 식당의 관습이 변할 때 언제나 그것을 새로 갱신한다.

다음 이야기를 살펴보자.

존은 식당에 갔다.
그는 닭 요리를 주문했다.
그는 많은 팁을 남겼다.

여기서 주문 행위는 식당 대본의 주문 장면을 불러들인다. 이 문장들 중간에 생략된 부분을 이해하기 위해 우리는 빠진 부분들을 채운다.

존은 식당에 갔다.
그는 앉았다.
그는 메뉴를 봤다.
그는 닭 요리를 주문했다.
그는 요리를 먹었다.
그는 많은 팁을 남겼다.
그는 계산을 했다.
그는 식당을 떠났다.[7]

만약 '이야기를 토대로 세상을 이해하는 방식'이 식당에서뿐만 아니라 대부분의 삶에서 일어나는 것이 사실이라면? 섕크가 가정한 수많은 상황처럼 우리라는 존재가, 우리가 말하고 배우며 수정하고 변용하는 이야기들 그 자체라면? 그렇다면 지능을 질문이나 예외적 상황에 반응하는 방식에 의해서 얼마나 뛰어난지 증명해낼 수 있을 것이다.

1970년대 중반, 영어를 자연스럽게 구사하는 프로그램 개발 작업에서 개발된 '스크립트'란 개념은 잘 이해되지 않는 상황 속에서 다음에 무슨 일이 일어날지에 대한 기대의 다발이다. 삶에서의 많은 상황은 일종의 연극에서 등장인물들이 자기 역할의 대본을 읽는 것과 같은 것으로 볼 수 있다. 종업원은 식당 스크립트 속의 종업원 역할을 읽고 있고 손님 역시 손님 파트의 역할을 읽고 있는 것이다. 이처럼 경험은 주어진 전형적인 상황이 어떻게 진행될 것이고 또한 다른 전형적인 존재가 어떻게 할 것인지 아는 것을 의미한다. 이러한 지식을 우리는 '스크립트'라 부른다.

우리는 삶의 상황에서 기억 속에 저장해둔 스크립트를 불러냄으로써 자신의 역할을 해내고 있다. 그 역할을 멋지게 충실히 잘하는 사람은 의사소통을 통해 많은 것을 이루며 조화로운 삶을 살아가게 된다.

스크립트는 사람들이 일상에 닥치는 무수한 난관들을 큰 고민 없이 해결해가면서 살아가게 하는 데 매우 유용한 시스템이다. 스크립트는 앞으로 일어나게 될 일이나 다른 사람들이 모호하게 암시할 다양한 행동을 명확하게 규정해준다. 스크립트는 우리에게 덜 생각하게 도와주어 사고의 과정을 쉽게 만든다. 식당에 갈 때마다 어떻게 하면 내가 음식을 먹을 수 있을지, 그 절차를 매번 고민하지 않도록 도와준다. 이미 저장된 식당의 스크립트를 불러내어 그 대본을 읽기만 하면 되니 말이다. 우리가 일상의 소소한 과정에서 정말 알아야 할 것은 스크립트이며 그 안에서 우리의 역할이다.

스크립트는 우리 자신의 역할이 무엇인지 쉽게 파악하는 데 도움이 되며 다른 사람의 행동을 쉽게 이해하는 데도 유용하다. 우리는 이미 스크립트를 가지고 있는 상태이기 때문에 식당 종업원이 우리 앞에 섰을 때도 당황하지 않고 그가 "무엇을 드시겠습니까?"라고 말할 때까지, 혹은 그가 우리 앞의 적당한 자리에 설 때까지 조용히 기다리며 음식 주문의 대본을 읽을 준비를 한다. 이곳이 프랑스식 정통 레스토랑이어서 주문의 수준과 정도가 복잡하다면 우리는 자신이 보았던 프랑스 소설이나 영화의 장면을 떠올리며 그 스크립트를 응용하려 할 것이다. 그 이야기는 우리 기억의 장기 저장소에 적절한 라벨을 달고 저장되어 있어 적절한 장면에 쉽게 환기되도록 구조화되어 있다.

2) 우리는 왜 이야기를 좋아하는가?

이런 스크립트 구조는 우리가 왜 문학이나 영화, 연극 등 서사를 그렇게 열심히 감상하는가에 대한 한 가지 대답이 되기도 한다. 한 예를 들어보기로 하자. 명문대에서 박사 학위를 받고 합리적인 시스템을 지닌 미국의 대학에서 몇 년간 교수 생활을 한 김정직 교수는 한국에 있는 어느 사립대학의 교수로 부임한다. 설립자가 오랫동안 학교 운영에 직접 개입해온 그 사립대학의 부임 학과에는 수십 년의 역사 동안 설립자 밑에서 봉사해온 직원 출신의 교수가 있었다.

인사권은 물론이고 동문 사이에서도 막강한 영향력을 행사하는 그 교수의 전횡에 김정직 교수는 기가 막힐 뿐이었다. 오랫동안 합리적인 시스템에 익숙해 있었고 교수란 연구 업적이 뛰어난 학자라는 생각을 하고 있던 김정직 교수에게 그 교수는 새로운 질서를 보여주었다.

가장 당황스러웠던 사실은 그 교수에게 학자의 학문적 실력은 권력의 결집이 주는 작은 선물에 불과하다는 점이었다. 수많은 박사 과정생을 동원해 자료를 수집하여 전집을 내는 것은 물론이고, 인사를 미끼로 우수한 인력과 함께 책을 발간하고 논문을 써서 그 연구 인력의 지식에 편승하는 식이었다. 이렇게 얻은 연구 업적과 인력 기반을 바탕으로 대외적인 명성도 많이 쌓고 있었다. 그의 전횡은 김정직 교수에게도 미쳐서 그가 주최하는 모임에 동원 되는가 하면, 당장 공저로 책을 내자는 강요를 받아야 했다. 학자로서의 양 심조차 저버려야 하는 이 상황에서 그는 선택의 기로에 선다. 그때 김정직 교수는 자연스럽게 이문열의 「우리들의 일그러진 영웅」이란 소설의 내용을 떠올렸다.

학원 강사인 나 한병태는 국민학교(초등학교) 동창으로부터 은사인 최 선생님의 부음 소식을 듣고 당시 급장이었던 엄석대와의 만남을 떠올린다. 자유당 정권이 기승을 부리던 1950년대 말, 공무원이었던 아버지를 따라 서울에서 시골 소읍으 로 이사를 온 병태는 모든 것이 낯설기만 할 뿐이다.

학급에는 엄석대라는 인물이 선생님과 같은 위치를 누리며 학급생들을 지배하 고 있었다. 모든 사람은 평등하다고 믿는 병태에게 석대는 옳지 못한 존재였고, 병 태는 석대에게 온 힘을 다해 저항한다. 그러나 석대는 이런 병태를 비웃으며 여러 경로를 통한 보이지 않는 압력으로 병태를 고달프고 외롭게 만들었다. 병태는 점 점 성적이 떨어지고 선생님의 눈 밖에 나게 된다. 어느 날 병태는 유리창 청소를 계기로 석대의 권력 밑에 편입하고, 그의 총애를 한몸에 받으며 권력의 단맛에 길 들어간다.

1960년, 새 학년이 시작되면서 김정원이란 젊고 유능한 담임선생님이 부임하여 상황은 달라지게 된다. 김 선생님은 석대의 횡포를 눈치채고 그에게 벌을 가하기 시작한다. 석대는 그 상황을 견디지 못하고 자신에게 대항하는 학급생도들과의 싸 움에서 진 후 다시는 돌아오지 않았다. 세월이 지나 병태는 대학 졸업 후 사회인이 된다. 그러나 병태는 늘 석대가 또다시 어딘가에 가서 급장이 되어 학급을 자신의 의지대로 움직이고 있으리라는 생각을 하곤 했다.

그러던 어느 날 병태는 강릉으로 가족 휴가를 떠난 기차 안에서 범법자로 변해 경찰에 잡히는 엄석대를 만나게 되었다. 그날 밤 병태는 밤새도록 술잔을 비우며 눈물을 떨어뜨린다. 그 눈물이 이 세계에 대한 안도였는지, 아니면 새로운 비관이 었는지는 모른 채…….[8]

세상은 학교에서 배운 도덕이 지배하는 것이 아니라 권력의 향배에 따라 움직이는 약육강식의 사회라는 점을 우리는 살아가면서 자주 느끼게 된다. 어린 시절에는 정의의 사도 담임선생님이 등장하고 엄석대도 범법자로 몰락하고 말지만 화자가 성인이 되어 경험한 세상은 그렇게 도덕에 따라 움직이지 않았다. 화자는 저열한 세상에 의분심과 환멸을 느끼기도 하지만, 한편으로는 엄석대의 곁에서 권력의 단물을 마시던 시절을 자주 그리워하는 이중성을 보인다.

김정직 교수는 이 소설을 환기하면서 그것을 자기 학과의 '일그러진 영웅'과 어떤 관계를 유지해야 할지 결정하는 데 유용한 스크립트로 사용할 것이다.

3) 기존 문학 이론과 생크의 이야기 이론의 차이

지금까지 문학 연구는 국가 간의 전형의 특징들을 비교함으로써 차이를 강조했다. 또 비슷한 이야기 구조를 보이는 민담 연구조차도 주로 민담의 변용된 모습, 원전과 개정된 텍스트의 차이 비교에 초점을 맞추고 있다. 따라서 서사학은 단순한 것보다 복잡하고 정교한 인공물로서의 이야기학에 중심을 두면서 신화나 영화, 광고 등 다른 수많은 영역에서 발견할 수 있는 유사 문학적인 것에 대한 관심으로 영역을 확장해간다.

그런데 생크는 종래 서사학의 이런 관점과 반대의 입장에서 이야기를 바라보고 있다. 그는 '특이한 것들을 어떻게 하는가'보다 '보통의 것들을 어떻게 하는가'를 알 필요가 있다고 주장한다. 문학가들이 대중적인 이야기를 저평가하고 고급 문학에서 벗어난 유형이라며 폄하한 데 반해, 생크는 사람들이 가장 일상적으로 기억하고 행동하는 방식에서 나오는 창의력을 높이 평가했다.

4) 지능은 언제 존재하는가?

지능은 상황과 때에 맞춰 알맞은 이야기를 하는, 그래서 분명한 사례를 제시하는 능력과 동등하다고 볼 수 있다. 사람들은 질문에 대해 적절한 사례를 기반으로 대답할 수 있을 만큼 다양한 이야기 다발을 가지고 있다. 그리고 자신들이 가진 기억의 이야기 다발을 활용해 상황에 맞는 새로운 이야기를 창출해낸다.

그 과정은 이렇다. 사람들은 자신이 한 경험들을 다양하고 흥미로운 방법으로 이름 붙이기labeling를 해서 기억 속에 저장한다. 그러다가 비슷한 경험을 하거나 비슷한 경험에 대응해야 할 때, 즉 비슷한 레벨의 이야기가 필요할 때 그것을 회상한다. 일단 이전의 이야기가 회상되면 사람들은 현재 상황에 적절한 비유를 해가며 대응할 수 있게 된다. 즉, 현재의 지혜 또는 지능은 예전의 색인 작업에서 나온다.

사실상 지능이 발생하는 실제적인 순간은 적절한 이야기를 회상하는 순간이 아니라 적절한 이야기가 기억에 저장되는 순간이다. 그것은 색인 만들기indexing와 밀접한 관련이 있다. 누군가가 세상의 모든 경험을 겪었다 하더라도 그가 그 경험을 불러올 수 없다면 그 경험들은 일어나지 않은 것과 마찬가지이다. 접근성이 없는 지식은 지식이 아니다.[9]

좀 더 자세하게 설명하자면, 지능은 새로운 사건의 기술을 과거 사건의 회상을 도와주는 이름으로 치환하는 능력에 달려 있다. 필요할 때 기억 안에서 그 라벨을 찾을 수 없다면 그는 그것을 안다고 할 수 없다. 새로운 경험을 이해하도록 도와주는 과거의 적절한 경험을 찾는 것이 지능적인 행동의 핵심이다.

3장
사람과 이야기, 그 독특한 능력

1. 개념적 혼성 공간: 상상력과 창의력의 근원

1) 기억하는 이야기와 현실 속의 이야기 섞기: 딴 생각하기 혹은 꿈꾸기

  사람은 현실의 진짜 이야기 속에 살고 있으면서 동시에 다른 이야기를 떠올릴 수 있다. 그 두 가지 이야기가 뒤섞이지 않게, 마치 두 개의 모니터를 통해 바라볼 때처럼 파티션을 나눠서 각각을 구분 지을 수 있는 것이다.[1]

  우리는 새로운 미팅 상대를 만나 마주 보며 이야기할 때 옛사랑을 떠올릴 수 있다. 처음 만나 자기소개를 하고 상대방의 취미와 기호를 물어볼 때 동시에 옛 애인이 좋아했던 여러 가지를 떠올리며 비교할 수 있다. 새 상대가 와인을 좋아한다고 대답할 때 옛 애인이 막걸리를 유난히 좋아했던 것을 떠올릴 수 있다. 장소를 바꿔 근사한 레스토랑에서 식사를 하며 지금의 상대와 골프에 대해 이야기할 때도 옛 애인과 민속주점에서 빈대떡과 동동주를 먹으며 국가와 민족에 대해 떠들었던 일을 상세하게 회상할 수 있다.

웬만큼 취하지 않고서는 아무리 과거 사랑의 그림자에 잡혀 있을지라도 상대의 이름을 혼동해 부르지 않는다. 또한 처음 만난 상대방의 팔짱을 끼며 오래 사귄 애인처럼 교태를 부리지도 않을 것이다. 머릿속에 몇 년 전의 추억이 파노라마처럼 흐를지라도 현실 속의 우리는 평온하고 행복한 얼굴로 상대방을 조용히 바라보며 상대방의 질문에 대답하고 웃고 즐기는 모습을 보일 것이다.

이는 역할과 행동, 목표, 행위자, 그리고 대상을 갖춘 한 편의 마음속 이야기mental story와 현실 속의 이야기가 공존하는 경우이다. 이것은 서로 충돌하는 두 개의 지적 구조를 각각 구분하면서도 한편으로는 그것을 활성화하고 창조적으로 뒤섞어 새로운 지적 구조물로 만드는 인간의 능력을 드러내는 흔한 예이다.

물론 꿈속에서는 우리가 상상 속의 이야기를 만들어내는 동안 현실의 삶을 무시한다. 그러나 그 무시는 잠자는 동안 우리의 삶을 무시하지 않는 범주 내에서만 기능한다. 우리는 자는 동안 눈을 감은 채 꿈속의 행동을 하려고 옷을 벗은 채 뛰어나가거나 옆 사람의 목을 조르지는 않는다.

우리는 꿈을 이야기하는 과정에서 꿈을 기억의 저장소에 보관한다. 물론 꿈 그대로가 아니라 꿈에서 일어난 환상적 요소를 현실의 기대와 경험에 의해 수정한 채 말이다. 일련의 행동이 꿈에서 일어났을 때 이 행동은 기억에서 창조되고 그 후에 이해되어 새로운 형태로 기억에 저장된다. 즉, 꿈을 꿀 때 그 내용이 현실적인 행동에 직접 영향을 미치지는 않지만, 결과적으로 꿈의 이야기는 깨어나서 나의 현실적 상황에 맞추어 재해석되고 새로운 의미가 부여되어 나의 기억 저장소에 보관되는 것이다.

2) 두 가지 이야기 섞기: 창의력

연관성 없는 두 이야기를 섞고 극적으로 창발적인 의미를 창출하는 경우는 이야기가 어떤 방식으로 새로운 지적 생산물을 만드는가를 우리에게 잘 말해준다. 마크 터너 Mark Turner 는 자기 아들의 이야기 꾸미기 실례를 이렇게 들고 있다. 아홉 살짜리 아들 잭에게는 동생 페이튼과 윌리엄, 그리고 스무 살짜리 베이비시터 엘리자베스가 있다.

아들 잭은 이렇게 말한다. "우리가 전부 닭이었다면 윌리엄 너는 엘리자베스 나이야. 페이튼 너는 아빠 나이고, 나랑 아빠, 엄마는 늙어서 골골대며 죽을 날을 기다릴 거야. 우리 가족 모두 살아 있다니 우리가 닭이 아닌 것이 다행이야." 아이는 사람의 생애 이야기와 닭의 이야기를 혼합해, 즉 사람의 노화 시기와 닭의 노화 시기를 비교하고 연결하는 과정에서 자신이 닭이 아니라서 행복하다는 창발적인 생각을 해낸 것이다.

박현욱의 소설 『아내가 결혼했다』(2006)는 일부일처제에 대한 전면적인 비틀기라는 점에서 화제를 모았는데, 축구의 게임 진행과 결혼 생활을 병치시켰다는 점에서도 이색적인 소설이다. 소설의 여자 주인공은 매력적이고, 남자 주인공(화자) 못지않게 축구를 좋아하며, 요리와 집안일도 잘하는 완벽한 여성이다. 그러나 이 여성의 단 한 가지 단점은 일부일처제라는 결혼 제도를 근본적으로 부정한다는 것이다. 비록 한 가지뿐이지만 남자의 입장에서는 너무나 치명적인 결점이기에 화자는 고민하고 갈등하지만 결혼하면 괜찮아질 것이라는 막연한 기대감에 결혼식을 올린다. 그러나 아내는 여전히 잦은 술자리로 새벽에 들어왔고 급기야 다른 남자와 결혼하여 이중생활을 하게 된다. 갈등과 번민 속에서 딸까지 얻으며 오랜 세월을 보내던 중 아내는 또 한 명의 남편과 셋이서 뉴질랜드에 가서 살자고 제안한다. 화자는 아내와 딸을 잃지 않기 위해 뉴질랜드행을 결심한다.

이야기 진행 과정 사이사이에는 그와 유사한 축구 사례들이 병치되어 있다. 한 에피소드는 축구의 비슷한 에피소드에 의해 떠받쳐지면서 그 의미가 풍요로워지고 확장된다. 예를 들면 화자는 그녀의 애인이 되고 싶지만 그녀는 화자를 섹스 파트너로만 여긴다. 유쾌한 일은 아니지만 그녀는 경기마다 MOM Man of the Match(경기 MVP)급의 활약을 펼치는 플레이어이기 때문에 축구 파트너가 있듯이 섹스 파트너로 만족하리라 결심한다.[2] 화자에게 그녀는 축구공과 같은 존재이고, 가끔 만나는 다른 여자들은 유니폼이나 축구화, 골대와 같이 부수적인 존재이다. 그녀에 대한 사랑의 정도 역시 축구 스타의 입을 빌려 표현된다.

> 그 홍명보가 J리그에서 선수로 활약할 때 장차 J리그의 감독이 될 생각이 있는 나는 일본 기자의 말에 이렇게 대답했다고 한다.
>
> "일본팀은 인솔하고 싶지 않다. 나의 영혼은 항상 한국에 있다."
>
> 홍명보 식으로 말하자면, 다른 여자는 인솔하고 싶지 않다. 나의 영혼은 항상 그녀에게 있다.[3]

아내의 남자들을 막아내는 화자의 모습은 세계 최고 골키퍼들의 일화와 병치된 후 혼합된다.

현존히는 최고의 골키퍼 중 하나로 꼽히는 그[잔루이지 부폰]는 이렇게 말했다.

"못 막을 공은 안 막는다."

못 막을 공을 왜 막으려 했을까?

페널티킥을 150번 이상 막아냈다는 전설의 골키퍼, 구소비에트 연방의 레프 야

신은 이런 말을 남겼다.

"사각지대는 그 어떤 골키퍼도 막을 수 없다. 그러나 나는 막을 수 있다."

야신은 좋겠다. 사각지대도 막을 수 있어서.

나는 야신이 아니었다. 사각지대에 오는 공을 막을 수 없었다.

나는 부폰도 아니었다. 계속해서 못 막을 공을 막으려 했다.[4]

작가는 축구 게임의 규칙과 실전 상황을 통해 연애와 결혼의 줄다리기를 계속 절묘하게 연결한다. 세계적인 골키퍼들은 못 막을 공은 아예 단념하거나, 못 막을 공이 없을 정도로 완벽하게 공을 방어한다. 그러나 썩 훌륭한 골키퍼가 못 되는 화자는 완벽하게 공을 막을 수도 없는 주제에 계속해서 오는 공을 막으려고 헛수고를 하고 있었다.

연관성 없는 두 이야기는 적절한 순간에 혼합되어 축구가 연애를 비춰주고 연애가 축구를 비춰주며 기막힌 조화를 이룬다. 그런데 마지막에 이르면 창발적인 메시지가 우리 앞에 떠오른다. 축구는 놀이지만 인생은 놀이가 아니다. 축구는 일정한 규칙 속에서 일정 시간을 특정 공간에서 뛰고 나면 기억 속에서 사라질 그 무엇일 뿐이다. 물론 승리의 기쁨이나 패배의 좌절이 오랫동안 우리를 떠나지 않을 수는 있다. 그러나 축구 경기가 수십 년간 우리 생활의 근간을 뿌리째 흔들어놓은 일생일대의 대사를 결정짓지는 않는

다. 아내의 불륜을 목격한 그 아픔이 골을 허용한 골키퍼의 좌절감과 같을 수는 없다. 그 때문에 이 소설은 더 심각할 수 있다.

그러나 결정적으로 우리의 의식을 뒤흔드는 마지막 창발적인 생각 하나 ……. 우리는 왜 배우자의 불륜에 대해 축구 경기에 졌을 때 이상의 좌절감을 느끼는 것일까? 왜 하늘이 무너진 것처럼, 상대방이 큰 도덕적 문제를 일으킨 것처럼 그토록 진지하게 대응하는 것일까? 일부일처제는 인류 중 일부가 최근에야 선택한 특이한 결혼 제도일 뿐이다. 오히려 일부다처제가 더 일반적인 인류의 결혼 제도였으며, 반대로 일처다부제인 곳도 현재 지구상에 있다. 결혼 제도는 게임의 규칙처럼 그때그때 존재하는 상대적인 상황일 뿐이지, 그렇게 고민하고 지켜내야 할 절대 도덕은 아닌 것이다.

이처럼 축구 이야기와 사랑과 결혼 이야기의 혼합은 우리에게 지금까지 생각하지 못했던 새로운 방향의 전환을 가져다준다. 신성불가침의 제도로 여겨졌던 자유연애에 입각한 일부일처제는 기실 근대 시민계급이 자신들의 생산과 소비 방식에 적합하다고 판단해서 개발한 게임의 규칙이라는 사실을, 그리하여 매우 상대적이기 때문에 개인의 취향이나 합의에 따라 선택될 수도 있다는 사실을, 너무도 이상하게 보이는 여주인공의 행각을 통해 깨닫게 된다.

2. 재미있는 이야기의 비밀

1) 자기 이야기로 남의 이야기 매핑하기

다음 단락은 어떤 사람의 2011년 토정비결 총운을 적은 것이다.

사호남산射虎南山 연관오중連貫五中이라. 남산에서 호랑이를 쏘았더니 연발 다섯 대가 맞음이로다. 그와 같이 성심성의껏 노력하면 늦게라도 빛을 보게 될 것이다. 처음은 비록 괴로움이 있으나 마침내 영화가 미칠 것이로다. 만일 질병이 침노하지 않으면 한 번쯤 서로 다투어 마음을 상하게 될 것이니 주의해야 한다. 매사가 뜻대로 이루어질 것이니 곳곳마다 권리가 휘날리어 뜻이 전달되지 않음이 없도다. 때를 기다려서 진행한다면 성공하는 것을 의심할 여지가 없다. 나는 용이 하늘에 있어 마음껏 활보를 하게 되어 대인이라면 드디어 봄을 만남과 같다. 나타나면 장수요, 들어가면 정승이니 만사가 뜻대로 된다. 귀인을 동에서 만날 것이고 이익은 서쪽으로 얻으리라. 가히 신에게 연초에 운맞이 기도를 하면 만사형통의 해가 되리라.

그다지 운세가 나쁘지 않다는 사실을 제외하고는 도대체 무엇을 말하려는 것인지 모호하기 짝이 없는 글이다. 남산에서 호랑이를 쏘았더니 연발 다섯 대가 맞는다니 목표한 바가 잘 이루어지리라는 예언임은 틀림없으나 구체적으로 어떤 일인지에 대해서는 언급이 없다. 한 번 정도 질병이나 다툼이 있다는 예언 또한 누구나 한두 번은 감기, 몸살 등에 걸리며 누구나 남과 다투는 일은 있으니 그다지 틀릴 일은 없겠다. 뜻이 전달되는 일이 많다고는 하지만 때를 기다려서 진행해야 가능한 일이라는 역설적인 해석도 가능하다.

이쯤 되면 이 중립적인 이야기를 구체적인 이야기로 만들 사람은 나 자신이라는 사실을 눈치챌 수 있을 것이다. 이것은 특정 인물의 운세이지만 사실 누가 되어도 상관없다. 만약 필자라면 오래전부터 품어온 스토리텔링에 대한 책을 쓰려는 욕심, 이야기 융합 학과를 만들려는 소망, 집을 강이 보이는 곳으로 옮겼으면 하는 바람 등 여러 욕망 중에서 하나만 2011년에 성취되어도 남산에서 호랑이를 쏘아 맞힌 것이라고 기뻐할 것이다. 설사 강변으로 이사할 요량으로 여러 곳을 물색해보았는데 여의치 않더라도 이는 때를 기다리지 않았기 때문이라고 위안할 수 있다. 아니 비교적 좋은 운세임을 확인하고 그동안 세우지 않았던 목표들을 야심 차게 세워서 1년 내내 노력하여 좋은 성과를 볼 수도 있을 것이다.

이렇게 되면 이야기를 이해하기란 화자의 이야기를 자신의 이야기로 매핑mapping하는 것을 의미한다. 만약 이 토정비결을 또 다른 사람에게 보여주면 아주 다른 해석을 내놓을 것이다. 평소 짝사랑에 골몰하던 결혼 적령기 남성이라면 당장 사모하는 그녀와의 사랑을 이뤄 결혼에 골인하는 상상을 할 것이다. 대학 입시를 앞둔 수험생이라면 원하는 대학에 무난히 합격하리라는 생각을 할 것이다. 이처럼 사람들은 같은 이야기를 자신의 입장에 비추어 다르게 해석하려 한다.

사람들은 자신이 가진 경험의 축적에 근거해서 새로운 경험을 번역한다. 다시 말해서, 자신이 인지한 새로운 경험이 우리가 경험에서 얻은 기대의 골조에 적절히 들어맞을 때 이해했다고 믿는다. '이해'라는 것은 우리 기억의 정보 장치에서 적절한 정보를 불러내어 그것을 비교하면서 '맞다, 틀리다'를 판단하는 것이다.

이런 중성적인 이야기 패턴 때문에 점괘는 많은 사람의 사랑을 받아왔다. 애매모호하고 일반적인 이야기 패턴은 특정 상황에 처한 개별적인 사람들에게 저마다 자신의 방식으로 해석될 여백을 남겨둔다. 역마살이 끼었다는 점괘는 해외 유학을 고민하고 있는 사람들에게는 아무래도 외국에 나가는 것이 좋겠다는 결심을 굳히게 하게 마련이고, 도화살이 있다는 점괘는 연예인을 지망하는 사람들에게는 복음처럼 들릴 것이다. 이처럼 사람들은 다른 사람의 이야기를 이해할 때 자신의 기억 속에 있는 유사한 패턴의 이야기를 끄집어내어 비교하고 겹쳐보면서 그것을 해석한다.

그런데 어떤 경우에는 자신의 정체성을 이미 발표된 유명한 이야기를 덧씌워서 규정하려는 경향도 존재한다. 필자의 아버지는 살아생전에 늘 도요토미 히데요시의 일화와 나폴레옹의 이야기를 들려주시고는 했다. 자동차 수입과 운수업으로 30대에 재벌까지는 아니더라도 준재벌 수준은 되셨던 아버지는 경상도 산골에서 스스로 몸을 일으킨 자수성가형 기업가이셨다. 그러나 그런 세월도 잠시, 아버지는 라이벌 기업의 정치적 공세 때문에 관세 포탈 예비죄라는 애매한 죄목으로 재산 몰수에 자격정지까지 당하고 만다. 마음을 잡지 못하고 실의의 세월을 보내시던 아버지에게 자신은 주인의 신발을 품에 안아 따뜻하게 해 그의 눈에 들었던, 미천한 곳에서 입신양명했던 도요토미 히데요시였고, 세인트헬레나에서 불우하게 세상을 떠났던 나폴레옹이었다.

이 경우 이야기는 개인이 자기 정체성을 규정하는 도구이자, 정체성을 비슷한 또는 되고 싶은 이야기의 틀에 넣어 그렇게 만들려는 시도일 수 있다. 이는 우리가 아이들에게 위인전과 같은 좋은 정체성을 지닌 사람들의 이야기를 많이 들려주는 이유이기도 할 것이다.

2) 인기 있는 이야기의 특징

이렇게 본다면 많은 사람이 좋아하는 이야기는 반복과 변주가 절묘하게 조화된 것이다. 이런 이야기 패턴과 너무 똑같은 이야기는 지루하고, 너무 이질적인 이야기도 난해하고 재미없다. 이 조절을 어떻게 할 것인가? 그 근원은 인간의 이해 방식이 자기 내부의 스크립트로 외부의 이야기를 매핑하는 것이라는 데서 찾을 수 있다. 그 매핑의 수위 조절을 과학적으로 해결한 후 다시 매체 변환에 따른 이야기 문법을 개발한다면 어느 정도 예측이 가능한 이야기 장르를 개발할 수 있을 것이다. 이는 많은 초기 자본이 투자되어야 하는 이야기 산업 분야에서 가장 중요한 포인트일 것이다. 그렇다면 그 수위는 어느 정도가 되어야 할까?

2010년 봄에 방영된 세 드라마를 중심으로 그 매핑의 정도가 어떻게 되어야 재미있는 이야기로 대중의 인기를 끌 수 있는지 살펴보기로 하겠다. 동시간대에 방송 3사에서 방영된 〈검사 프린세스〉, 〈개인의 취향〉, 〈신데렐라 언니〉는 여러모로 비교할 가치가 있는 작품이다.

먼저 〈검사 프린세스〉는 시청자들이 상당히 거부 반응을 일으킬 수도 있는 작품이다. 주인공들의 특징을 살펴본다면, 여주인공 마혜리는 배우 같은 외모에 뛰어난 두뇌의 소유자로서 사법고시를 한 번에 합격한다. 게다가 건설회사 사장의 딸로 재능, 미모, 경제적 능력, 무엇 하나 빠질 것이 없는 신분이다. 그러나 법조인으로서의 사명감은 하나도 없이 오직 괜찮은 직업이기 때문에 검사를 택한 그녀는 피부 미용, 몸매 관리, 명품 쇼핑 등에만 관심이 있는 이기주의자이다. 부족한 것 없이 자라서 현실에 대한 개념이 없는 공주병 환자인 것이다.

　전형적인 된장녀가 한국 여성 지식인이라는 설정은 일단 참신하다. 그러나 대중매체에서 '참신한 것'은 상당한 거부 반응을 불러일으킬 소인이다. 가장 보수적이고 권위적이며 남성 중심적인 한국 법조계에 하늘하늘한 시폰 미니스커트를 입고 등장해서 퇴근 시간이 되자마자 자리를 박차고 떠난다는 설정부터 시청자에게는 낯설게 느껴진다.

　물론 최근에 뉴요커 여성의 삶을 그린 〈섹스 앤드 더 시티〉에서 화려한 외모와 자유분방한 연애로 삶을 즐기는 여성들이 등장해 시청자도 다소 익숙해진 바는 있다. 그러나 여성이 자신의 성적 매력을 직장 같은 공식 석상에서 드러내는 것은 오랫동안 금기로 간주되었고, 이는 유교 중심의 한국, 중국, 일본에서 더욱 보편적이지 못한 특이한 행동 양태이다.

　그러나 남성에게 성 에너지가 활력이나 삶의 에너지와 동일시되어온 것이 사실이기에 따지고 보면 불평등하다고 할 수 있다. "영웅은 호색"이란 말이 있듯이 남성에게는 근육질의 몸이나 활력 있는 태도가 금기시된 적이 없다. 그러나 여성의 경우, 성적 매력을 주는 존재(기생 등)와 일정한 역할을 하는 존재(주부, 극소수의 직장 여성)를 분리해서 관리해온 전통 때문에 전문직 여성의 언행은 더욱 억압적일 수밖에 없었다.

　이런 역사의 증거물이 '신여성'이었다. 그녀들은 당대의 된장녀로 세인의 입에 오르내렸다. 그들은 대외 활동을 위해 종아리가 드러나는 치마를 입었고 간편함 때문에 단발머리를 했으나, 남성들은 여성해방의 상징으로 그 복장의 의미를 읽지 못하고 전혀 새로운 옷맵시에 이성으로서의 황홀한 시선을 보냈다. 이런 속마음은 그녀들의 활동에 초점을 맞추는 것이 아니라 연애와 같은 스캔들에 관심을 가지는 것으로 나타난다. 남성들은 외면적으로는 박래품舶來品으로 치장하는 그녀들을 비난하면서도 그것이 주는 자극을 즐겼다.[5]

이런 이중성은 2000년대 들어 인터넷의 된장녀 논쟁으로 다시 드러난다. 그러나 명품에 탐닉하고 외모에 치중하는 된장녀에 대한 비난은 여성들의 야무진 응수로 간단히 격퇴되고 만다.[6] 자신의 일과 내면에 충실한 이상, 외모를 가꾸는 문제로 그 사람 전체를 매도한다는 것은 있을 수 없는 일인 것이다.

그러나 일반 시청자는 페미니스트들이 예외적으로 지니고 있는 이런 내부 스크립트를 가져보지 못했기에 이 이야기의 핵심이 마음속에 그려지지가 않는다. 감이 잡히지 않는 드라마가 난해하게 느껴지면 자연히 시청률에 영향을 미치게 된다. 초기 시청률 부진을 감안한 듯, 이야기는 곧장 삼각관계를 비롯한 사랑에 집중되고, 마혜리는 몇 회도 지나지 않아 조신하고 정의로운 검사의 복장과 언행으로 태도를 바꾸어버렸다.

또 이야기는 아버지의 원수를 갚기 위해 마혜리에게 의도적으로 접근한 젊은 변호사와의 비극적인 사랑에 집중되고 말았다. 이 스크립트야 몬터규 집안과 캐풀렛 집안의 갈등 사이에서 비극적인 죽음을 맞이한 두 남녀의 애절한 사랑을 그린 『로미오와 줄리엣』 이후로 반복해서 보아왔던 것이다. 아니, 영국까지 갈 것도 없이 한국은 '호동왕자와 낙랑공주 이야기'라는 훌륭한 스크립트를 가지고 있다.

반면, 〈개인의 취향〉은 시청자의 내부 스크립트와 이야기가 거의 일치하는 드라마라고 할 수 있다. 박개인이란 여성은 싱글용 가구 브랜드 대표로서 착하고 어리바리한 인물이다. 한번 믿은 사람은 끝까지 믿고 둔하며 충동적으로 사고를 치는 좌충우돌형 인물이다. 건축업계의 독보적인 존재인 박철한 교수의 외동딸로, 친한 친구 인희에게 남자친구를 빼앗기고 우연한 기회에 진호와 동거를 시작한다. 진호는 게이 행세를 하며 박개인과 동거를 시작하는데, '개인 여자 만들기 프로젝트'에 참여하면서 점차 그녀의 매력에 빠져든다는 이야기이다.

같은 집에서 동거하거나 같은 직장에서 일하게 된 어리바리 여성과 뛰어난 남성이 결혼에 성공한다는 여주인공 성공담 드라마는 당장 떠오르는 것만 해도 〈풀하우스〉(2004), 〈궁〉(2006), 〈커피프린스 1호점〉(2007), 〈내 생애 마지막 스캔들〉(2008) 등이 있다. 친구가 애인 또는 남편을 빼앗자 복수심에 불타는 여성이 환골탈태하여 다시 그 남성 앞에 서서 복수한다는 줄거리의 드라마는 〈아내의 유혹〉(2008~2009)를 비롯해 셀 수 없이 많다. 여기에 양념처럼 건축업종이 등장하는데, 이 또한 〈결혼 못하는 남자〉(2009)에 나온 바 있다.

당연히 진부하다는 느낌을 지울 수 없다. 불황에는 신데렐라 스토리가 잘 먹힌다는 장점, 주연이 톱스타라는 점 때문에 간신히 시청률은 유지했으나 시청자에게 그리 큰 인상은 남기지 못했다.

반면, 〈신데렐라 언니〉는 내부 스크립트와 외부 이야기가 적절하게 매핑되어 이해가 빠르면서도 강렬한 인상의 줄거리를 지니고 있었다. 전 세계에 널리 퍼져 있는 보편적인 이야기인 신데렐라 스토리를 주인공이 아닌 나쁜 언니의 입장에서 다루었다는 점이 적절한 선택이었다고 보인다. 아주 익숙한 이야기이기에 기본은 모두 이해하고 있는데 언니의 관점이라는 점이 새로운 것이다.

엄마의 재혼으로 가족을 갖게 된 송은조는 남성 편력이 다양했던 어머니의 사랑에 굶주려 세상에 매우 냉소적이다. 부족한 점 없이 자란 새 동생 구효선에게 적의를 가지고 그녀의 일이라면 무엇이든지 방해하고 심리적으로 괴롭힌다. 착하기만 하던 효선도 그런 언니의 모습에 분노하며 투쟁을 벌인다. 두 사람 사이의 투쟁 대상은 동화 속의 왕자님격인 홍기훈이란 인물이다. 기업 총수의 서자이면서 우연히 은조의 집에 들어온 그는 두 여인 사이에서 놓인 인물로 설정된다. 물론 기훈은 왕자처럼 모든 것을 다 가지고 수동적으로 신데렐라를 택하지는 않는다. 은조는 자신처럼 고독한 처지에 놓인 기훈과 동병상련의 사랑을 나눈다. 즉, 모든 것을 가지지는 않았지만 머리 좋고 매력적이며 은조를 진심으로 사랑하는 부잣집 아들이라는 점에서 적절한 반복과 변조가 있는 것이다. 드라마 초반부터 시청자의 강렬한 관심을 받았고 인기리에 종영되었다는 점이 이 이야기가 같음과 다름의 비율을 적절히 선택했음을 말해준다.

3. 감동적인 이야기의 비밀

1) 불황에 유행하는 이야기들

2008년 금융위기 이후 일정한 패턴의 이야기들이 한국인과 세계인을 감동시키고 있다. 출구가 보이지 않는 불황의 늪에서 사람들은 왜 특정 유형의 이야기들에 관심을 보이는 것일까?

최근 국내외 소설, 영화, 광고, 노래 가사, 드라마, 심지어 리얼리티 쇼에서까지 유행하고 있는 이야기의 종류는 다음과 같다.

첫째, 고난 극복형 스토리텔링이다. 2009년에 상영된 〈국가대표〉가 그 대표적인 예이다. 찢어진 운동복을 꿰매 입어가며 대회에 나가야 하는 열악한 현실에서도 세계대회에서 금메달을 획득한 스키점프 선수들의 실화를 토대로 만든 이 영화는 상당한 호응을 얻었다.

둘째, 고향 회귀형(또는 자궁 회귀형) 스토리텔링이다. 어려운 상황에서 헌신적으로 살아가는 어머니와 아버지를 중심으로 가족이 화합하는 이야기가 대부분이다. 이때 고향으로서 시골 풍경이 자주 등장한다.

셋째, 주술형 스토리텔링이다. 부산 롯데백화점이 개점하던 날에는 빨간 속옷을 사면 행운이 온다는 속설 때문에 빨간 속옷을 비롯한 많은 상품이 불티나게 팔려 국내 백화점 사상 최대액인 67억 3,000만 원의 판매 수익을 올렸다. 이렇게 앞이 보이지 않는 상황에서 불안을 느낀 사람들이 일종의 미신을 통해 그것을 극복하려는 현상으로는 또한 '올레', '비비디바비디부' 같은 주문형 노래가 인기를 얻은 사례도 있다.

2) 고난 극복 이야기의 사례 및 원인 분석

버락 오바마의 대통령 당선은 전 세계의 톱뉴스가 될 만큼 세계인의 관심을 불러모았다. 무엇보다도 사람들은 그의 일생에 나타난 감동적인 이야기에 큰 관심을 보였다. 그는 미국 최초의 흑백 혼혈 대통령으로 백인의 미국, 흑인의 미국, 히스패닉의 미국, 아시아계의 미국이 따로 있지 않고 오직 하나의 미국이 있을 뿐이라고 주장했으며, 이런 오바마의 주장은 그의 생애와 연결되면서 미국 국민에게 감동을 주었다.

오바마는 1961년 8월 4일 하와이 호놀룰루에서 백인 어머니와 케냐 출신의 유학생인 흑인 아버지 사이에서 태어났다. 하지만 이들은 오바마가 두 살일 때 이혼했다. 오바마는 다시 재혼한 어머니를 따라 인도네시아로 이주 했으나 어머니가 또 이혼하는 바람에 미국으로 돌아왔다. 다인종·다문화 가정에서 자란 오바마가 정체성에 혼란을 느낀 것은 당연한 일이었다. 그는 술, 마약, 담배에 손을 대는 등 불우한 청소년기를 보내게 된다.

로스앤젤레스의 옥시덴털 칼리지에 진학하여 2년을 다니다가 그는 다시 컬럼비아 대학교 정치학과에 편입했다. 그때부터 아프리카계 미국인으로서 의 정체성에 눈을 뜨게 되어 마약을 끊고 학업에 정진할 수 있었다. 1988년 하버드 대학교 로스쿨에 입학한 뒤 로스쿨 학술지의 편집장을 지냈고, 일리 노이 주 상원의원을 거쳐 2004년 흑인으로서는 유일하게 연방 상원의원에 당선되었다. 당시 민주당 전당대회에서 진보와 보수, 인종차별이 없는 하나 의 미국을 지향하여 '담대한 희망'을 갖자고 연설했는데, 이 연설 덕분에 전 국적으로 명성을 얻었다.

출생과 성장, 방황과 결단의 오바마의 이야기는 이민의 역사로 점철된 미 국인의 집단 서사와 절묘하게 연결된다. 이 때문에 미국인들은 그를 지지함 으로써 자신이 정의의 고결함, 역사의 편에 섰다는 느낌을 지니게 된다. 불 황에 허덕이는 미국인들에게 오바마의 이야기는 '우리는 하나다', '우리는 할 수 있다'는 자신감을 심어주었다.

민담의 주인공은 대부분 다른 사람에 비해 지능이 모자라거나, 가난하거 나, 지위가 미천하다. 이런 인물이 고난을 극복하고 소원을 성취하는 이야 기는 언제나 많은 사람들을 감동시킨다. 피겨 여왕으로 한국의 피겨스케이 팅을 세계적인 수준으로 끌어올린 김연아의 인기가 그토록 높은 것은 그녀 의 외모나 뛰어난 실력 때문만은 아니다. 그녀는 평범한 가정에서 자랐으나 피겨스케이팅을 향한 어머니의 열정과 아버지의 묵묵한 뒷바라지가 없었다면 세계 정상 도달은 불가능했을 것이다. 연습 도중의 부상과 슬럼프로 선수 생활을 그만둘 뻔한 위기를 불굴의 의지로 버텨낸 사연은 세인의 심금을 울린다.

방송, 뉴스 등을 통해 잘 알려진 이런 시련들은 우리의 가슴을 저리게 했으며, 이는 빙상에서 아름답게 춤추는 소녀의 모습에 대한 감동으로 증폭된다. 고난을 극복한 소녀의 모습은 어려움에 시달리고 있는 한국인의 가슴에 희망을 주기에 충분했다.

'모자란 주인공의 성공'이라는 모티프는 영화나 광고에서 더욱 잘 드러난다. 잘 의도된 시나리오이기에 그것은 실화일지라도 더 정교한 스토리의 형태를 지니게 된다. 영화 〈말아톤〉(2005)은 자폐증을 앓고 있는 청년이 마라톤을 통해 세상과 소통하는 과정을 감동적으로 그리고 있다. 이 영화는 원래 실화를 바탕으로 한 것으로, KBS 〈인간극장〉에서 다큐멘터리로도 소개된 적이 있었다. 뒤이어 나온 〈맨발의 기봉이〉(2006)도 역시 2003년 〈인간극장〉에서 소개된 지적 장애인 마라톤 선수 엄기봉 씨의 이야기를 영화화한 것이다. 〈우리 생애 최고의 순간〉(2007), 〈국가대표〉(2009), 〈킹콩을 들다〉(2009) 등도 모자란 인물이 역경을 딛고 성공하는 스포츠 이야기를 다루었다.

2008년 이후 어려움 극복에 대한 염원이 가장 잘 드러나고 있는 분야는 단연 광고라고 할 수 있다. '당신의 내일을 응원합니다'(LG텔레콤, 2008) 광고 시리즈 중 '오주상사 영업 2팀' 제6화 '대리 인생' 편에서 장미희 부장이 자녀 학원비 때문에 밤에 대리운전을 하는 부하 직원 이문식 대리와 손님, 대리기사 관계로 마주치자 "낮에도 대리, 밤에도 대리입니까? 내년엔 둘 다 끝냅시다"라며 위로하는 장면이 나온다. 불황을 이겨내려고 노력하는 평범한 사람들의 애환과 꿈이 잘 드러난 광고이다.

이렇게 어려운 시기를 탓하지 않고 극복하려는 사람들에 초점을 맞추어 감동을 창출하려는 의도는 자연스럽게 공익광고에도 활용되고 있다. '과거 속에 미래가 있다'(한국방송공사, 2009)라는 광고는 동트기 직전의 여명 속에 여러 국난을 극복해온 우리 역사의 현장들을 투영하고, 밝아오는 하늘 아래 활기차게 오늘을 살아가는 사람들의 모습을 대비하여 불황 극복과 경제 회복에 대한 노력을 함축적으로 담아내고 있다.

최근 스토리텔링 기법의 효과에 주목한 방송 매체는 실제 프로그램에도 이 기법을 도입해 어려움을 이겨내는 장삼이사張三李四의 군상을 의도적으로 그려내고 있다. 요즈음 이런 의도를 담은 여러 편의 리얼 버라이어티 쇼가 등장했다는 점은 특히 주목할 만하다.

특히 〈슈퍼스타 K〉(2009~)는 케이블 방송사 Mnet의 시청자 참여 공개 오디션 프로그램으로서, 우승자에게는 한 달 안에 솔로 앨범 및 뮤직비디오가 제작되며 억대의 상금이 수여되고 연말에 열리는 'Mnet 아시안 뮤직 어워드' 참가 기회도 주어진다. 최근 음악계가 10대 아이돌 가수 위주로 오디션을 하는 상황에서 나이, 지역, 계층의 차별 없이 출연자들이 실력으로 승부를 겨루는 프로그램이다.

한편 〈천하무적 토요일: 천하무적 야구단〉은 사회인 최강 야구팀을 목표로 분투하는 연예인 야구단의 이야기를 담은 리얼리티 방송 프로그램이다. 오합지졸에 실력은 형편없어도 야구에 대한 끝없는 열정으로 노력하는 모습에서 시청자들은 희망을 품게 된다. 〈남자의 자격〉 또한 대한민국 남자로 태어났다면 죽기 전에 한 번쯤 해볼 만한 일을 체험하는 리얼 버라이어티 방송 프로그램이다. 살아가면서 한 번쯤 해보면 좋은 일, 해보고 싶었던 일, 해

봐야 하는 일에 대해 이야기하면서 도전과 극복의 의미와 희망을 심어주고 있다.

재미있는 점은 국외에도 비슷한 프로그램이 많다는 사실이다. 영화 〈신데렐라 맨Cinderella Man〉(2005)은 주인공이 성공을 거두기 전 힘들고 모질었던 과거의 모습에 무게를 두고 그가 시련을 딛고 일어서는 과정을 통해 감동을 창출해냈다. 리치먼드 고교 농구팀이 승리에 이르는 과정을 그린 〈코치 카터Coach Carter〉(2005), 미국 최초로 흑인 선수들로만 구성된 농구팀이 인종차별의 설움을 딛고 승리한 실화를 영화화한 〈글로리 로드Glory Road〉(2006), 총이나 마약이 아닌 펜으로 글쓰기를 통해 자신을 돌아보게 된 아이들의 이야기를 그린 〈프리덤 라이터스Freedom Writers〉(2007) 등도 있다.

TV 프로그램인 〈아메리칸 아이돌American Idol〉(미국), 〈브리튼스 갓 탤런트Britain's Got Talent〉(영국)는 보통 사람들이 시청자와 심사위원 앞에서 자신의 기량을 보인 뒤 순위를 가리는 프로그램이다. 테스트 과정의 극적 연출 등으로 신데렐라가 탄생하게 만드는 방식이다.

이 밖에 극한 상황에서의 생존 스토리가 있다. 〈인간과 자연의 대결Man vs. Wild〉에서는 사막이나 극지방 등의 오지를 찾아가 의도적으로 고립된 상태에서 그곳에서 생존하는 방법과 탈출 과정을 소개한다. 〈아메리칸 차퍼American Chopper〉에서는 모터사이클을 만드는 공장이 미션을 받아 외견과 성능을 동시에 만족시키는 특별한 수제 모터사이클을 기간 내에 만드는 과정을 그린다. 과업을 수행하는 과정에서 팀원들 사이의 갈등과 협동을 보여주고 마지막에는 힘을 합해 멋진 작품을 만들어내는 고난 극복 스토리이다.

3) 고향 회귀 이야기의 사례 및 원인 분석

흔히 외부 상황이 어려울 때 사람들은 어머니의 품 또는 자신이 유년 시절을 보냈던 고향을 꿈꾼다. 일종의 퇴행심리라고도 볼 수 있는 이런 경향을 문학에서는 '요나 콤플렉스Jonah complex'라고 칭한다. 성경에 의하면 요나는 고래의 배 속에서 3일을 견딘 후 다시 살아난 예언자이다. 융Carl Gustav Jung은 이 모티프를 중히 여겨 인간 리비도의 퇴행과 전진, 유아기로 돌아가려는 심리의 비유로 사용했는데, 이 개념을 바슐라르Gaston Bachelard가 한층 발전시킨 바 있다.[7]

여기서 고래의 배는 부드럽고 따뜻하며, 결코 공격을 받지 않는 안락함의 상징으로 모든 안식처의 모습을 비유한다. 배는 인간이 태어난 가장 안전한 공간이기 때문이다. 어머니의 배는 태아에게 영양을 공급하고 외부로부터 보호해주며 따뜻한 열기로 감싸주는 하나의 우주이다.

우리가 어머니의 배 속에 있을 때 느꼈던, 행복하고 따뜻한 공간의 추억은 우리가 태어난 뒤에, 더 이상 그것을 기억할 수 없게 된 후에도 여전히 우리의 무의식 속에 남아 배에 대해 편안하고 안전한 안식처의 이미지를 갖게 한다. 이와 같이 안식처의 가치를 가지게 된 배의 이미지는 이제 점차 그 범위를 확대해 우리는 외부의 사물에서 자신의 이미지를 찾게 된다. 즉, 영원한 요나인 우리는 현실적인 이미지의 대상들 속에서 그와 같은 가치를 가진 것을 찾게 되는데, 그것은 곧 요나 콤플렉스의 확대를 의미한다. 이와 같은 것으로 집, 동굴, 다락방, 지하실, 장롱, 상자, 조개껍데기, 구석 등이 있으며, 형태적인 차이가 있긴 하지만 모두 동형의 이미지들les imageeas isomorphes이다.[8] 물질적 상상력 속에서 이 이미지들은 외면적 형태는 다르지만 보호

와 안락이라는 동일한 가치를 갖게 되는 것이다.[9]

2008년에 마치 기다렸다는 듯이 나타난 영화 〈워낭소리〉는 독립영화로는 처음으로 300만에 가까운 관객을 모았으며, 개봉 6주차에 박스오피스 1위에 오르는 일변을 낳았다. 30년을 함께한 늙은 소와 시골 노부부의 우정을 담백하게 그린 다큐멘터리 영화에 당시 많은 사람이 감동했다. 수십 년을 한결같이 묵묵하게 일하고 늙어 쓰러지는 소와 노인의 모습은 아낌없이 주는 우리 부모님의 모습을 대변하고 있었고 우리의 휴식처인 고향의 모습을 가득 담고 있었다. 어려움을 극복할 때 부모님을 중심으로 한 가족 사랑이 중요함을 보여주는 대목이다.

TV 광고에도 이런 모습이 부쩍 보이고 있다. KB금융의 캠페인 '믿음이 희망을 낳습니다'(2008)에서는 자신의 일을 충실히 해나가는 부모님의 모습에서 삶이 힘들수록 더욱 소중한 가족의 의미를 되새기게 했다. 통합 브랜드 광고인 'OK! SK!'(2009)의 '자녀' 편에서는 아기가 저지르는 온갖 말썽을 보여주면서 그래도 자식을 행복이라고 말하는 어머니의 내레이션을 삽입했으며, '어머니' 편에서는 윤제림 시인의 시 「재춘이 엄마」를 모티브로 삼아 어머니의 자식 사랑을 그려냈다. '아버지' 편에서는 아버지의 헌신과 가족 사랑, 행복을 예리하면서도 따뜻한 시선으로 담아냈다.

4) 주술형 이야기의 사례 및 원인 분석

왕자님의 파티에 가고 싶었던 신데렐라가 울고 있을 때 요정이 나타난다. 그녀는 신데렐라의 소원을 들어주기 위해 주문을 외웠다. 아름다운 옷, 마차, 말, 마부, 그리고 마지막으로 유리구두가 그녀 앞에 나타났다. 누구나 꿈꾸어보았을 마법의 세계, 생각대로 모든 것이 이루어지는 그 세계는 삶이 신산하고 팍팍해질수록 더 절실한 법이다. 점집이 번창하고 인터넷 사주가 유행처럼 번지는 것도 이런 실태를 반영하는 것이다.

최근 광고나 대중가요에는 표현이 단순하고 함축적이며 운율감이 있어 누구나 쉽게 따라 부르거나 기억할 수 있도록 만들어진 주문이나 후렴구가 유행하고 있다. SK텔레콤의 광고 '생각만 하면 생각대로 비비디바비디부'(2009)에서는 장동건과 비가 세계적인 시상식에서 수상 소감을 전하면서 "살라카 둘라 메치카 불라 비비디 바비디 부"라는 주문을 외며 무엇이든지 이루어질 것 같은 희망의 메시지를 전달했다. 무슨 뜻인지 몰라도 외우기만 하면 다 잘될 것 같은 희망적인 느낌을 전달하는 것이다.

이런 종류의 광고는 참으로 많다. 알리안츠생명의 '문제없어'(2009)처럼 리듬감 있는 노래의 광고도 같은 맥락에서 분석될 수 있다. 아이스크림을 떨어뜨려도, 기름값 때문에 자전거로 통근해도, 정년퇴직을 해도 '문제없어'라는 희망의 주문을 외우며 자신감을 피력했다.

KT 광고 'Olleh KT'(2009) 역시 화제였다. '올레Olleh'는 투우 경기 때의 에스파냐어 감탄사 'Ole'를 떠올리게 하지만 사실은 '헬로Hello'를 뒤집어서 만든 역발상 신조어이다. 광고 뒷부분에 나오는 음악은 축구 경기에서 자주 나오는 더 팬스The Fans의 「더 네임 오브 더 게임The Name of the Game(Ole Ole Ole)」으로 투우 경기 때의 흥겨움을 지속적으로 강조하여 어려운 상황을 축제의 흥겨움으로 전환하려 하고 있다.

대중가요의 후크송에 나타나는 후렴구도 마찬가지이다. 소녀시대의 「지Gee」라든가 브라운아이드걸스의 「아브라카다브라」 같은 노래도 똑같은 방식으로 사람들의 인기를 끌었다. 단순하고 강렬한 감탄사가 일종의 성취 욕

망을 위한 슬로건으로 작동하는 현상인 것이다.[10]

5) 반복과 변주의 절묘한 조화

감동의 스토리텔링을 전달하는 리얼리티 쇼로 대표적인 것이 영국의 쇼 프로그램 〈브린튼스 갓 탤런트〉이다. 이 쇼의 1회 우승자 폴 포츠Paul Potts는 당시 유튜브에도 공개되어 세계인을 감동케 했다. 볼품없는 외모에 휴대폰 외판 사원인 그는 특별히 음악 교육을 받은 적도 없고 주변의 냉대 속에 살다가 교통사고까지 당하는 불운을 겪는다. 그러나 그는 자신의 꿈을 포기하지 않고 꾸준히 키워나가 마침내 세계적인 성악가가 된다.

이런 과정에서 프로그램의 치밀한 스토리텔링은 기획에 의해 연출된다. 뚱뚱하고 앞니까지 빠져 뭔가 모자라 보이는 폴 포츠가 얼굴도 제대로 쳐들지 못하는 수줍은 모습으로 무대에 선다. 냉정하며 독설가로 이름난 심사위원들은 거만한 표정으로 시답지 않은 듯 곡명을 물어본다. 곡이 흘러나오고 심사위원들의 냉소적인 표정은 점차 바뀌기 시작한다. 무대에서는 감탄사가 흘러나오고 곡이 끝나자 청중들은 열광적으로 박수를 친다. 심사위원 아만다는 개구리가 왕자가 되었다는 민담의 스토리텔링으로 그의 성공담을 요약한다.

그런데 같은 틀을 지닌 이야기가 같은 프로그램에서 똑같이 열광적인 환영을 받는 일이 벌어진다. 수전 보일Susan Boyle이 프로그램에 출연해 뮤지컬 〈레미제라블〉의 「아이 드림드 어 드림I Dreamed a Dream」을 불러 유명해진 것이다. 보일은 나이가 많고 외모가 못생겨 비웃음을 샀지만 노래를 시작하자마자 청중의 기립 박수를 받고, 심사위원 모두에게 찬사를 들었으며, 특히

(심사위원 중 독설가로 유명한) '사이먼 코웰을 입 다물게 한 여자'로 불린다. 보일의 오디션 동영상은 유튜브에 공개된 지 9일 만에 1억 2,000만 회를 넘는 조회수를 기록했으며, 1999년에 녹음한 「크라이 미 어 리버Cry Me a River」도 역시 조회수가 1억 회를 넘었다.

아주 유사한 사례는 한국에서도 계속된다. 〈놀라운 대회 스타킹〉은 신기한 재능을 가졌거나, 진기한 일을 겪었거나, 특이한 동물, 물건을 가진 모든 사람의 도전을 받고 그중에서 최고를 뽑는 서바이벌 게임 프로그램이다. 이 프로그램에서 김태희라는 인물이 「공주는 잠 못 이루고Nessun dorma」를 불러 시청자와 전문가들을 놀라게 했다. 그는 원래 수족관 기사로 한 번도 정식 음악 교육을 받은 적이 없는데도 뛰어난 노래 실력을 자랑하여 '한국의 폴 포츠', '희망 전도사'로 불리고 있다. 특히 폴 포츠처럼 뚱뚱하고 평균 이하의 외모를 지녔다는 점도 같다. 그는 프로그램 출연 이후 '2009 프로농구 올스타전'에서 애국가를 부른 바 있으며, 2010년 5월에는 예술의 전당에서 공연된 〈라 보엠〉의 파르피뇰 역으로 출연, 오페라 극장 무대에 서기도 했다. 영국 폴 포츠의 판박이라고 할 수 있다.

이처럼 같은 내용인데도 왜 그렇게 사람들은 일관되게 감동하는 것일까? 그 첫째 이유는 이야기가 삶의 시뮬레이션이기 때문이라고 제1부 1장에서 밝힌 바 있다. 먼 옛날부터 원시인들은 정보를 이야기 속에 담아 보존하고 전달했다. 당시에 이야기는 단순히 사람들을 즐겁게 하고 감동시키는 예술의 일종이 아니었다. 당대인들은 이야기를 통해 삶의 절박한 생존 방법을 숙지하고 익혔던 것이다. 사람 사는 방식이 어느 지역이나 크게 다르지 않을진대 당연히 이야기는 보편적 내용으로 점철될 수밖에 없었던 것이다.

그러나 같은 내용인데도 그때마다 사람들은 왜 이렇게 반복적으로 감동허는 것일까? 오히려 '폴 포츠 〉수전 보일 〉김태희'로 갈수록 감동의 방식은 더욱 풍부해지고 강렬해지는 듯 보인다. 남성뿐만 아니라 여성도, 유럽인뿐만 아니라 한국인에게도 노력에 따라 그에 상응하는 결과가 주어진다는 희망이 더욱 확고해지는 것이다.

반복과 적절한 변주에 대한 사람들의 호감은 사람이 다른 사람의 이야기를 이해하는 방식에서 나온다. 사람들은 흔히 같은 이야기를 다르게 이해하는 경우가 많다. 좀 심하게 말해서 우리는 들을 수 있는 것만을 들을 수 있다. 우리가 평소 관심 있는 것일 때, 그리고 비슷한 경험이 있는 것일 때 쉽게 들리고, 따라서 훨씬 즐겁게 이해된다. 정말 절박한 문제가 아니라면 사람들은 어려운 매뉴얼이나 이론서를 들고 씨름하지 않는다. 그러나 이미 알고 있는 매뉴얼에 계속 시간을 낭비하지도 않는다. 자기 가슴에 절실한 것이 있을 적에, 그와 비슷하지만 그것보다 좀 더 많은 정보를 지니고 있는 이야기를 들을 때 사람들은 귀를 기울이고 감동하게 된다.

여기서 우리는 앞에서 언급한 식당 스크립트를 다시 꺼내볼 필요를 느끼게 된다. 모든 사람이 아주 쉽게 처신할 수 있는 식당에서의 대화는 사실 그것을 경험해보지 못한 원시림 속의 사람이거나 언어적 지식(한국어, 영어 등의 문법적 사실이나 단어 사전)만이 프로그래밍되어 있는 컴퓨터에게는 매우 대응하기 어려운 지식이다.

자기 집에서 가정주부가 식탁에 앉아 가장인 남편에게 김치찌개를 만들어달라고 요구할 때, 남편이 아무 말 없이 음식을 만들어 식탁 앞에 놓아주는 경우를 상상하기란 쉽지 않을 것이다. 설사 남편이 전업주부로 나섰더라도 직장에서 돌아왔으면 음식 만드는 것을 도와주어야 하지 않느냐고 화를 낼 것이다. 그러나 식당에서의 복잡한 예법이 충분히 경험, 입력되어 있지 않은 컴퓨터는 이런 요구의 문장이 이상하다고 느낄 수 없다. 컴퓨터의 대화상 오류는 이미 예견된 일이다.

그러나 문제는 컴퓨터에, 인간이라면 수십 년의 세월을 사는 동안 의당 입력되었을 그 모든 경험을 생산 당시에 다 입력하기란 거의 불가능에 가깝다는 사실이다. 갓난아이 시절의 백지상태에서부터 경험을 통해 차츰차츰 입력되는 상황에서의 스크립트가 아닌, 지식의 추상체계에 의한 입력은 항상 이런 부작용을 낳을 것이 뻔하다.

사실 이런 부작용은 인간에게도 부분적으로 일어날 수 있다. 예를 들어, 미국인의 경우 프랑스 레스토랑에서의 경험은 그를 매우 힘들게 할 것이다. 결국 식당 안에서의 사건들을 이해하기 위해서는 사람이든 컴퓨터든 그것을 식당 스크립트 안에 집어넣어 구성해야 한다. 그러나 늘 같은 식당에서 같은 메뉴만을 주문한다면 우리의 인생은 얼마나 답답하고 재미없겠는가? 반복과 변주가 적절히 배합된 새로운 식당을 찾아내는 경험이야말로 우리의 삶을 흥미진진하게 할 것이다. 새로운 식당의 음식 맛과 새로운 예법을 익힌 손님은 자신의 식당 스크립트에 그 새로운 경험을 첨가해 풍부하게 할 것이다.

그런데 이 '이야기를 토대로 세상을 이해하는 방식'은 삶의 경험만이 아니라 이야기 자체의 경험에도 같은 맥락으로 작동한다. 사람들은 폴 포츠의 인생 역전을 보고 듣고 경험하면서 감동했고 '노력하면 된다'라는 감동적인 메시지를 마음 어느 곳엔가 색인을 만들고 이름을 지어 저장해둔다.

그러던 중 같은 프로그램에서 수전 보일의 이야기를 경험하게 된다. 뚱뚱하고 외모가 별로인 '여성'이 아름다운 목소리로 세상을 감동시키고 스타의 반열에 오른다. 이제 사람들은 폴 포츠의 사례를 꺼내어 수전 보일의 이야기에 매핑시키며 충분히 감동하게 된다. 폴 포츠의 사례를 기반으로 하여 수전 보일의 경우를 추론하는 것은 매우 쉬운 일이다. 그러나 이제 사람들의 색인에는 '여성'도 노력하면 된다는 새로운 사례가 첨가될 것이다.

두 사람에 대한 감동이 식기도 전에 이제 '한국인' 김태희의 사례가 방송된다. 이쯤 가면 '또 이것인가' 하는 마음이 없지 않으나 이제 한국인도 노력하면 그 대가를 받을 수 있다는 안도감이 우리를 다시 한 번 감동시키게 된다. 그러나 또 다른 김태희가 나타난다면 사람들은 흥미를 반쯤 잃어버릴 것이다. 더 이상 새로운 것이 없기 때문이다.

4. 표출된 이야기의 결핍으로서의 게임 중독

서사학은 주로 소설, 일화, 영화, 연극과 같은 외부 스토리를 분석하고 논한다. 그러나 실상 중요한 것은 기억을 저장하고, 희망을 가지며, 상상하고, 꿈의 정신적 현장을 수행하는 내적 이야기이다. 대니얼 데닛Danniel C. Dennett의 말처럼 모든 사람은 자기 삶의 이야기를 쓰는 소설가이며, 폴 리쾨르의 말처럼 삶과 정체성은 '내러티브를 찾아서' 가는 과정일 것이다. 앞에서 여러 차례 거론된 인공지능학자 로저 섕크는 인간 기억은 이야기의 데이터베이스라고 했으며, 마크 터너 또한 "우리 경험, 우리 지식, 우리 생각은 이야기로 엮인다"라고 했다.[11]

그렇다면 인간 내부에 작동하는 이야기와 외부에 표현된 이야기는 어떤 관계를 지니는 것일까? 우리 모두의 인생 계획과 소망이 동화나 민담 등의 스토리라인을 이루는 것도 맞지만, 우리는 어릴 때부터 듣고 읽고 자란 동화

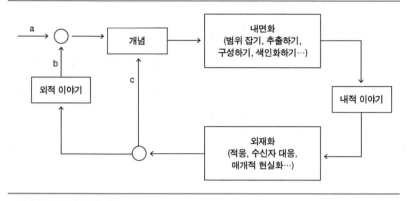

그림 2-5 | 이야기의 사이클

나 민담을 통해 꿈과 소망, 자기 정체성을 확보해간다. 소설 같은 이야기 장르를 읽을 때 우리는 자신의 인생 체험으로 형성된 지식, 일종의 스키마를 가지고 그것과 견주어 소설 속의 인물을 평가하기도 하고 비판하기도 하면서 감정이입하기도 한다. 그리하여 자신이 읽은 독서 체험이 독서 감상문 등으로 나타날 때 새로운 이야기가 탄생한다. 이런 내적 이야기와 외적 이야기는 만프레드 얀Manfred Jahn에 의해 〈그림 2-5〉와 같은 도식으로 표현되었다.

도식에서 보듯이 내면화와 외재화의 원은 인과적 연쇄를 연결하는 반응과 생산의 고리로 되어 있으며, 이 두 과정은 서로 의지하고 있다. 회상하는 능력과 통찰력 있는 외부 이야기를 생산하는 것은 인간 지성의 중요한 표지라고 할 수 있다.

어쩌면 이야기는 내면화와 외재화의 협동 과정을 통해 완성되는 것이며 인간의 인지 구조 속에서 안정적인 원을 그리고 있는 것인지 모른다. 그 중요한 증거를 컴퓨터 게임의 스토리텔링이 우리에게 제시하고 있다. 게임의 경우 내면화 과정만이 존재한다는 특징이 있다.

몇 가지 게임을 중심으로 게임 스토리텔링의 특성을 살펴보기로 하자. 먼저 온라인 게임에 비해 비교적 게임 진행 속도가 느리면서 개인의 자율성과 생각의 과정이 중요시되는 게임으로 '원숭이 섬의 비밀' 시리즈 네 번째인 〈원숭이 섬의 탈출〉(2000)을 소개해보겠다.

이 게임은 영화 〈스타워즈〉로 유명한 조지 루카스George Lukacs 감독이 컴퓨터 엔터테인먼트 사업을 위해 세운 루카스 아츠 사의 어드벤처 게임으로, 텍스트 직접 입력 방식이 아니라 스크립트 선택 방식을 사용했다. 게임의 주인공 가이브러시 스립우드는 〈원숭이 섬의 비밀 3: 원숭이 섬의 저주〉에서 리척과의 사투 끝에 그를 물리치고 멜리 섬의 주지사인 일레인과 결혼하게 된다. 앞으로 분석할 〈원숭이 섬이 비밀 4: 원숭이 섬의 탈출〉은 배를 타고 여러 섬을 항해하는 신혼여행에서 멜리 섬으로 돌아오는 도중 해적을 만나는 것으로 시작한다.

일단 이 게임의 인터페이스부터 알아보자. 인물의 동작에는 키보드를 사용한다. '←/→' 키보드는 누르면 좌우 회전이 되고, '↓/↑' 키보드는 전진과 후진을 의미한다. 단축키 U는 사용, 이야기하기에서 쓰이고, P로는 물건을 주울 수 있다. F1으로 메뉴를 볼 수 있으며, O를 누르면 현재 방에서 빨리 나갈 수 있다. 이동 모드는 두 가지가 있다. 먼저 캐릭터 기준 이동은 기본 모드로서 키보드의 좌우가 가이브러시의 좌우가 된다. 카메라 기준 이동은 키보드의 좌우가 가이브러시가 있는 방향과 상관없이 화면상의 좌우가 된다.

전체적으로 조작이 매우 불편하다. 마우스 시대에 마우스 사용이 금지되어 있으며 가이브러시가 석탄을 발로 차서 던지는 첫 장면부터 키보드 조작이 정말 힘겨울 정도이다. 즉, 인터페이스의 핍진성逼眞性, verisimilitude은 낙제점을 줄 정도이다.

게임의 몰입도를 높이는 것이 인간과 컴퓨터의 자연스러운 커뮤니케이션이라는 것은 상식에 속하는 일이다. 예를 들어 게이머의 분신에 해당하는 게임 아바타를 조작하는 방식이 게이머의 동작과 일치할 때, 즉 게이머가 오른손을 들면 아바타도 오른손을 들 때 몰입도가 극대화된다.

처음에 게임은 난해한 인터페이스로 가는 경향이 있었다. 일례로 1983년 최초의 가정용 게임기로 출시된 닌텐도 '패밀리컴퓨터'(패미컴)는 방향키 외에 조작 버튼이 단 두 개였으나 1990년 '슈퍼패미컴'에서 여섯 개로, 2000년 소니 플레이스테이션2에서는 여덟 개로 늘어났다. 복잡한 게임을 즐기는 마니아층을 겨냥했던 것인데, 게임 이용자층이 두터워지면서 점차 모든 사람이 간편하게 사용할 수 있는 인터페이스로 변화해가기 시작했다.

닌텐도 사의 '위Wii'는 게이머의 동작과 아바타의 동작이 일치해 누구나 자신의 커뮤니케이션으로 사이버 공간에서 게임을 즐길 수 있도록 되어 있다. 그야말로 게임 속의 주인공이 게이머의 아바타가 된 것이다.

게임 시장의 상황이 이러한데도 〈원숭이 섬의 비밀 4〉는 오히려 조작 방법이 까다로워지고 인간의 동작이나 말과는 이질적인 키보드 조작이나 스크립트 선택의 방식을 취함으로써 자연적인 몰입을 포기하고 있다.

1편은 2D의 수채화 같은 화면이었으나, 4편은 3D를 채택해 실감 나고 활기찬 주인공들의 모습을 보여주기는 했다. 그러나 화면이 동시대 다른 게임에 비해서는 그리 현실감이 있는 것도 아니다. 그렇다면 이 작품이 많은 사람의 사랑을 받는 이유는 무엇일까? 그것은 문제 해결의 스토리텔링이 지니는 매력 때문이다.

정통 어드벤처 게임이라면 가종 퍼즐이 줄거리와 교묘하게 맞아떨어지는 점이 특징이다. 〈원숭이 섬의 비밀 4〉도 정교한 퍼즐들의 조합으로 이루어져서 모든 퍼즐이 각자의 개연성을 지니고 설득력 있게 존재하며, 게이머가 주어진 정보를 토대로 다양한 요소를 유추하여 문제를 해결할 수 있게 되어 있다.

　물론 심각한 것은 아니고 재치와 위트가 담겨 있는 해결책이다. 예를 들면 마르코 폴로란 다이빙 선수와 가이브러시가 내기를 하는 장면에서 심사위원들이 모두 폴로에게 높은 점수를 준다. 그중 한 명은 폴로에게 매수를 당했는데, 게이머는 팸플릿에 그 심사위원이 금발의 여성과 바람을 피우는 사진이 찍힌 것을 보고 그를 위협하는 해결책을 제시하는 것이다.

　그런데 이 게임의 진행에서 알 수 있듯이 게이머는 게임의 프로그램에 따라 가이브러시의 입장이 되어 여러 문제를 해결하는 '경험'을 하는 것이지, 여기에 외재화된 이야기가 나타나지는 않는다. 즉, 내면화만 있지 그것을 외재화하지는 않고, 경험은 기억 속에 자꾸 쌓이기만 한다. 물론 이 게임의 경우 내면화의 속도는 아주 느리다. 게이머가 문제를 차근차근 해결해가는 동안 외면적으로 말을 하기도 하고 친구들에게 공략집을 빌리며 게임 소감을 말하는 등 은연중에 외재화가 일어난다고 볼 수 있다.

　그러나 전략 시뮬레이션 게임, RPG나 MMORPG 게임에 이르면 그나마 이렇게라도 성찰할 시간적 여유가 사라진다. 일례로, 〈스타크래프트〉는 테란, 저그, 프로토스라는 세 종족이 펼치는 전쟁 이야기이다. 게이머는 셋 중한 종족을 택해 건물을 짓고 군사를 길러 적을 물리친다. 쉴 새 없는 적의 공격을 방어하고 동시에 공격, 파괴, 건물 짓기, 병사 만들기의 반복 작업을 계속하다 보면 개인의 경험은 '자극-반응-자극-반응'의 연속이 된다.

물론 영토 늘리기의 즐거움이 있기는 하다. 그러나 전투를 계속하다 보면 생각은 없어지고 습관적인 동작만이 계속되면서 이야기가 지니는 자기 정체성 찾기의 기능이 완전히 사라지게 된다.

자아 정체성에 대한 문제는 지식의 중심에 합리적이고 심사숙고하는 주체가 존재한다고 본 데카르트René Descartes 이래로 계속 제기되어왔다. 그러나 무의식을 발견한 프로이트Sigmund Freud에 의해 주체는 동일하고 연속적이기보다는 사회적으로 구성된다는 주장이 제기되었다. 그에 따르면 주체는 단일하고 합리적이기보다는 타자의 시선이라는 거울 속에서 형성된다. 개인의 정체성은 우리 내부에 이미 존재하고 있는 충만한 그것이 아니라 외부로부터 채워져야 하는 무엇이다. 따라서 정체성은 최종적이거나 고정적이지 않으며, 그렇게 하려는 노력이 외부에 의해 전복당하는 불안정하고 가변적인 것이다.[12]

한 사람의 정체성은 빈틈없이 존재화된 덩어리로서 기술되는 것이 아니라, 다양한 형태를 보이는 정체성의 구성체들이 삶의 영역에서 이루어지는 일상적인 '작업 과정 중에 있는 정체성'으로 표현된다. 정체성은 사회적으로 구성되는 것이다. 다시 말해서, 정체성은 다양한 삶의 관련성 속에서 반영의 과정이자 협상의 과정으로서, 한 개인은 상호 행위 상대자들과의 만남 속에서 창출된다.

개인은 행동하고 상대방과 의사소통하는 과정에서 정체성을 구성한다. 따라서 정체성을 형성하는 중요한 수단은 언어이다. 언어는 인간 사이의 상호 이해와 자기 이해를 위해서 중요하며, 다른 사람들과의 만남에서 자신에 대해 주장하고 협상할 때 사용되는 중요한 수단이다. 언어적 의사소통을 통해 정체성이 설계되고 표현되며 협상되기도 하고, 거부되거나 용인되기도 한다. 의사소통은 우리의 정체성 작업을 위한 자원으로 사용되기도 하고, 우리 자신에 대한 우리의 경험을 우리 스스로가, 그리고 다른 사람들이 이해할 수 있도록 한다.[13]

그런데 문제는 단순 반복 게임을 할 때는 이런 자기 정체성 확보로서의 시간과 여유가 결핍된다는 점이다. 게임 과정에서 괴물을 퇴치하고 아이템을 획득하는 등 수행 속도가 빨라지면서 게이머는 무수한 경험을 하게 된다. 그런데 그 경험의 과정이 만들어낸 내부 이야기가 외부 이야기로 적절히 표출됨으로써 자기 경험의 의미가 무엇이며 그것이 자신에게 어떤 계기를 부여하는지를 정리할 기회가 없어지는 것이다. 이렇게 되면 본시 유동적이고 탈중심적인 자아는 지속성을 잃고 분열증을 겪을 수밖에 없다.

인간은 자신의 경험을 일정한 특징을 지니고 전개되는 하나의 이야기로 통일해야 단일 주체로서 세상을 살아갈 수 있다. 사람들은 실제 삶에서 사회적 해석들을 취하고 하나의 독특한 이야기로 만들어나감으로써 스스로 정체성을 찾아간다. 그러므로 게임 중독증은 분열된 자아가 자기 정체성을 얻지 못하고 끊임없이 되풀이되는 자극에 자신을 내맡기는 이야기 결핍 현상일 수 있다.

경험을 정리해 하나의 틀 속에 정리하는 궁여지책이 게이머들의 게시판에서의 삶이기는 하다. 온라인 게임사들은 인터넷에 여러 개의 커뮤니티를 운영하여 게이머들이 정보를 교환하고 부가 서비스를 제공받을 수 있게 했는데, 이 커뮤니티에서 게이머들은 게임 이야기를 중심으로 소감, 공략법 등의 의견을 교환하거나 자신이 게임 밖 일상에서 겪고 있는 잡다한 경험을 주고받기도 한다. 이 커뮤니티의 대화가 발전해 오프라인으로의 모임으로도 이어지고, 그 모임을 통해 결혼한 남녀들도 나타날 정도이다.

이처럼 게시판 등 게임에서 결핍된 외적 이야기가 다소 분출될 수 있는 공간이 주어지기는 하지만, 이 공간이 실제 게임의 공간과 직접 연결되는 것은 아니기 때문에 근본적인 해결책은 되지 못한다.

5. 약자의 소통 방식

1) 혼성 공간으로 들어가는 공범들

(1) 셰에라자드가 살아남은 이유

옛날 어느 곳에 왕이 살고 있었다. 용맹스러웠지만 본질적으로 인자했던 왕은 어느 날 아내의 불륜을 목격하고 처절한 복수극을 벌이기 시작한다. 그 자리에서 아내와 상대편 남자를 척살한 것은 물론이고, 나라의 모든 처녀를 하나씩 불러 하룻밤을 같이 지낸 후 사형에 처했다. 나라의 처녀는 남아나지 않게 되었고, 마침내 재상의 딸만이 혼인 적령기의 처녀로 남았다. 재상의 딸인 셰에라자드는 자청하여 왕의 침실로 간다. 왕과 하룻밤을 보낸 후 셰에라자드는 이야기를 시작한다.

셰에라자드의 재미있는 이야기는 동이 틀 때까지 계속되고 이야기에 취한 왕은 이야기가 끝날 때까지 그녀를 살려두게 된다. 셰에라자드의 이야기는 1,000일 동안 계속되었다. 1,001일째 되는 날 그녀는 이야기를 멈추고 그동안 왕에게서 낳은 두 아들과 함께 용서를 빈다. 그러나 이야기 속 주인공들의 모험담에서 정의와 지혜, 그리고 용서를 배운 왕은 이미 그녀를 용서했다고 밝힌다.

무엇이 질투와 복수심에 눈이 멀어버린 왕을 다시 눈뜨게 한 것일까? 그녀가 왕에게 1,000일 동안 들려준 이야기의 본질적인 힘은 무엇이었을까?

중국에 상륙한 다국적 기업에서 생긴 일이었다. 미국에서 파견된 여성 직원들이 화려하고 야한 복장으로 자주 출근하는 바람에 중국 바이어나 중국 내의 다른 기업 직원들 사이에 오해와 거부감을 불러일으키는 일이 종종 일어났다. 참다못한 회사 측에서는 복장 규칙을 제정해 항목별로 표를 적어 여성들에게 배부했다. 첫째, 짧은 치마나 가슴골이 보일 정도로 파인 드레스를 입지 말 것, 둘째, 화장을 진하게 하지 말 것⋯⋯. 이런 식으로 규정을 정해 여성 직원들에게 권고했다. 미국 여성 직원들은 당장 화를 내며 항의했을 뿐만 아니라 복장을 고치지도 않았다.

회사에서는 방침을 바꿔 직원들에게 화려한 복장 때문에 중국에서 일어났던 온갖 에피소드를 들려주기 시작했다. 한 미국 여성이 화려한 복장으로 바이어들을 상담했다가 매춘부로 오인을 받아 곤욕을 치러야 했다든가, 신뢰성을 상실해서 의당 이루어져야 할 계약이 성사되지 않았다던가 하는 사례들을 사건, 배경, 인물의 이야기 3요소를 구비해서 들려준 것이다. 신기하게도 그다음부터 여성들의 복장이 달라지기 시작했다.

왜 이런 일이 일어난 것일까? 맥락이 같은데도 명령조의 담론 구조에는 반발하던 직원들이 같은 내용을 이야기로 듣고 나서는 왜 스스로 생각을 바꾼 것일까?

(2) 혼성 공간 속에서의 동지들

'개념적 혼성'이란 개념은 인간의 상상력과 창의력을 설명하는 데 매우 유용하다. 터너는 영국 총리 마거릿 대처의 예로 혼성 개념을 설명하고 있다. 대처 총리는 1990년 당시 미국의 특정 당들 사이에서 인기가 꽤 높았다. 그 시절 미국에 필요한 것은 대처 총리라는 주장까지 있을 정도였다. 그러나 이런 반응도 있었다. "그렇지만 노동조합이 마거릿 대처를 용납하지 않을 것이기에 여기서는 결코 당선될 수 없을 것이다."

그런데 이것에 대해 생각해보려면 대처와 미국의 정치 상황을 결합할 필요가 있다. 우리는 대처가 미국 대통령 후보에 출마한다고 상상하고 그녀를 당선되지 못하게 하는 정당한 장애물을 떠올릴 만큼 충분한 구조를 개발해야 한다.

예컨대 상상적 혼성 시나리오에서 미국 대통령에 출마한 대처는 미국 노동조합의 미움을 받겠지만, 이는 미국이나 미국 노동조합과 관련된 과거의 어떤 경험 때문이 아니다. 오히려 대처에 대한 증오심은 그녀가 국가원수로서 영국 노동조합을 가혹하게 다루었기 때문에 영국 노동조합이 그녀를 싫어하는 영국 역사에서 상상적인 혼성 시나리오로 투사된다.

영국 총리는 미국 대통령에, 노동조합은 노동조합에, 영국은 미국에 대응되지만, 사실 영국의 의회제와 미국의 선거인단은 다르다. 이렇게 동일성, 유사성, 유추 같은 대응을 거쳐 새로운 상상적 의미가 구성된다. 이 대응 과정을 거쳐 상상적 혼성 공간에서는 대처가 일리노이에서 선거운동을 하는 것과 미국 노동조합이 대처를 싫어한다는 새로운 의미가 창조되면서 대처가 선거에 패배한다는 지극히 중요한 결론이 도출된다.[14]

그런데 이 반사실적 정신 공간으로서의 혼성 공간은 현실의 인지 작용에 깊은 영향을 미치는 경우가 많다. 1980년대 영국의 '복권 우울증'에 대한 연구에 따르면, 복권을 산 사람들이 당첨 가능성이 희박하다는 사실을 잘 알고 복권을 샀는데도 실제로 당첨되지 않았을 때는 몸이 쇠약해질 정도로 심한 우울증에 빠졌다.

이 우울증의 희생자들은 의식적으로든 무의식적으로든, 그리고 일부로든 아니든 간에 복권 구입과 당첨자 추첨 사이의 2주 동안 복권에 당첨되면 무엇을 할지 공상에 빠졌다. 실제 추첨은 그들이 공상 세계에서 획득한 모든 것을 잃게 만들었다. 그들은 사실상 그 세계에서 모든 것을 잃은 것이다. 놀라운 사실은 환자들이 당첨 가능성에 대해 망상을 가지고 있지 않았는데도 공상의 세계가 실제 세계의 심리적 세계에 심오한 영향을 미친 것으로 보인다는 점이다. 몇 주 동안 혼성 공간에서 살았던 여파가 현실에 지대한 영향을 미친 것이다.

소설이나 영화, 게임 같은 이야기 장르는 바로 이 강력한 힘을 가진 혼성 공간이 구축되는 전문적인 영역이다. 이야기꾼은 '아주아주 먼 옛날'로, 즉 현실 공간에서 혼성 공간으로 가는 문을 열어놓는다. "왕이 있었고 예쁜 공주가 있었다"라는 진술은 '왕이 있었고 공주가 있었다면……'이라는 반사실적 정신 공간의 다른 이름이다. 우리는 아주 오래된 관습에 따라 주술과 같은 주문 '옛날옛날에'를 들으면 이미 허구의 혼성 공간으로 들어갈 마음의 준비를 한다.

마찬가지로 복권을 산 사람들은 몇 주 동안 현실 공간에서 이미 당첨될 가능성이 희박하다고 인지하지만 혼성 공간에서는 가능성이 있으며, 반사현실 공간에 큰 영향을 미치는 이 강력한 공간의 자장에 스스럼없이 자기 자신을 내맡길 마음의 준비를 하는 것이다.

그렇다. 이야기의 마력은 이것이다. 흔히 이야기에는 허구의 문지방이 있어 아주 다양한 방식으로 발현된다. 몽유록 계통의 소설에서는 주로 '잠'이다. 작품의 주인공이 글을 읽다가 봄바람에 취해 잠깐 잠이 들었는데, 문득

용궁에서 온 사신이 그를 깨운다. 또는 길을 잃어 헤매던 중 어떤 동굴을 발견해서 들어가 보니 신선이 살던 곳이라는 설정도 흔하다. 옛날이야기의 이러한 방식은 영화나 애니메이션에서도 그대로 계승된다.

〈매트릭스The Matrix〉(1999)의 첫 장면은 소설 『이상한 나라의 앨리스』를 그대로 오마주한다. 꾸벅꾸벅 졸던 앨리스는 토끼가 중얼거리며 뛰어가는 것을 보고 뒤쫓다가 이상한 나라로 들어간다. 〈매트릭스〉에서 주인공 레오는 토끼 문신을 한 마리아라는 여성을 뒤쫓아 갔다가 어떤 집으로 들어가게 된다. 애니메이션 〈센과 치히로의 행방불명千と千尋の神隠し〉(2001)에서 치히로와 그의 부모는 이상하게 생긴 석상을 발견하고 그 앞에 펼쳐진 터널을 따라 들어갔다가 이상한 나라로 들어가 모험을 하게 된다.

이 허구의 문지방, 동굴이나 터널, 꿈꾸기 등은 이야기의 수용자가 허구의 혼성 공간으로 들어갈 마음의 준비를 하게 만드는 관문이다. 일단 허구의 공간으로 들어서기만 하면 그 많은 황당한 이야기들이 당연한 사실로 받아들여진다. 무협 소설 속의 주인공이 수십 명의 적에게 둘러싸여도 우리는 적당하게 긴장하지, 절망하지 않는다. 주인공이니까 당연히 끝까지 살아남을 것이다. 동화에서 초라하고 가진 것 없으며 바보 같은 주인공이 지략을 발휘해 공주를 구해내도 당연하게 생각한다. 동화의 혼성 공간에서는 당연한 서사 규칙이기 때문이다.

우리는 이야기꾼의 말솜씨에 저항 없이 빠져들며 그 이야기에 의한 자신만의 혼성 공간을 구축한다. 다른 말로 하면 이는 이야기꾼이 구축한 혼성 공간에 같이 몸을 담는 것을 의미한다. 그와 나는 같은 공간에서 은밀한 미소를 짓는 공간의 공범자인 것이다.

이야기의 마력 중 하나는 바로 화자와 청자의 공범 의식이다. 그 이야기를 듣는 이상, 청자는 필연적으로 화자의 리드에 이끌려간 수밖에 없다. 사실 공범이라지만 주범은 이야기꾼이고 우리는 조연 공범자일 뿐이다.

역설적으로 이야기가 약자의 언어인 것은 이 때문이다. 강자는 약자에게 오직 명령을 내리면 된다. 그러나 약자가 자신의 의사를 관철하기 위해 강자를 설득하려 한다면, 그 기교는 매우 고난도이어야 한다. 그런데 이야기의 혼성 공간 구축은 바로 강자가 스스로 마음의 빗장을 열고 화자가 구축한 설득의 덫으로 말려들게 하는 효율적인 장치인 것이다. 화자는 강요하지 않고 그냥 문을 열어놓으면 된다. 그 열린 문 사이로 들리는 "옛날에……"라는 구성진 목소리에 청자는 자신의 발로 문지방을 넘게 된다.

셰에라자드가 이야기를 들려주고 왕이 그 이야기에 귀를 기울인 순간 두 사람 사이에는 일종의 공감대가 형성되었다. 왕은 듣는다는 사실 하나만으로도 그녀가 구축한 혼성 공간을 자신의 내부에 구축하기 시작했고, 그 공간에서 같이 기뻐하고 분노하며 슬퍼했다.

아내의 부정 앞에서 스스로 귀를 막고 눈을 막으며 부당한 행동에 대한 응징으로서 세상의 모든 여자를 죽이겠다는, 스스로 설정한 정의의 범주 안에서 오랜 기간 살아온 왕이었다. 그런 그가 셰에라자드의 이야기에 귀를 기울였다는 사실은 스스로의 폐쇄 공간을 벗어난다는 사실을 뜻한다. 그리고 천천히 셰에라자드와 같은 공간 속의 동맹자가 되어간다. 이렇게 소통하려는 마음은 이미 왕이 굴복했음을 의미한다. 왕은 셰에라자드의 이야기에 나온 인물들에 감정이입하면서 세상의 모든 종류의 사랑과 정의, 복수에 대해 듣고 그 속에 내포된 다양한 문제 해결 방식을 배우기 시작한 것이다.[15]

2) 말하는 화자들

사람들이 마음의 빗장을 풀고 허구의 혼성 공간으로 들어오게 하는 방법 중 하나는 이야기꾼의 권위를 줄이는 것이다. 이야기를 말하는 자는 명령을 내리는 자가 아니며, 일방적인 세계에 대한 해석에 치중하는 자도 아니다. 그리고 그가 말하는 내용은 이야기꾼 혼자의 단일한 발언도 아니다.

그런데 이런 방식을 가장 복잡하고 교묘하게 설정한 이야기 장르 중 하나가 소설이다. 소설은 인쇄 매체의 특성 때문에 독자와 작가의 상호작용이 거의 고려되지 않는다. 구술 장르처럼 같은 공간에서 서로 교감하는 부분이 없기 때문에 자칫 작가의 단일한 목소리가 두드러질 수 있다. 이런 부분을 보완하는 것이 소설에 나타나는 다양한 화자들의 소통과 교감이다.

소설에는 실제 작가, 내포 작가, 화자, 등장인물, 청자, 피내포 작가, 실제 독자 등의 화자들이 있다. 작가는 자신의 관점을 화자와 그의 언어 속에서 드러낼 뿐만 아니라 화자에 대한 자신의 위치를 나타낸다. 독자는 매 순간마다 화자가 대상을 보는 방식과 그의 관점, 그리고 그 화자를 바라보는 작가의 관점을 통합적으로 알아낼 수 있다.

또 소설의 모든 등장인물은 상황마다 자신의 관점과 지식의 총계를 지니고 있다. 예를 들어 등장인물들은 자신이 속한 계층의 세계관과 언어 습관, 지역의 사투리, 남녀 차이 등을 지니고 있어 같은 사안에 대해 저마다 다른 목소리를 낼 수 있다. 이에 따라 바흐친Mikhail Mikhailovich Bakhtin은 소설에서 말하는 사람은 항상 이데올로그ideologue이며, 그가 발화하는 단어는 이데올로기소ideologeme라고 한다. 그에 따르면 소설에서 인물들의 활동성은 항상 이데올로기적으로 구분되는데, 인물들은 자신의 이데올로기적 세계 속에서 살고 활동한다는 것이다.

우리는 실제 생활에서 화자에 대해 그의 말과 그들의 담화를 듣는다. 그리고 실제 생활에서 다른 사람들이 말하는 것에 관해 말한다. 우리는 다른 사람들의 말을 옮기고 회상하며 판단한다. 다른 사람들의 의견에 찬성하기도 하고 반대하기도 한다. 그런데 이렇게 다른 사람들의 말을 옮길 때면 반드시 우리가 지닌 생각과 가치관에 따라 조금씩 변형된다.[16]

소설에서는 사람들의 목소리가 저마다의 상황 속에서 서로 대립하고 통합되거나 변형되는 복잡한 담론 구조를 형성하고 있다. 독자는 담론 과정에서 그 각각의 목소리를 분별하고 혼합하면서 전체 상황 속에서 스스로 총체적인 결론을 내리게 된다.

소설이 약자들의 언어라는 사실이 바로 여기서 입증된다. 소설은 한 인물의 권위적인 단성적 언어가 아니라 여러 사람들의 소통 과정이 어우러져서 발생하는 다성적 언어인 것이다. 독자가 여러 인물들의 입장이 되어 교감하거나 반발하면서 스스로 생각하고 판단을 내리게 된다. 소설이 현실의 객관성을 반영하면서도 사람들에게 강요하지 않는 언어가 되는 방식인 것이다.

이런 예를 우리는 채만식의 소설에서 찾아볼 수 있다. 아직 현실의 억압이 극심하지 않았던 1930년대 초, 작가는 당대 지식인의 자기 분열을 W. 루이스Wyndham Lewis류의 자기 풍자처럼 지성의 힘으로 고민하는 지식인의 자아를 비판함으로써 극복하려 했다. 그 대표적 작품이「레디메이드 인생」(1934),「명일」(1938)이다. 그러나 작가는 지성의 힘만으로 자신과 같은 실업 지식인 주인공과 거리를 유지하는 데 실패한다. 즉, 작가는 단선적인 작가 자신의 목소리만으로 현실의 모순을 다 드러낼 수 없었던 것이다.

여기에서 나타난 새로운 형식이『태평천하』(1938)였다. 이 소설에서는 판소리꾼을 방불케 하는 내레이터가 작품의 전면에 드러나 이야기를 진행함으로써 작가가 일단은 직업적으로 자신의 의사를 표출하지 않아도 소설이 성립하게 된다. 그러나 이 경우에도 내레이터가 명확한 가치관을 제시해야 하므로, 역시 어려움을 느낀 작가는 마침내 대화 기법을 작품에 도입한다. 이 방법은 대립하는 계층의 작중인물들이 서로의 가치관을 내세움으로써 빚어지는 말싸움을 직접화법으로 그대로 써서 작가의 윤리관이 작품 전면에 드러나는 것을 최대한으로 막고 가치 판단을 독자에게 미루는 데 도움이 된다. 여기에서 채만식의 성공적 대화 소설인 「치숙」(1938.5.)과 「소망」(1938.10.)이 쓰이게 된 것이다.

다시 말해서 1930년대 초반, 아직 해결점이 보이던 시기에는 작가의 목소리가 작품 속에 나타날 수 있었으나, 점차 전망이 불확실해짐에 따라 관찰자로서의 내레이터가 작가와 등장인물 사이에 들어서서 작품을 진행하게 되었다. 그러나 이 경우에도 내레이터가 명확한 가치관을 제시해야 한다. 여기에서마저 어려움을 느낀 작가는 마침내 대화체 수법을 작품에 도입한다. 그러나 소설에서는 이야기의 진행자가 있어야 한다. 이 문제를 해결하는 가장 좋은 방법은 작중인물 중 한 사람이 내레이터가 되어 사건 속에 참여하는 것이다. 이렇게 되면 『태평천하』보다 작가와 작중인물의 거리가 훨씬 간접적이게 된다.

「치숙」은 상당히 판단하기 어려운 문제를 주제로 한다. 이 작품의 주요 등장인물은 조카인 사환과 지식인인 아저씨이다. 아저씨는 독립운동(사상운동)을 하다가 감옥살이로 몸을 다쳐 아내의 도움을 받으며 그날그날을 연명해간다. 반면 조카는 소학교를 마친 후 일본인 상점의 충실한 점원으로 생활하고 있다. 상반된 처지에 있는 아저씨와 사환의 대화가 이 작품의 주제를 이루는데, 우리는 그것을 두 가지로 요약해볼 수 있다.

첫째는 사상의 대립이다. 사환은 현재가 개인의 노력에 따라 잘살 수 있는 사회라고 역설한다. 반면 아저씨는 "사람이라면 제아무리 날구뛰어도 이 세상에 형적 없이 그러나 세차게 주욱 흘러가는 힘, 그게 말하자면 세상물정이겠는데 결국 그것의 지배하에서 그것을 따라가지, 별수가 없는 거다"라며 현시대의 모순을 역설한다. 즉, 사환은 부자가 잘사는 적자생존의 사회를 인정하고 그 가운데서 개인의 노력을 중요시하는 반면, 아저씨는 시대가 잘 못되어 있으므로 그것 자체를 고쳐야 한다는 것이다.

둘째는 생활의 대립이다. 사환은 가장이라면 자기 집안을 보살필 의무가 있다고 당당히 주장한다. 이에 아저씨는 자신의 아내처럼 고생을 낙으로 알고 살아가는 사람도 있다며 궁색하게 변명한다.

첫째 문제에서 아저씨는 조카뻘 되는 사환의 공격에 훨씬 설득력 있는 논리를 세울 수 있었다. 그러나 둘째 문제에서는 아무리 이상이 중요하지만 자신이 현실 세계의 무능력자이며 더구나 그나마 자신의 이상을 향해 진일 보하고 있다는 자신감조차 없다는 것을 부인하기 힘들었을 것이다. 과연 우리는 누구를 긍정적 인물로 볼 수 있을까? 이 어려운 판단, 즉 지식인과 생활인 사이의 가치문제에 대해 작가는 혼자의 윤리관으로 푸는 것이 아니라 작중인물들이 스스로의 언어로 대결하는 과정만 제시한다. 그럼으로써 지식인과 생활인이 일치할 수 없는 시대, 현실을 똑바로 인식하는 지식인이 생활인이 될 수 없으며 그렇다고 해서 생활과 유리된 지식인이 결코 긍정적인 사회인이 될 수도 없는 모순의 시대를 증언한 것이다.

이 방법은 「소망」에서도 그대로 사용된다. 당시 평자들에게는 「치숙」이 더 호평을 받았으나 채만식 자신은 「소망」에 더 큰 애착을 보였다.◆ 특히 그는 「소망」의 첫 구절을 자신의 유언장 내용으로 삼고 싶다고 공언할 정도로 주인공에게 애정을 가졌다.♦ 이는 작가가 내심으로는 고민하는 지식인에게 상당한 공감과 애정을 갖고 있었음을 반증하는 것이다. 즉, 지식인 계층인 작가가 자신도 모르는 사이에 「치숙」보다 훨씬 긍정적으로 지식인을 그린 「소망」에 더 비중을 두는 것은 오히려 당연한 현상이라 할 수 있다.

그러나 작가는 당시 상황에서, 현실 비판만이 가능할 뿐 현실 속에 뛰어들지 않는 방관자인 지식인이 결코 긍정적 인물이 아님을 잘 알고 있었다. 따라서 자신의 동병상련적 애정 때문에 소설이 주관성으로 흐르는 것을 막기 위해 작가는 등장인물인 지식인의 아내를 내레이터로 내세워 그의 언어체계와 사상으로 지식인을 보게 한다. 생활인인 아내의 눈에 비친 남편은 머리가 살짝 돈 사람이 아닐 수 없다. 갑자기 신문사를 뛰쳐나와서 한여름 내내 더운 방 속에서 땀을 흘리고 그도 모자라 동복을 입고 종로를 돌아다니는 남편, 설사 그것이 현실에 대한 울분이라고 하더라도 이런 식의 저항은 종로에서 뺨 맞고 한강에서 눈 흘기는 식의 엉뚱함 이상일 수 없는 것이다. 이런 아내의 비판과 그럴 수밖에 없는 남편의 행동이 작품 주제의 양극을 이루면서 의미의 다양성을 파생시키고 있다.

요컨대 작가가 설명하는 자author로서의 권위를 포기하고 낮은 자의 위치에 섬으로써 오히려 현실의 객관성과 진실성을 유지할 수 있는 힘이 생겼고, 그 힘이 독자를 감동케 한 것이다.[17]

♦ "단지 痴叔과 少妾을 맞대놓고 보면은 내가 보기에는 小說을 짬새로든지 무얼로던지 少妾이 비교적 痴叔 보다 나은 것 같은데……." '似而非 農民小說'(≪朝光≫, 1939.7.).

♦ '나의 遺言狀'(≪朝光≫, 1938.11.)에서 「소망」의 첫 구절인 "男兒여든 모름지기 末伏날 冬服을 떨쳐 입고서 鍾路 네거리 한복판에 가 뻗치고 서서 볼지니 …… 외상진 싸전 가게 앞을 활보해 볼지니 ……"가 현재 자신의 심정임을 피력하고 있다.

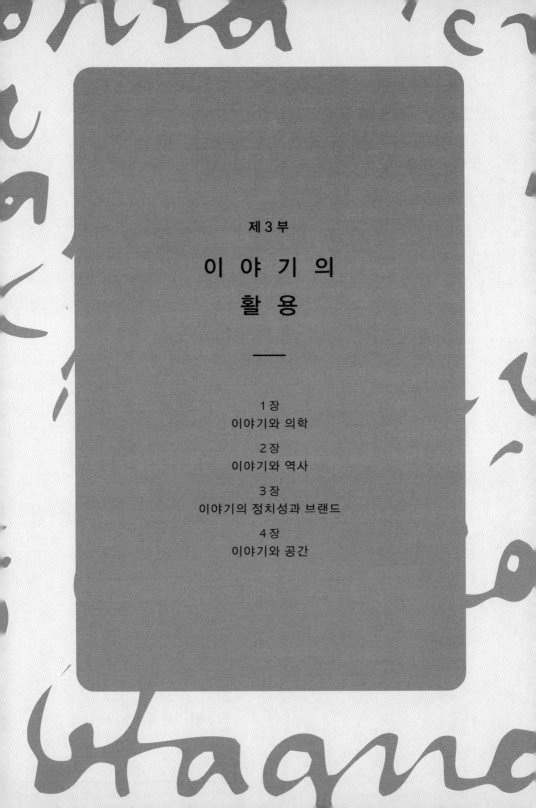

제 3 부

이 야 기 의
활 용

———

제3부

1장
이야기와 의학

1. 이야기 치료의 원조 '처용'

「처용가」는『삼국유사』권 2의 '처용랑 망해사' 조에 설화와 관련해서 나오는 노래이다. 이 유명한 설화의 줄거리는 다음과 같다. 처용의 아내가 무척 아름다웠기 때문에 역신疫神이 흠모해서 사람으로 변해 밤에 그 집에 가서 몰래 동침했다. 처용이 밖에서 자기 집에 돌아와 두 사람이 누워 있는 것을 보고는 노래를 부르고 춤을 추면서 물러 나왔다. 그 노래와 이어지는 이야기는 이러하다.

> 동경 밝은 밤에 밤들이 노닐다가
> 들어와 자리를 보니 가랑이 넷일러라
> 둘은 내해이고 둘은 뉘해인고

본디 내해지만 빼앗겼으니 어찌할고

그때 역신이 본래의 모양을 나타내어 처용의 앞에 꿇어앉아 말했다.

"내가 공의 아내를 사모하여 이에 잘못을 저질렀으나 공은 노여워하지 않으니 감동하여 아름답게 여기는 바입니다. 맹세코 이제부터는 공의 모양을 그린 것만 보아도 그 문 안에 들어가지 않겠습니다."

이로 인하여 나라 사람들은 처용의 형상을 문에 그려 붙여서 사귀를 물리치고 경사스러운 일을 맞아들이게 되었다.[1]

아내의 불륜을 보고도 춤추고 노래하는 처용의 이야기에 수많은 현대의 연구자들이 흥미를 품고 그 이유에 대해 연구해왔다. 「처용가」는 일단 무속적인 관점에서 해석되고 있다. 텍스트를 그대로 해석한다면 처용은 일종의 주술사이고, 「처용가」는 무가라 할 수 있다. 춤이 동반되는 노래로 역신을 쫓았으니 처용은 무격巫覡인 것이다.

그러나 이 논리가 신라와 고려 시대의 해석과 다소 다른 것은 논의의 방향이 '동침' 문제에 집중되어 있다는 점이다. 현대에 이르러, 왜 하필 이 설화에 역신과 처가 동침했다는 내용이 나왔느냐 하는 데 연구자들의 관심이 쏠렸고, 이 의문에 대해 여러 갈래의 해답이 제시되고 있다. 첫째, 고대인들은 병이 나면 역신이 성性을 탐한 것으로 인식했다는 기록에 근거하여 병에 걸렸다는 의미를 나타낸다고 보는 견해가 있다.[2] 대체로 역신은 질병을 주는 귀신이고, 역신과 처용 처의 간통은 처용 처가 역병에 걸린 상태를 말하며, 처용의 가무는 질병을 고치는 의식을 말한다는 데 의견이 모인다. 둘째, 처용의 아내를 여자 무당으로 보아 자유분방한 무격들의 성 윤리 표현으로 보는 주장이다.[3] 셋째, 처용의 인욕과 보시로 보는 견해이다.[4] 처용이 출현한 때가 일식 직후여서 일식신 '라후'로 인정되었는데 이 명칭이 불교의 인욕보살 '라훌라'와 관련되어 인욕고행으로서 「처용가」가 탄생했다든가, 처용은 호국의 용이고 그의 가무는 중생교화의 임무 수행이자 교화가무의 의미를 띠는바 성聖과 속俗의 대립이 설정되면서 높은 차원으로 지양된 세계를 보여준다는 견해이다.

근대 이전의 독자들이 별로 의문을 제기하지 않았던 문제, 즉 처용이 당시 정황으로는 불륜을 저질렀음이 틀림없는 아내와 역신을 용서했던 이유에 논의의 초점이 맞추어져 있다. 물론 전대에 비해 합리적인 근거를 대려고 노력하는 점에서 실증적인 현대 독자의 태도 변화를 엿볼 수 있다. 환상성 속에서 '사실'을 파악하려는 현대인의 사고방식, 즉 비논리적인 표면 심층에는 반드시 논리가 담겨 있다는 우리의 사고방식은 현실 세계를 우리의 논리로 재구축할 수 있다는 자신감에서 나온 것이다.

이 자신감은 「처용가」를 당대 사회의 현실과 연결해 해석하는 더 직접적인 형태로 나타난다. 이 논리를 간단히 요약해보자. 헌강왕 대는 신라의 영화가 극에 달했던 시대이다. 이런 호화와 번영 속에 이미 방탕과 유락 등 사회의 기강이 문란한 조짐이 싹트고 있었다. 처용의 이야기는 당시 문란했던 상류사회의 모습을 잘 반영하고 있다. 동해 왕은 당시 지방토호를 상징한 것이고, 처용은 그의 아들이었다. 당시 지방은 병든 경주에 대항하여 세력을 쌓아갔고 헌강왕은 이를 견제하기 위해 지방을 순례했으며 처용을 인질로 데려왔다는 것이다. 또 처용의 유락 행위와 그의 처의 치정은 당시 환락과 방탕에 빠져 있던 현실을 잘 반영하고 있다는 것이다.[5] 이용범은 울산항이 신라 시대에 국제 교역항이었다는 점을 들어 처용을 울산만에 당도한 이

슬람 무역상으로 설정하기도 한다.[6] 장덕순은 처용랑을 신라의 모범적인 인간형의 대표인 화랑으로 파악하여 애처를 빼앗기고도 표연히 야반 가두에서 홀로 노래와 춤으로 분노를 삭이면서 깨끗한 체념과 울분을 읊조린 것이 화랑적인 신라 신사의 기품이라고 표현했다.[7]

그러나 많은 역사 자료를 동원해 객관적인 당대 현실을 재구축해도 여전히 의문으로 남는 부분이 있다. 이 때문에 정신분석학적 분석이 등장한다. 이 작품은 용왕과 아들의 설정, 살부의 음모(가무로 역신을 쫓아내는 모티프)를 오이디푸스 콤플렉스의 모티프로 갖고 있으나, 춤과 노래를 행함으로써 이 콤플렉스를 한국적으로 승화한다는 것이다.[8]

그런데 굳이 객관적인 자료를 동원하고 인간의 원초적 심리까지 끌어들이는 이 독법 뒤에는 용은 실존하지 않는 동물이고 역신은 존재하지 않으며 당시에도 현대 또는 최소한 조선 시대처럼 여인의 정조가 엄격하게 지켜지고 있었다고 보는 현대 우리의 사고방식이 전제되어 있다는 사실을 유념해야 한다.[9]

아무튼 이 많고도 분분한 해석에 또 하나의 해석을 붙여보자. 「처용가」는 처용이 자신의 불운한 처지를 객관적으로 진술한 '이야기'라는 점에 착안한다면 이 사건과 노래는 일종의 이야기 치료 과정이라고 할 수 있다. 그는 난감하고도 충격적인 사건을 '이야기'함으로써 현실을 인지하고 자신의 경험을 극복할 수 있었다. 즉, 정신적인 외상에서 빠져나올 수 있었던 것이다. 그는 이야기함으로써 '병'을 치유한다. 그리하여 역신을 물리친다.

우리는 여기서 무당의 기능을 살펴볼 필요를 느끼게 된다. 현재에도 존재하는 '굿'은 많은 경우 어려운 처지에 놓인 사람들의 원을 풀어주기 위해 벌어진다. 실연당한 슬픔을 못 이기고 자살한 아들을 둔 부모가 있다고 하자.

갑작스럽게 자식을 잃고 혼절하여 정신을 차릴 수 없는 부모 앞에서 무당은 울면서 자식의 목소리로 이야기한다.

실연당하고 주체할 수 없는 슬픔 때문에 한강까지 가게 된 사연, 가면서 느꼈던 것, 겪었던 것을 마치 눈앞에 보는 것처럼 생생하게 말한다. 자신을 잃고 슬픔에 겨워하는 부모님에게 사죄의 말을 전하며 부디 몸조심하시라고 당부한다. 눈물겨운 이별의 현장이 펼쳐지고 아들은 저세상으로 천천히 걸어간다.

이 세상에 남은 부모는 도저히 정면으로 볼 수 없었던 현실을 구체적인 상황을 재구성함으로써 객관화하면서 자신을 이겨낼 힘을 가질 수 있게 된다. 어쩌면 굿이야말로 예부터 전수되어온 한국형 이야기 치료인지 모른다. 그렇다면 무당의 원조격인 처용이야말로 이야기 치료로 스스로를 치유한 이야기 치료사의 원조라고 할 수 있다.

2. 의학과 이야기가 만나는 시대적 배경: 지식 패러다임의 전환

1) 실재에 대한 다른 입장과 이야기의 중요성

우리는 세상을 어떻게 인식하는가? 우리에게 실재란 무엇인가? 실재에 대한 인간 지식에는 대체로 세 가지 다른 입장이 존재한다. 첫째, 실재는 있을 수 있는 것으로, 그 요소와 작용은 인간이 정확하고 반복적으로 사용할 수 있다. 둘째, 우리는 우리의 인식 안에 갇힌 죄수이다. 실재를 묘사하려는 시도는 그것을 그려내는 사람에 대해서는 많은 부분을 알려주지만 실재에 대해서는 별로 언급하지 못한다. 셋째, 지식은 그것을 알고 있는 자들의 공동체 내에서 발생하며 우리가 재구성하는 사회의 실재는 우리가 타협해서 만든다.

실재에 대한 견해는 첫째에서 셋째로 진화했다고 보는데, 이런 세계관과 관계있는 네 가지 요소를 중심으로 실재가 이야기를 통해 인간에게 재구성된다는 견해를 살펴보자.

첫째, 실재는 사회적으로 재구성된다. 실재는 우리가 살고 있는 사회, 제도, 관습 등에 의해 해석되고, 해석의 방식은 시대의 변화에 따라 달라진다.

둘째, 실재는 언어를 매개로 구성된다. '지금, 여기'로 전달되는 언어의 능력 때문에 언어 일상에 존재하는 다른 영역에 다리 기능을 하며 사회적으로 지금 여기 부재하는 다양한 대상을 현재화하는 것이 가능하기 때문이다. 언어를 통해 세계가 매 순간 구체화된다.

셋째, 실재는 이야기를 통해 형성되고 지속된다. 우리가 사는 세계가 언어에서 나온다면 그것은 우리가 말하는 이야기에서 생겨나서 소실된다. 왜냐하면 이야기는 우리의 지식을 조직하고 유지하고 순환시키는 기능을 하기 때문이다. 우리는 일상에 대한 우리의 경험과 기억을 주로 이야기 형태로 조직한다. 우리에게 인생이란 결국 자신의 이야기를 말하는 것이고 다른 사람이 말한 인생에 이야기를 가미한 것이다.[10]

우리는 자신을 종종 다른 이야기의 주인공에 빗대어 이야기한다. 예를 들어 우리는 명작 동화의 주인공에 자신을 쉽게 감정이입한다. 사춘기의 한 학생이 안데르센의 동화 「미운 오리 새끼」에 자신을 중첩하면서 눈물짓고 슬퍼한다고 하자. 그는 자신이 부모님이나 동생들과 매우 다르게 생겼고, 그 때문에 따돌림을 당하고 있다고 생각하며, 그 과정에서도 미운 오리 새끼처럼 백조가 될 날을 기대한다.

그가 실제로는 차별받고 있지 않을 수도 있고, 차별의 정도가 그렇게 크지 않을 수도 있다. 나중에 정말 백조여서 그렇게 이질적으로 보였다는 사실이 밝혀지지 않을 수도 있고, 실제로 백조가 아니라 미운 오리로 평생을 살아갈 수도 있다. 그러나 자신이 생각한 몇 가지 공통적인 요소 때문에 그와 그가 놓인 세계의 실재는 동화의 세계와 동일시되면서 재구성된다.

그러나 그가 이렇게 자신을 이야기화할 때도 단지 개인의 지엽적인 취향 때문에 동화와 연결하는 것은 아니다. 그가 이야기를 선택하는 과정은 문화적이며 사회적이다. 우리는 우리가 태어난 사회의 문화적 이야기나 문화적 이야기와의 관계에서 우리가 구성한 개인적 이야기를 통해 삶을 이해한다. 문화에 따라 각각 다른 이야기가 지배적 이야기가 된다. 어떤 문화에서는 지배적인 이야기를 비주류 문화의 사람들에게 강요하기도 한다. 아무튼 이런 갈등과 융합, 조절의 과정을 통해 성립된 이야기는 개인의 정체성 형성에 중요한 기능을 한다.

넷째, 결국 본질적인 진실은 존재하지 않는다. 실제는 객관적이지 않기 때문에 우리가 할 수 있는 일은 경험을 해석하는 일이다. 그러므로 우리가 해야 할 일은 다른 사람들과 같이 일해 다양한 자기 경험을 창출하고 그들이 선호하는 맥락 속의 자기와 비교할 수 있어야 한다.

2) 사건을 의미 있는 경험의 상태로 만드는 이야기의 기능

내러티브는 인간의 가장 기본적인 활동이다. 이야기를 말하는 개체인 인간은 개인적으로, 사회적으로 이야기화된 삶을 살아간다. 문자 이전의 문화에서 이야기를 말하는 사람의 역할은 인류 공동체의 기억과 문화를 영속시키는 것이었다. 예를 들어 성경의 이야기는 필사되기 전에 수 세기 동안 말로 전달되었다. 이야기나 우화, 고대 문화에 대한 이야기는 그것이 속한 문화의 신념체계, 역사적 기록, 공통되는 문화 요소를 간직했다. 정보를 담는 그릇으로서의 이야기는 초기 문화에 복잡한 개념과 체계를 기억하는 충분한 방법을 제공했다.

왜냐하면 앞에서 상세하게 논의한 것처럼 이야기는 기억을 위한 구조를 제공하기 때문이다. 다시 말해서 인간의 기억체계가 이야기 구조로 되어 있기 때문인 것이다. 실제로 오스트레일리아 원주민은 지도를 읽을 줄 모른다. 대신 그들은 장소의 이름과 그들이 있는 위치로 이야기를 풍부하게 말한다. 이야기는 다른 장소에서 각 위치의 관계에 대한 언어적 지도를 제공한다. 그들에게 이야기를 안다는 것은 길을 찾는 수단을 확보했다는 것을 의미하며, 이야기를 모른다는 것은 길을 잃었다는 것을 의미한다.

이야기는 뇌가 쉽게 인지할 수 있고 그 특성 위에 특성을 쌓을 수 있는 패턴, 즉 정보에 대한 초인지적 조직자이다. 이야기적으로 구조화되지 않은 정보는 기억 속에서 쉽게 잊힌다. 이야기는 우리에게 질서를 부여하기 위한 틀을 제공한다. 이야기는 떨어져 있는 독립된 사건이나 사실을 서로 뜻이 통하고 의미가 있도록 관련짓고 연결할 수 있도록 해준다.

이야기는 임의적으로 남아 있는 혼란스러운 사건을 조직하고 선택하며 다양한 사건들을 의미 있는 경험의 상태로 만든다. 즉, 이야기는 우리 삶을 채우고 의미 있는 실제와 사건들이 지니는 의미를 형성해나가는 방식이며, 동시에 그 의미를 파악하고 이해하는 방식이다. 충분하게 이해되는 이야기는 중심 주제, 보편적 진리, 도덕적 결과를 기초로 작성된 것들이다.

또한 이야기는 공동체 형성에 중요한 기능을 한다. 원래 사람들이 이야기를 하는 근본적인 이유는 개념적 정보를 이해하기 위해 이야기를 구성하는, 생물학적으로 주어진 인간의 성향 때문이다. 그러나 또 한편 우리는 다른 사람과 이야기를 교류하는 과정에서 끊임없이 확장되고 넓어지는 공유된 세계 속으로 들어가게 된다.[11]

공유하는 이야기가 있을 때 우리는 상대방에게 더 친밀감을 느낀다. 그래서 모르는 사람과 처음 만났을 때 서로 친밀감을 획득하는 수단으로 공통되는 이야기를 화제로 삼는다. 한국 남성들 사이에서 군대 이야기는 손쉽게 공유되는 관심사이다. 고참에게 기합을 받던 이야기, 초소의 추위와 군대 짬밥 등이 거론되기 시작하면 그 모임이 끝날 때까지 군대 이야기가 멈추지 않는다.

그다음으로 자주 등장하는 주제는 스포츠 이야기일 것이다. 축구나 야구가 이야기의 단골손님으로 등장한다. 특히 월드컵 기간에 사람들을 흥분하게 하고 단합시키는 것은 그 전날 한국이 외국팀과 어떻게 싸웠는가에 있다. 이런 경향은 외국도 마찬가지이다. 2010년 월드컵 경기에서 부진한 실적을 낸 프랑스는 그와 관련하여 감독이 국회 청문회에까지 서야 했다. 그만큼 축구는 전 국민의 관심사이며 공론의 장으로 작동한다.

3. 이야기 치료

1) 이야기 치료의 정의

(1) 이야기의 정치학

결국 이야기는 누가 어떤 관점에서 무엇을 보느냐에 따라 다양한 해석의 스펙트럼을 지니게 된다고 볼 수 있다. 이런 특징을 좀 극단적으로 말한다면, 푸코Michel Foucault의 주장처럼 어떤 지식이 사실이며 그것이 정당하고 적절한지는 지배적인 지식이 어떤 권력의 위치를 차지하느냐에 따라 결정된다. 그의 연구에 따르면, 광기를 구성하는 것이 무엇이냐는 토론에서 지배적인 목소리는 당대 사회의 권력 구조와 밀접한 관련이 있다. 우리가 과학이라고 생각하는 의학 분야에서까지 이런 권력 구조가 작동한다는 사실에서 우리는 권력은 지식이고 지식이 곧 권력이라는 점을 알 수 있다.

푸코에 이어 화이트Hyden White는 사람들이 우리 문화의 지배적 이야기를 내재화하는 경향이 있으며 정체성의 진실을 쉽게 믿는 경향이 있다고 한다. 푸코의 용어를 빌리자면, 우리는 우리 문화 속에서 권력의 담론을 통제하는 사람들의 내재화된 시각하에서 다루기 쉬운 사람이 되기 쉽다. 지배적인 이야기가 다른 이야기가 제공할 수 있는 가능성을 우리로부터 차단하기 때문이다.

그리고 지배적인 이야기가 우리가 선호하는 이야기를 삶에서 말살시킬 때 치료가 필요하다. 사람들은 이야기 속에서 태어나고 살아가며, 자신의 사회적·역사적 맥락 속에서 특별한 사건을 기억하거나 잊어버린다.

이런 입장에서 이야기 치료란 사람들이 올바른 담론의 맥락에서 조화롭게 이야기될 수 있는 인생의 사건, 그리고 그것이 어떻게 이야기될 수 있는지 선택할 수 있는 틀을 가질 수 있도록 돕는 것을 의미한다.

(2) 다시 이야기하기

이야기 치료는 '재再저작하는' 또는 '다시 이야기하는re-storying' 대화에 관련된 것이다. 이야기 치료자들에게 이야기란 다음과 같은 것들로 구성된다. 즉, 사건들, 연결된 순서, 시간의 흐름, 구성에 따른다. 인간은 해석하는 존재이다. 우리는 자신의 삶에 대한 이야기들을 어떤 사건들을 일정 기간 시간의 흐름에 따라 순서대로 함께 연결해 만들어간다. 그리고 그 의미는 이야기의 플롯을 형성한다.

우리는 우리 자신에 대해, 능력이나 투쟁, 자신감, 행동, 소망, 관계성, 직업, 관심사, 성취, 실패에 관한 많은 이야기를 가지고 있다. 그리고 그것의 의미는 이야기를 어떤 순서에 따라 연결하는가, 그리고 사건들에 어떤 의미를 부여하는가에 따라 달라진다.

예를 들어 자신을 좋은 운전자로 이야기할 때, 당연히 좋은 운전자임을 증명할 수 있는 일화들을 중심으로 사건을 묶고 그것을 증명할 수 있도록 사건을 해석할 것이다. 더 많은 사건이 선택되고 주된 줄거리로 모아질수록 이야기는 풍요로워지고 진실해진다. 또한 이야기가 쌓일수록 운전 능력에 대한 사건들은 쉽게 기억되고 그 이야기에 덧붙여진다. 이러한 과정을 통해 이야기는 점점 더 견실해져서 내 삶을 더 지배하게 되고, 점점 더 내가 도달한 이야기에 들어맞는 사건의 사례들을 찾기 쉬워진다.

내 운전 능력에 대한 지배적인 이야기들은 나의 현재 행위에 영향을 미칠 뿐만 아니라 나의 미래 행위들에 함의를 가지게 될 것이다. 예를 들어 밤에

장거리 운전을 해달라는 부탁을 받는다면, 나는 내가 좋은 운전자라는 이야기를 가지고 있을 때 이 부탁을 쉽게 들어줄 것이다. 따라서 나의 이야기들은 중립적인 것이 아니라 내 미래에 영향을 미치고 내 삶을 만들어가는 것이다.[12]

이런 정황은 치료 상황에서 많이 발생한다. 예를 들어 크랙스톤 가족이 아들인 션이 물건을 훔치다 잡혔을 때, 치료사에게 도움을 청하면서 이렇게 말한다.

> 션은 물건을 훔치고 우리가 그를 말리려 해도 듣지 않아요. 그는 어렸을 때부터 언제나 문제아였지요. 어머니인 앤이 아팠기 때문에 션은 어린 소년이었을 때 관심을 받지 못했어요. 그때 이후로 션은 언제나 학교에서 말썽을 부려왔지요. 스스로 대소변을 가리지도 못했고 항상 형제들에게 싸움을 걸었어요. 이제 션은 주목을 끌려고 물건을 훔치기 시작했어요.[13]

이 이야기 안에서 션의 훔치는 행동은 주목을 끌기 위한 것으로 해석되고 있다. 이 특별한 의미(지배적 구상)는 이 해석과 맞아떨어지는 과거의 다른 사건들과 함께 묶여서 나오게 되는 것이다. 가족들은 점점 이 이야기에 따라 그를 보기 시작했고, 그 후 주목 끌기에 해당하는 많은 사건이 발생했으며, 주목 끌기로서의 이야기가 점점 더 우세해졌다. 이 특정한 이야기를 말하기 위해서 사건들이 과거에서부터 현재로 골라져서 그의 부모가 도달한 의미에 맞추어 설명되고 해석되었다.

이런 해석을 우리는 빈약한 서술이라고 하는데, 이 빈약한 서술 때문에 빈약한 결론에 이르게 되고, 션은 점점 더 잘못된 정체성을 형성하면서 나쁜 행동으로 빠지게 된다. 이야기 치료자들은 처음에는 압도적으로 보이는 빈약한 결론들과 마주치면서 대화 중에 대안적 이야기를 찾으려는 데 관심을 갖게 된다. 그리하여 피치료자가 자신의 삶과의 관계에서 자신이 선호하는 이야기들을 새롭게 제작해낼 수 있도록 돕는다.

2) 이야기 치료의 담론 구조

이런 맥락에서 이야기 치료 시 대상자를 처음 만날 때 가능하면 그 사람의 입장에서 이야기의 의미를 이해하려고 해야 한다. 이것은 전문가의 '필터'에 역행하는 것을 의미한다. 이야기에 산재한 정보의 조각들 중에서 유용한 의미를 수집하거나 핵심 문제의 진실을 캐려고 하지도 않는다. 그 대신 피치료자의 시각과 언어로, 무엇이 그들로 하여금 전문가의 도움을 찾도록 했는지 이해하려고 노력한다. 그리하여 그들의 시각과 행동을 연결해 그들의 개인적 이야기를 만들어낼 수 있는 것이다.

여기서 중요시되는 것은 '알지 못함'의 태도이다. 치료자는 이미 알고 있다고 이해하면서 질문하지 않아야 하고, 원하는 특정한 답변을 얻어내려고 질문하지 말아야 한다. 경험에 집중하면서 다른 사람의 말을 전부 들은 후에 자신의 말을 할 수 있어야 한다. 치료자는 스스로 '내가 이런 상황에서 느꼈던 것을 이해하고 있는가, 또는 확실하지 않은 가정으로 그들의 이야기에서 생기는 격차를 채우려 했는가?' 하고 반문하게 된다. 그리고 '이 사람의 입장에 서기 위해 나는 무엇을 알아야 하는가'에 대해서도 질문한다.[14]

이처럼 사람들의 이야기의 힘없고 고통스럽고 병적인 장면을 구체화하거나 강화하지 않으면서 그들의 이야기를 받아들이고 이해하려는 듣기를 해체 경청deconstructive listening이라고 부른다. 이러한 이야기 경험을 통해 전문가는 아직 이야기로 구성되지 않은 삶의 이야기 장면을 위한 통로를 찾으려 한다. 이 같은 태도가 사람들의 이야기의 '사실factity'을 해체하도록 도우며, 이러한 해체가 제한된 이야기에 집착하는 것을 막을 수 있게 한다.[15]

이런 정신 아래 이야기 치료 담화의 구체적인 특성은 다음과 같은 세 가지 특성을 띠게 된다.

첫째, 상호 구성이다. 치료를 구성하는 이야기의 재구성은 이야기하는 사람의 목소리와 관계자의 목소리 사이의 경계를 흐리게 한다. 이 경우 담론 구조는 실제로는 여러 사람의 진술이 섞여 있으면서도 마치 한 사람의 환자의 목소리같이 부드럽게 흘러가는 듯 보인다. 치료사의 역할은 환자와 치료사의 다른 초점들을 상호 구성의 한 점에 모이도록 돕는 것이다.

둘째, 적합성이다. 치료적 대화의 최종 목표는 과거 사건에 대한 지시적 묘사도 아니고 가상적 해법으로의 발전도 아닌, 둘 사이의 그 무엇이다. 이야기는 진실이나 현실의 대안이 아니다. 성공적인 치료의 필수 조건은 환자가 오인한 현실을 인지하는 것이다. 환자들은 자신의 문제에 대해 실제적인 노력을 하기 전에 그들의 근원, 문제의 역사적 원인을 인지해야 한다. 그리고 추가적으로 치료자의 도움을 받아 그들의 문제를 극복하는 수단을 배울 수 있다. 환자들은 대화 과정에서 '난 한 번도 그렇게 생각해본 적이 없다', '난 전에 절대로 이런 식으로 말하지 않았다'는 말이나 표정 등을 통해 자신이 자신의 문제를 인지했다는 '아하!'의 신호를 보내게 된다.

셋째, 반사성이다. 치료상의 담론은 반사성이 없는 것, 즉 사실을 나타내는 말과 반사성의 메타 언어적 역할, 즉 타인의 말을 표현하는 언어로 이루어져 있다. 특히 반사성의 언어는 적극적인 역할 연기와 치료자가 환자의 은유를 잠재의식 중심의 암시로 받아들이는 것처럼 참여자가 의도적으로 남의 입장을 자신의 것으로 적응하는 것들이 있다.[16]

3) 다양한 내러티브 측정의 방법들

충격적인 사건 이후의 정신적인 외상을 치료할 때 내러티브 이론이 도움이 된다는 데 많은 심리학자들이 동의하고 있다. 왜냐하면 사람들은 자신의 경험을 궁극적으로는 이야기로 말하고, 당연히 이야기에는 그러한 경험에 대한 기억이 반영되어 있기 때문이다. 이런 동의하에 심리학자들은 자신들이 연구하는 심리적 구성체들에 대해 조작적 정의operational definition가 필요하다는 데에 의견을 같이했다. 이것은 계량화가 가능한 용어로 기술되는데, 구성체를 일관성 있게 측정하기 위해 단계적으로 무엇이 나타나는지 측정하는 데 필요한 개념이다. 심리적 구성체를 직접적으로 관찰하는 것은 불가능하지만 명백한 징후로부터 추론해내는 것은 가능하다.

보통 문학 같은 예술 영역에서는 내러티브의 구조적 통일성을 연구하지만 심리학이나 치료에서 내러티브 자체의 완결성을 연구하는 것은 문제가 있다. 이야기가 잘 짜여 있는가, 재미있는가, 극적 효과가 있는가 하는 문제는 내러티브 구성의 질적 차원이지 환자의 심리 상태를 측정할 수 있는 도구가 아니기 때문이다.

이 때문에 심리학자들은 내러티브 코딩coding을 위해서 다른 시스템들을 연구하고 있다. 첫째, 직접적으로 관찰 가능한 단어를 계산하는 방법이다. 단순한 단어 계산으로 사전식의 단어에 기초하여 다시 단어들의 분포 양상을 계산하는 방식이다. 단어당 문자 수, 문장당 단어 수, 그리고 전체 문자

수를 통해 측정된다. 이러한 측정 결과물들은 환자의 기록에서 내러티브 구조를 통해 폭력적 행동에 노출된 존재를 판단하는 기준으로 사용된다.

그런데 이런 단순한 단어 계산법은 너무 많은 결점이 있다고 지적되었다. 이런 측정 방법은 환자의 기초적인 상태만을 반영할 뿐이며, 나아가 단어나 문장 길이의 측정으로 결과가 무의미하게 나올 수 있다는 것이다.

둘째, 간단한 단어, 문장, 개별적인 단어들의 실제 차지 비율을 통해서 내러티브를 평가하는 사전식 코딩 방식이 있다. 페니베이커J. W. Pennebaker와 프랜시스M. E. Francis[17]의 '언어학적 조사와 단어 계산법Linguistic Inquiry and Word Count: LIWC'이 가장 유명하다고 할 수 있다. LIWC는 단어들의 범주를 결정하기 전에 텍스트 파일들을 스캔하는 자동화된 프로그램 시스템이다. 이 단어 계산법은 구조화된 글쓰기를 통해 드러나는 정서 효과의 결과를 실험하고 조사할 때 광범위하게 사용된다. 페니베이커와 프랜시스는 경험에서 의미를 찾으려는 개인적인 시도가 어떤 식으로 반영되는지 단어들 사이의 연관성을 통해 파악할 수 있다고 생각했다. 그들에 따르면 내러티브의 통일성은 인과성, 통찰력과 관련된 단어들의 발생률이 높은 정도에 좌우된다.

여기서 더 발전하여 쥘너L. A. Zoellner, 알바레즈-콘래드J. Alvarez-Conrad, 포아 E. B. Foa[18]는 내러티브를 더 세분화하면서 위협 전, 위협 중, 위협 후의 폭행 희생자에 대해 연구했다. 위협의 각 상황마다 부정적 느낌과 감정에 대한 내용을 포함하는 발화의 개수를 약호화하는 것이다. 이런 시스템은 그 이전의 간단한 단어를 계산하는 것보다는 향상된 것이지만 내러티브의 특징들에 해당하는 열쇠를 포착하는 데는 한계가 있다. 예를 들면 문맥을 고려하지 않기 때문에 반어나 은유를 포착하고 단어를 분류하는 데 실패했던 것이다. 그러나 이러한 한계가 있더라도 이 시스템은 자동화 방식을 구축했다는 점에서 신속하고 신뢰성이 있다.

셋째, 감정 평가의 방법이 있다. 먼저 발화와 진술을 통해 텍스트를 해부하고 그러고 나서 텍스트 전체를 판단하는 방식이다. 예를 들어 프래트M. W. Pratt, 보이즈C. Boyes, 로빈스S. Robins, 맨체스터J. Manchester[19]는 내러티브의 통일성을 대명사와 관사의 통일성으로 정의한다. 그들은 애매성과 부가성이라는 두 개의 문제점을 약호화하기 위해 명사구를 조사했는데, 이 명사구는 각각 부가적, 임시적, 인과적, 반의적이라는 네 가지 접속사 유형으로 파악되었다.

통합 채점 시스템은 텍스트 전체에 적용하기 위해 표준화된 정교한 프로그램을 바탕으로 한다. '내러티브의 복잡성'은 글을 쓰는 동안 발생하는 개인의 인지 과정에서 특징적으로 나타난다. 전체 텍스트의 통합적 복잡성은 1부터 7까지 기록되는데, 1은 통합성이 없는 단일한 관점을 지칭하고 7은 최상위 체계를 의미한다. 또 케이츠S. Katz[20]는 정통적인 내러티브의 관점에 좀 더 가까운 방식으로 다른 통합 시스템을 개발했다. 이 시스템에서 내러티브의 통일성은 인물, 또는 인물의 모습, 이어질 내용에 대한 기대를 불러일으키는 시작, 중간, 그리고 기대가 성취되는 결말을 필요로 한다. 텍스트들은 1(비통일적)부터 5(매우 통일적)까지 많은 기준에 의거하여 점수를 획득한다.

긴장된 사건은 통합적인 내러티브로 나타나기 매우 어렵다. 흔히 무의식 중에 나타난 긴장된 기억들은 갑자기 끼어든 기억, 즉 간섭적 기억intrusive memories의 형태로 나타난다. 간섭적 기억들은 전체 인지 시스템의 현재 조작에 치명적인 결과를 불러올 수 있다. 그런데 내러티브 구축이 이러한 분열된 시스템을 통합할 수 있을지 인지심리학자들에게는 흥미로운 과제이다.

그렇다면 일관된 내러티브의 구축이 이런 간섭적 기억들을 약화시킬 수 있을 것인가? 이야기를 작성할 때 원체험의 복잡성과 크기는 기억을 해내기에 힘들지 않을 만큼 축소되는 경향이 있다. 그래서 사람들은 나쁜 기억은 될 수 있으면 회피하려는 경향이 있는 것이다. 내러티브를 생성하는 과정에서 부정적 사건들에 대한 기억들이 이야기 속에 삽입되어 좋지 않은 경험에 접근하기 쉽지 않게 되고, 내부적·외부적 자극이 부정적 사건들에 대한 기억을 활성화하면서 좋았던 기억이 축소되기도 하기 때문이다. 실제로 감정과 이미지를 말이나 글로 표현하는 과정에서 스트레스를 받은 사건에 대한 기억까지 변화시킨다는 연구 결과가 나와 있다.

일관된 이야기를 통해 생각과 감정을 통합하는 것은 기억을 어떤 일관된 방향으로 전이시킨다. 즉, 내러티브의 구축이 기억을 변경시킬 수 있다는 이런 견해는 기억이 단지 최초의 경험에 대한 복사가 아니며 기억자의 현재 활동 목표에 따라 재구축된 것이라는 의미이기도 한 것이다.

그런데 내러티브가 스트레스를 받은 기억을 변형시키거나 새로운 스키마를 제공한다는 발견에도 불구하고 내러티브의 생성에 따른 기억에 대한 직접적인 평가를 조사한 연구 보고는 아직까지 없다. 군이 있다고 한다면 무작위로 선정된 사람들에게 스트레스로 받은 경험을 내러티브로 작성하도록 하고, 그들의 건강 변화를 비서사적 보고서로 작성하거나 무작위로 선정된 사람들을 비교하는 방법이 있는 정도이다.

그러나 스트레스를 받은 경험을 내러티브로 작성함으로써 긍정적인 결과가 나온 사례는 많지만 때로 그 효과가 두드러지지 않는다는 연구결과도 있어서, 사실은 좀 더 조심스러운 실험 방법이나 접근 방법이 필요하다고 판단된다.

내러티브와 정신건강의 상호작용을 연구한 사례 중에는 이런 것도 있다. 웡P. T. P. Wong과 와트L. M. Watt는 성공적인 장년층과 그렇지 못한 층을 구분해 육체적 건강과 심리적 안녕에 대한 자기 보고서를 작성하도록 했다. 성공적인 장년층의 추억은 통합적이고 도움이 되는 주제들을 포함하고 있었고, 성공적이지 못한 장년층과 비교했을 때 상대적으로 강박적인 주제들이 적게 나타났다. 그런데 그들의 내러티브 전체를 채점한 결과, 성공적인 그룹과 그렇지 못한 그룹 사이의 특징적인 구별점은 나타나지 않았다.

그렇다면 내러티브와 육체적 건강은 관련이 있을 것인가? 자기표현적 글쓰기나 구조적으로 털어놓는 이야기는 심리적 안녕을 증가시키고 간섭적 기억을 감소시키는 효과가 있다. 또한 가족을 잃은 장년층의 절망감과 우울증을 감소시키며 친구의 자살 이후 나타나는 학생들의 슬픔을 감소시키고 류머티즘 관절염 환자들의 상태를 호전시키기도 한다.

자기표현적 글쓰기는 기억 능력을 향상하는 데도 효과적이다. 기억 행위 능력은 방해나 혼란에 직면했을 때 집중력을 유지하는 통제 능력이고, 참가자가 정보를 기억하기에 필요한 인지 과제로 평가된다.

결과적으로, 충격적인 사건이나 스트레스에 관한 내러티브 구축이 인간의 건강, 인지, 기능, 심리적 안녕을 향상한다. 많은 심리학자가 스트레스 사건을 이해하는 것이 사람들에게 유익하며 내러티브는 그러한 사건들이 의식 밖으로 덜 돌출되게 만드는 쪽으로 기억 묘사를 바꾼다고 생각한다. 부정적 사건에 대한 간섭적 기억을 약화시켜주는 내러티브의 힘은 건강, 정서, 인지에 대단히 긍정적인 효과를 불러일으킨다.[21]

4. 놀이 치료

1) '놀이'와 이야기의 공통점

(1) 놀이의 순수 공간과 이야기의 혼성 공간

놀이는 시간과 공간의 명확한 한계 속에서 이루어진다. 축구 같은 스포츠 경기는 축구장이란 한정된 공간에서 전·후반 각각 45분의 시간 속에서 치러진다. 공이 울타리 밖으로 나가면 참가자는 패널티를 받고 다시 경계선 안에서 경기를 시작해야 한다. 놀이의 영역은 이처럼 닫히고 보호받으며 따로 잡아둔 공간이다. 놀이는 밀폐된 공간을 앞으로 내세우면서 자신이 생산적인 생활 공간과 분리됨을 뚜렷하게 주장한다.[22]

그리고 놀이의 한정된 공간에서는 복잡하게 얽혀 무질서하게까지 보이는 일상의 생활 규칙 대신에 좀 더 명확하고 자의적인 규칙이 통용된다. 놀이자가 이 규칙을 마음으로부터 받아들이지 않으면 그 놀이는 무의미하게 되고 진행이 되지 않는다. 왜 이런 비합리적이고 불합리한 규칙이 있는가 하고 아무리 비난해도 그 놀이의 가치는 떨어지지 않는다. 놀이는 놀이이기 때문에, 현실과 닮아 있다거나 현실의 가치관을 반영하고 있다는 것은 놀이의 가치를 측정하는 데 하등의 도움이 되지 않는다. 놀고 싶은 사람이 놀고 싶을 때 자유롭게 그 순수 공간 un espace puré으로 들어가서 규칙의 한계 내에서 즐기면 되는 것이다.

이런 놀이의 공간 형성은 이야기 속의 "옛날옛날에"의 기제와 일치한다. 이 구절은 여기부터가 이야기가 시작되는 시·공간이라는 신호이며 사람들은 이 신호에 의해 기꺼이 이야기꾼이 만들어놓은 이야기의 혼성 공간에 진입한다. 물론 이 이야기의 세계가 현실과 다르다는 것을 알지만, 그렇다고 그것을 인지하는 것이 그 이야기의 실감을 떨어뜨리는 것은 아니다.

앞에서 지적한 바 있듯이 우리는 현실 속의 진짜 이야기 속에 살고 있으면서 동시에 다른 이야기를 떠올린다. 이때 이 두 가지 이야기는 섞이지 않고 구분되어 우리 마음에 떠오른다. 이것은 역할과 행동, 목표, 행위자, 그리고 대상을 갖춘 한 편의 마음속 이야기가 현실 속의 이야기와 공존하고 있는 경우인데, 이는 상호 간에 충돌하는 두 개의 지적 구조가 활성화되고 그것이 다시 창조적으로 뒤섞여 새로운 지적 구조물로 만드는 인간의 능력을 말하는 것이다.

사람들은 '만약'이라는 가정하에 새로운 이야기를 만든다. '만약 전기가 없다면'이라는 가정을 할 때, 우리 머릿속에서는 전기가 없어질 때 벌어지는 온갖 나쁜 일이 떠오르며 전기를 아껴써야 하겠다는 새로운 생각을 하지만 실제로 지금 현재 전기가 없어졌다고 믿는 것은 아니다.

이 때문에 이 공간, 즉 놀이의 공간은 내적 정신 실제가 아니면서 개인의 바깥에 있다. 그러나 그것은 외적 세계도 아니다. 우리는 외적 현실로부터 대상과 현상을 이 놀이의 영역 안으로 가져다가 내적이며 개인적인 실제로부터 온 것을 위한 표본으로 사용한다. 환각에 빠지지는 않지만 우리는 잠재적 꿈의 표본을 만들어내며 외적 현실로부터 가져온 조각들의 장치 안에서 이 표본과 같이 사는 것이다.[23]

(2) 현실 규범의 씨앗으로서의 놀이 공간의 규칙

그렇다면 사람들은 왜 이렇게 현실에 별로 소용이 되지 않는 놀이를 즐기는 것일까? 놀이 태도는 '속아주는 건강한 생명력의 승리'이다.[24] 사람들이 이야기 속 주인공이 처한 운명에 슬퍼하며 공감할 때는 그 유치한 줄거리의 상투성을 몰라서 그런 것이 아니다. 그렇다고 단순한 현실 도피도 아니다. 놀이 태도는 놀이적 분위기에 의해 삶을 현실로부터 비현실 속의 삶으로 변형시킴으로써 우리로 하여금 현실이 우리를 난처하게 한 것을 화해시킨다.

예를 들어 '두더지 잡기' 놀이는 우리에게 현실의 욕구 불만을 분출할 기회를 준다. 쉴 새 없이 구멍 밖으로 나오는 두더지를 때리는 행위는 그냥 때리는 행위 이외에 아무것도 아니다. 그러나 우리는 그 두더지 머리에 직장 상사의 얼굴을 겹침으로써 낮 동안의 분노와 억울함을 풀 수 있다. 그리하여 억압된 직장 구조라는 현실과 그 현실을 벗어나고 싶은 실현 불가능한 소망을 가까스로 화해시킬 수 있다.

사실 놀이는 아무것도 생산하지 않는다. 상품을 만들어내는 것도 아니고, 그 과정에서 어떤 부가가치를 얻는 것도 아니다. 놀이를 통해 직접적으로 변하는 것은 아무것도 없다. 동네 축구회에서 골을 넣었다고 해서 세상이 변하는 것도 아니고 득점을 한 사람이 승진을 하는 것도 아니다. 기쁨도 한순간, 게임이 끝나면 사람들은 언제 그런 일이 있었느냐는 듯이 땀을 닦고 각자 집으로 돌아가 똑같은 일상의 삶을 영위한다.

그렇다면 이런 무상성無償性이 가져다주는 것은 무엇인가? 역사학자들과 심리학자들은 이 놀이의 무상성이야말로 사회에서 문화 활동을 발전시키는 원동력이라는 사실을 밝혀냈다. 놀이는 자유, 창의, 역사 관념들을 결합시킨다. 놀이는 불평등한 재원을 최대한 활용하는 능력, 제약과 욕망 사이의 유연한 운동 등을 수반하는 경우가 많다. 놀이자 역시 자진해서 자발적인 제약을 받아 원동력과 역사를 통해 안정된 질서에 대한 암묵적인 입법을 확립한다. 사회적 질서를 잡아주는 제도나 그것들의 영광에 공헌하는 학문은

대부분 놀이에서 나왔다.[25]

(3) 놀이는 내가 참여해서 만드는 이야기

어린 시절 소꿉놀이를 생각해보자. 나는 엄마 하고 너는 아빠 하라고 각각 역할을 정하고 자신의 역할에 맞는 시나리오를 짠 후 그 스크립트에 의해 자신의 역할을 연기한다. 그리고 이 과정은 우리가 식당 스크립트로 앞에서 논한 현실 공간에서의 스토리텔링과도 일치한다. 우리가 식당에 가서 당황하지 않고 손쉽게 식사를 주문할 수 있는 것은 손님과 웨이터가 각자 자기기억 속의 스크립트를 꺼내어 그 상황에 맞는 역할을 해내고 있기 때문이라는 논리처럼, 놀이 또한 각자 자기 스크립트에 맞는 역할을 연기하는 일종의 연극이다.

2) 놀이 치료

놀이 치료란 놀이를 매개로 하여 행해지는 심리 치료이다. 놀이 치료는 보통 아동을 대상으로 행해진다. 놀이 치료는 아동이 현실 생활에서 떨어져 치료자와 일대일의 깊은 관계를 만들고 그 속에서 이른바 비밀의 공동 작업을 할 수 있는 특별한 장이다. 놀이 치료는 주 1회, 약 40~50분의 시간에 걸쳐 이루어지는 것이 일반적이다. 아동은 그 속에서 기본적으로 자유롭게, 또 수용되면서 노는 과정에서 다양한 자기표현을 통해 문제 해결과 연결되는 움직임을 전개한다.[26]

이야기가 인간의 문제 해결 과정과 밀접한 관련이 있듯이 놀이 치료 또한 참여하는 아동 스스로가 자신의 문제를 해결해나가는 이야기를 만드는 과정과 같다. 그렇다면 왜 아동이 언어나 다른 기제를 통하지 않고 놀이를 통해 자신의 문제를 해결하는 것일까? 그것은 아직 언어 표현이 미숙하기 때문이다.

아동은 자기표현을 하는 상징적인 언어로 놀이를 사용한다. 아동들은 언어보다는 장난감을 통해서 자신의 삶에서 중요한 사람과 사건, 그리고 자신에 대해 어떻게 느끼는지를 더 적절하게 보여줄 수 있다. 예를 들어 2001년 9월 11일 미국 국제무역센터에서 일어난 테러 사건에 대한 반응과 감정 표현이 이러한 차이를 세세하게 보여준다. 어른들은 그들이 경험한 폭력과 공포에 대해 이야기하고 또 이야기한다. 그러나 같은 경험으로 고통을 겪은 대부분의 아동은 그것에 대해 말로 표현하지 않는다. 그들의 반응은 놀이를 통해서 표현된다. 아동들은 블록으로 탑을 만들고 비행기로 무너뜨린다. 빌딩은 무너져 불타고 사이렌이 울리고 사람들은 다치고 죽고, 구급차는 사람들을 병원으로 옮긴다. 놀이 치료를 받던 세 살배기 아이는 반복적으로 헬리콥터를 벽에 던져 땅에 떨어지는 것을 지켜본다. 그리고 "헬리콥터가 싫어, 헬리콥터가 싫어!"라고 거칠게 외친다.[27]

이처럼 아동들의 감정은 언어적 수준에서 접근하기 어렵다. 대략 열한 살까지는 추상적인 언어나 사고가 충분히 발달하지 않기 때문이다. 단어는 상징을 만들고 상징은 추상적이다. 언어로 의사소통한다는 것은 추상적 본질에 의존한다는 것인데, 아동들의 세계는 구체적인 것이므로 접촉을 통해 접근되어야 한다. 놀이는 아동의 구체적인 표현이며 아동의 방식대로 그들의 세계에 대처해가는 하나의 방법이다.

따라서 훈련된 치료자는 놀이 치료 과정을 통해서 자기(감정, 사고, 경험, 행동)를 탐색하고 아동(나이에 상관없이)이 충분히 표현하도록 하는 안전한 관계의 발달을 촉진하는 놀이 도구를 선택해 제공한다. 아동은 놀이를 통해 지속적으로 자신의 위치를 똑바로 앎으로써 과거와 자신을 연결한다. 그들은 자신의 과거 경험을 되풀이하고 새로운 지각과 관련시킴으로써 동화하게 한다. 이러한 방법으로 아동은 스스로를 새롭게 지속적으로 발견하고 그가 할 수 있고 해야만 하는 자신의 이미지를 교정한다. 나아가 그들은 놀이에서 자신의 문제와 갈등을 해결하려 하고 놀이 도구를 가지고 놀면서 자신의 난처함과 혼란을 놀이로 발산한다.[28]

그렇다면 이 놀이는 근본적으로 아동의 심리에 어떤 영향을 미치는 것일까? 9·11 테러를 목격한 아동은 당연히 큰 충격과 고통에 빠졌을 것이다. 그때 그 충격의 결과는 그가 자신의 경험을 마음속에 담아둘 수 없음을 의미한다. 더할 수 없는 충격과 고통 속에서 기억은 질서 있게 그의 이성 안에서 재구성되지 않고 헝클어지고 단절되며 조각조각 파편화되어 기억의 편린으로 존재할 뿐이다.

어떤 형식으로든지 재구성되어 그의 기억 저장소에 정리되지 않으면 정체성의 혼란만이 가중될 뿐이다. 이때 놀이가 중요한 기능을 한다. 언어적으로 미숙한 아동이기에 모형과 자신의 행동을 통한 상황의 재구성과 건물을 파괴한 비행물체에 대한 혐오를 표현함으로써 자신이 목격한 말할 수 없었던 충격을 해석하고 정돈할 수 있게 되는 것이다.

3) 스토리텔링 주고받기 기법

스토리텔링 주고받기 기법mutual storytelling technique은 내담 아동의 수준에 맞추어 의사소통하는 방법으로, 아동기의 다양한 심인성 장애 치료에 유용하다. 우화, 전설, 신화 등의 이야기 장르가 쓰이며, 이야기를 끌어내는 가장 일반적인 양식은 그림, 인형, 꼭두각시, 장난감 등이다.

아동이 이야기에 열중하는 동안 치료사는 메모를 한다. 이것은 이야기를 분석하는 데 도움이 될 뿐만 아니라 이후에 이야기를 만드는 데 토대가 된다. 아동이 이야기를 만들고 그 이야기의 교훈에 대해 말하는 것이 끝날 무렵, 치료사는 이야기 속의 세부 아이템에 대해 의문을 제기한다.

예를 들면 "네 이야기에 나오는 물고기는 신사니 아니면 숙녀니?", "왜 여우가 염소에게 그렇게 열중하지?", "왜 곰이 그렇게 행동했지?"라고 묻는다. 만약 아동이 주저하거나 아무런 교훈이 없다고 말한다면 치료사는 대체로 다음과 같이 응답한다. "교훈이 없는 이야기라고? 모든 이야기에는 배울 점이 있어요." 이런 말을 통해 아동이 성공적으로 교훈을 끌어낼 경우, 그것은 이야기의 근본적인 정신 역동을 드러내는 것이므로 중요하다.

이런 과정을 통해 녹음된 이야기를 치료사는 분석한다. 먼저 아동의 이야기 속에서 아동 자신과 그의 환경에서 중요한 사람을 의미하는 등장인물이 누구인지를 짐작해본다. 둘 또는 그 이상의 인물이 동일한 인물의 다양한 성격을 의미할 수 있음을 염두에 둔다.

각 등장인물의 상징적인 유의미성을 명료화하는 것 외에 이야기의 분위기와 배경에 대한 전반적인 느낌을 살펴보는 것도 중요하다. 분위기가 중성적인가, 무거운가, 즐거운가를 파악한다. 이야기를 할 때의 아동의 정서적인 반응도 그 의미를 이해하는 데에 중요하다. 또 이야기 속에서 전형적인 것, 상투적인 것과 그렇지 않은 것을 분리하는 것도 중요하다. 예를 들어 인디언과 백인의 싸움은 미국에서는 전형적인 것이라서 거의 의미 있는 자료를 주지 않지만, 아동의 이야기 속에서 인디언 추장이 백인과의 전쟁에서 승리를 기원하면서 아들을 신에게 제물로 바쳤다면 우리는 이 이야기에서 아버지와 아들과의 관계를 생각해볼 수 있다.

이제 치료사는 어떤 것이 아동이 사용했던 것보다 더 건강하고 적응적인 해결책인가를 고민하면서 자신의 이야기를 만든다. 그 이야기에는 아동의 이야기에서와 동일한 인물, 배경, 첫 상황이 들어가 있다. 그러나 종국적으로 치료사의 이야기에는 가장 중요한 갈등에 대한 더 적절한 해결책이 들어가 있다.[29]

즉, 이 스토리텔링 주고받기 기법은 이야기가 문제 해결의 매뉴얼이었던 인류의 진화론적 관점을 활용한 치료 방식이라고 할 수 있다.

5. 심리극(사이코드라마)

심리극은 모레노Jacob Levy Moreno가 창시한 집단 심리 치료의 한 방법인 치료적 연극을 말한다.[30] 사이코드라마psychodrama와 심리극을 구분하여 후자를 영화, TV, 연극 등에서 주로 인간 심리를 다루는, 서부극, 가정극, 모험극이라고 규정하고, 사이코드라마라는 용어가 집단적 접근을 통한 몸과 행위에 의한 인간 및 인간 정신의 탐구라고 한정하는 것이다.[31] 이 책에서는 편의상 한국어인 심리극을 그대로 쓰고자 한다. 초기 심리극에 대한 모레노의 정의는 다음과 같다.

치료적 연극에서 사람들은 모든 사람들 앞에서 자신을 연기한다. 살아가면서 한 때, 필요에 의해 자신을 의식적으로 속였던 것과 똑같은 삶을 다시 한 번 재연하는 것이다. 갈등을 일으켰던 장소와 그것을 연기하고 있는 장소는 이곳, 한곳으로 같다. 삶과 환상이 동일한 순간에 똑같은 동일성을 획득한다. 그들은 현실을 극복하기를 원치 않는다. 그들은 단지 현실을 그대로 제시하고 재경험한다. 그들은 허구적 존재로서뿐만 아니라 진정한 자신, 존재의 주인으로서 연기하지 않았다면 어떻게 자신의 삶을 다시 한 번 태어나게 할 수 있었겠는가? 그러한 삶의 재생이란 그들이 방금 행위 했던 바로 그 일이기 때문이다.

…… 모든 그들의 힘과 행위들, 사고가 그것이 처음 발생했던 상황과 경로를 따라, 그리고 그들이 일단 통과했던 국면을 복사한 것 마냥 똑같은 장면 속에서 다시 나타난다. 과거 전체가 잠들어 있던 관 속에서 깨어나 순간의 부름에 응한다. 그것은 스스로를 해방시키기 위해 치료적 연극을 이끌었던 그 자신의 수호신에 대한 사랑이기도 하다.[32]

이 구절에는 모레노의 심리극에 대한 정의들이 집약되어 있다. 심리극은 자신의 삶을 재행위화하여 현실과 환상을 연결함으로써 카타르시스를 느끼고 스스로를 치유하는 행위인 것이다. 심리극은 웜업warm-up, 행위, 나누기, 과정 분석의 네 가지 단계로 나뉘고, 무대(장면), 주인공, 집단, 보조자(치료적 배우), 디렉터(안내자와 지도자)의 다섯 가지 도구가 있다.

심리극은 보통 연극과 혼동할 정도로 연극의 과정과 흡사하다. 연극의 과정을 이용하여 치료자의 억압된 부분을 끄집어내어 다시 재구성하는 과정이라고 보는 것이 옳을 것이다. 치료자는 주인공의 입장에서 적극적으로 이야기하며, 자신의 경험과 개인적 갈등을 연극 공연의 근거로 이용한다고까지 역설적으로 말할 수 있을 만큼 연극적이다. 심리극에서 무대는 주인공의 마음속에 있는 씨앗에서 탄생한다. 즉, 무대는 마음을 투사하는 장소이며 무한하고 놀이적인 극적 잉여의 장소이다.

그렇다면 이런 과정이 왜 치료에 도움이 되는 것일까? 그것은 바로 앞에서 논의한 이야기의 실제에 대한 설명 능력 때문이다. 앞에서 논의한 것처럼 실재에 대해서는 다양한 논의가 있을 수 있다. 실재란 존재하는 것이며 인간이 그 요소와 작용을 정확하게 반복할 수 있다는 믿음에 최근 들어 많은 사람이 의문을 제기하고 있다.

지식은 그것을 알고 있는 사람들의 공동체 내에서 발생하며 우리가 재구성하는 사회의 실재는 우리가 타협해서 만든다는 주장이 설득력을 얻고 있다. 본질적인 진실은 존재하지 않는다. 실재가 객관적이지 않기 때문에 우리가 할 수 있는 일은 경험을 해석하는 일이다. 우리는 다양한 자기 경험을 창출하고 다른 사람들이 선호하는 맥락 속의 자기와 비교함으로써 자기 정체성을 찾을 수 있을 뿐이다.

그런데 이야기는 사건을 의미 있는 상태로 만드는 기능을 지니고 있다. 왜냐하면 이야기는 뇌가 쉽게 인지할 수 있고 그 특성 위에 특성을 쌓을 수 있는 패턴, 즉 정보에 대한 초인지적 조직자이기 때문이다. 그러므로 이야기는 우리에게 질서를 부여하기 위한 틀을 제공한다. 이야기는 우리에게 떨어져 있는 독립된 사건이나 사실들을 서로 뜻이 통하고 의미가 있도록 서로 관련짓고 연결할 수 있도록 해준다. 이야기는 임의적으로 남아 있는 혼란스러운 사건을 조직하고 선택하며 다양한 사건들을 의미 있는 경험의 상태로 만든다.

어떤 사건이나 경험으로 인해 혼란된 상태로 남아 있는 개인은 자신의 경험을 다시 연기를 통해 경험함으로써, 그 경험을 의미 있는 상태로 만듦으로써 극복할 수 있는 것이다. 이런 의미에서 심리극 또한 이야기의 특성을 활용한 의학적 치료 기법이라 할 수 있다.

6. 독서 치료(문학 치료)

독서 치료bibliotherapy란 문학작품을 치료적인 목적으로 사용하여 사람의 정신적인 갈등이나 정서적인 문제를 해결한다는 의미이다. 독서 치료라는 용어는 책biblion과 치료therapia라는 그리스어에서 유래한 것이다. 이때의 치료란 의학적 치료라기보다는 내용적으로 통찰력을 '계발하다enlighten' 또는 '육성하다promote'라는 의미를 함축한다. 즉, 독서 치료는 자기 이해를 기반으로 하는 인식과 통합의 요소를 담고 있다.[33]

최근 미국이나 유럽에서 행해지는 독서 치료는 더 이상 책을 읽는 것만으로 끝나는 것이 아니라 쓰기, 즉 문학적 창작까지도 아우르는 문학 치료의 성격을 띠고 있다. 치료 과정의 피드백과 셰어링sharing에서는 다른 사람들의 텍스트를 듣는 경우가 있는데(책을 읽고 있는 것과 같은 과정), 이것이 창작하는 과정과 어우러져 있으므로 '독서 치료'라는 명칭은 의미상 정확하지 않은 감이 있다.

미국문학치료협회(NAPT)에서는 "문학 치료는 통합적 치료 방법으로서 신체와 마음과 정신의 건강을 돌보기 위하여 여러 수단을 사용한다. 이때 문학이 주도적으로 또는 부수적으로 사용될 수 있다. 그리고 훈련받은 문학 치료사가 참여자에게 글쓰기 작업을 통해 자신의 문제를 인지하고 감정을 표현하게 하여 자신의 삶을 변호할 수 있도록 도와준다"라고 정의한다.[34]

인쇄 매체의 이야기를 읽고 그 소감을 다시 자신의 글로 표현하는 과정으로 미루어볼 때, 이 과정은 심리극이나 이야기 치료와 거의 일치한다고 볼 수 있다. 즉, 자신의 경험을 재해석할 때 문학 속에서 주인공들의 문제 해결 과정을 참조한다는 것이다. 그렇다면 놀이 치료, 심리극, 이야기 치료, 독서 치료는 매체의 차이 또는 과정상의 차이나 연령별(글을 읽지 못하는 아동이 문학 치료를 할 수는 없는 일이다) 차이 때문에 나타나는 변형이지 궁극적으로는 이야기가 지니는 기능(사건을 의미 있는 상태로 만드는 기능)에 의거하여 치료자의 정체성을 올바르게 또는 안정적으로 만드는 행위라고 할 수 있다.

7. 서사 중심 의학

1) 의료 커뮤니케이션의 필요성 대두와 스토리텔링

병원이란 '조직화된 의료 및 전문 요원, 병상을 포함한 연구 시설, 의료 서비스, 그리고 지속적인 간호 서비스 및 환자의 진단과 진료를 수행하는 조직'이다. 거의 모든 조직은 이처럼 명확한 목표를 가지고 있으며 그 목표를 달성하기 위해서는 두 사람 이상이 모여서 상호작용을 해야 한다. 아무리 작은 의원이라도 의사와 간호사 등 두 명 이상이 근무하고 있으며 이들과 환자 사이에는 수많은 의사소통이 이루어지고 있다. 종합병원에서는 의사들, 의사와 직원들 사이의 소통도 조직 운영에서 상당한 비중을 차지한다.[35]

한편 의료 서비스는 물적 서비스와 인적 서비스로 구성된다. 물적 서비스란 병원 건물을 비롯해 각종 첨단 장비에 의한 의료 서비스를 말하고, 인적 서비스란 물적 자산이나 재료를 활용하는 사람에 의한 의료 서비스를 말한다. 인적 서비스가 고객에게 호응을 얻기 위해서는 높고 숙달된 의료 기술을 갖추고 있어야 할 뿐만 아니라 환자의 만족도를 높일 수 있는 소통 기술이 필수적이다.

누구나 인터넷에 접근할 수 있으며 수많은 방송 채널에 의해 의학 상식이 널리 알려져 있는 지금, 환자들에게 가장 필요한 것은 정확한 정보라기보다는 그 정보에 신뢰감이 가게 하는 기술이다. 최근 의료 분야에 커뮤니케이션의 중요성이 대두되고 있으나 원활한 소통을 위해 이야기의 힘이 적용되지는 않고 있는 상황이다.

2) 서사 중심 의학

(1) 질병 중심 의학에서 병을 앓는 인간 중심 의학으로

서양 근대 과학의 성장과 함께 몸에 대한 접근 방식에 큰 변화가 일어나게 되었다. 첫째, 인간의 신체를 정량화해 규격화했다. 둘째, 병뿐만이 아니라 몸을 상하게 하는 질병의 외부 요인까지도 규격화하기 시작했다. 셋째, 인간의 신체를 자연으로부터 분리하기 시작했다. 즉, 자연의 순환계에서 인간의 몸을 제외시켜 자연과 몸의 상관성을 보지 못하는 결과를 낳았다.[36]

중요한 것은 의학이란 인간에 대한 탐구라는 점이다. 이는 탐구 대상으로서 병을 연구하는 자연과학적 방법과는 다른 접근을 요한다. 앓고 있는 환자를 치유하는 것이 목적인 의학에서 병을 그 병으로 고통당하고 있는 인간과 분리하여 생각한다는 것 자체가 어불성설이다.

질병의 과정은 폐쇄된 세계에서 일어나는 고장이 아니라 끊임없이 환경과 상호작용하는 인체 내에서 일어나며 사람에 따라 그 편차는 상당하다.

이 때문에 질병을 어떤 공통된 원인과 특성이 있는 환자의 신체에 존재하는 '실재'로 보는 존재론적 개념과 질병을 어떤 특정 환자의 몸에 드러나는 현상으로 파악하려는 생리학적인 개념은 역사적 과정을 거치면서 수없이 변화해왔다.

생의학적 패러다임에서 모든 질병은 인류 보편적으로 적용되는 특징을 가진다고 본다. 즉, 질병의 증상과 경로가 그것이 처한 시간, 공간, 문화와 상관없이 같다고 보는 것이다. 이리하여 학자들은 질병을 분자생물학적 특성이 나타나는 하나의 생의학적 실재라고 믿게 되었다.[37]

그러나 이런 생각이 문제가 있다는 것은 고통의 사례를 살펴봐도 분명해진다. 고통이란 어쩔 수 없이 인간의 문제일 수밖에 없다. 고통을 겪는 주체는 인간이지 물질적 육체가 아니다. 의사는 고통이라는 추상적인 실체를 다루는 것이 아니라 고통에 이르게 된 원인을 가진 '사람'을 다룬다. 고통의 배경이 된 질병을 인간과 고통 그 자체로부터 분리해서 생각하는 버릇은 우리 시대 지성의 역설이다. 우리는 질병이라는 과학적 실체가 질병을 가지고 있는 환자나 그가 느끼는 고통보다도 더 실체적이고 중요하다고 생각하는 경향이 있다.[38]

임상의였던 에릭 J. 카셀Eric J. Cassell은 자신의 경험을 들어 그 불합리함을 지적하고 있다. 그가 전공의로 일하고 있었을 때 심한 요통을 호소하는 환자가 있었다. 환자가 방문할 때마다 의사들은 증상 완화를 위해 온열요법과 소염진통제를 처방할 뿐이었다. 엑스레이 촬영을 했으나 정상이었다. 카셀은 계속 고통을 호소하는 환자를 진지하게 들여다보고 아픈 곳을 구체적으로 짚어보았다. 결과적으로 요통은 흉추 부위의 골절상에서 말미암은 것임이 밝혀졌다. 의사가 환자와의 진지한 대화를 통해 고통의 원인을 찾자 질

병의 정체가 밝혀진 것이다.[39]

지금까지 생의학적 패러다임에 의해 의사들이 환자 자신보다 신체 내 질병의 원인균을 찾는 데 관심을 가지고 환자는 수동적으로 그 의사의 처방을 계속 따르면서 적극적으로 자신의 고통을 호소하지 않는 의료체계가 이런 오진을 낳았던 것이다. 의사들이 환자와의 상호작용을 통해서 환자가 경험하고 있는 아픔의 사회적·문화적 의미를 이해하려 하고 환자가 그 치료 과정에 적극 개입하는 사회적 구성의 관점에서 질병을 봐야 할 필요가 이래서 대두된 것이다.

(2) 근거 중심 의학과 서사 중심 의학

기존 의학의 이런 문제점을 비판하고, 최선의 근거를 토대로 환자를 진료하자는 근거 중심 의학Evidence-based Medicine: EBM이 제기되었다. 근거 중심 의학은 임상적인 의사결정에서 과학적인 근거에 기초하여 적절한 방법을 선택하는 것을 내용으로 한다. 좀 더 상세하게 말하면, 환자를 진료하면서 어떤 의학적 결정을 내리고자 할 때, 현시점에서 입수 가능한 최선의 근거를 공정하고 명백하고 현명하게 이용하자는 것이다.

의학이 지속적으로 발전하면서 의사들의 지식은 조금만 시간이 지나도 낡은 것이 된다. 의료인은 이러한 변화에 대처하기 위해 공정, 명백, 현명한 방법론을 개발·습득하면서 환자 한 사람 한 사람의 문제 해결에 필요한 특정한 정보를 수집하여 평가하고 실제 의료 서비스에 적용할 수 있어야 한다.[40]

근거 중심 의학이 구체적으로 어떤 형태로 구체적으로 적용되는지 한 상황을 구성해보도록 하자. A 씨는 63세이며 치매를 걱정하여 병원을 찾았다.

그는 3년 전까지는 특별한 이상 없이 지냈으나 정년퇴직한 이후로 말수가 적어지고 신경질을 자주 내기 시작했다. 2년 전부터는 종종 물건을 둔 곳을 잊어버리고 친구의 이름이 떠오르지 않아 곤란한 경우가 있었다고 하며 6개월 전에는 지하철에서 출구를 찾지 못해 고생했다고 한다. 환자는 어머니가 치매로 고생하다 돌아가셔서 자신도 그렇게 비참한 말년을 맞게 될까 봐 두렵다며 심한 불안감을 감추지 못했다.

신경인지 검사에서는 기억과 관련된 인지 영역에서 비정상적인 결과가 보고되었으나 일상생활 수행에는 이상이 없는 것으로 나타났다. 최종 진단은 경도인지장애였다. A 씨의 자녀들은 처음 들어보는 병명이라서 자세한 내용을 알고 싶어 했다. 그를 진단했던 전공의 B 씨는 의과대학에서부터 지금까지 배운 지식을 동원해보았으나 별로 알고 있는 사실이 없어서 4년 차 전공의에게 질문했다. 전공의는 노인정신의학 강좌에서 들었던 몇 가지 지식을 알려주었다. 도서관이나 인터넷 등에서 다시 자료를 수집한 B 씨는 이 분야에 대해 어느 정도의 지식과 근거를 확보하고 환자, 보호자와 대화를 나누면서 많은 것을 설명해주었다.[41]

전통적인 의학 접근 방식이 전통적인 의학 교육과 상식으로 새로운 진단과 치료법을 받아들이며 의학 지식이 습득과 암기 등에 중점을 둔다면, 근거 중심 의학은 문헌 평가에 필요한 일정한 법칙을 습득함으로써 지식의 암기보다는 의료인이 자신에게 맞는 정확한 정보를 선택할 수 있는 능력을 갖추도록 하는 것이다. 즉, 의학 정보를 선별하여 획득하고 이를 개인 환자에 적용해 의료 행위를 수행할 수 있도록 하는 것이다.

단계별로 세분해보면 첫째, 환자로부터 시작하여 진료 중인 환자로부터 인상적 문제, 질문을 도출한다. 둘째, 임상 증례로부터 잘 구성된 임상적 질문을 만든다. 셋째, 적절한 자료를 찾아서 선택하고 검색한다. 넷째, 연구 문헌의 타당성과 응용성에 대한 감정을 한다. 다섯째, 다시 환자에게로 돌아가서 이렇게 평가한 근거를 임상적 전문성과 환자의 취향과 통합하여 진료에 적용시킨다. 여섯째, 이 환자의 치료 과정에서 의사 자신의 수행 능력을 평가한다.[42]

이런 환자 중심적 진료에서 가장 중요한 것은 환자와의 상호작용이다. 환자가 자유롭게 하고 싶은 말을 하게 하고 의사는 경청자의 역할을 함으로써 환자가 진심으로 원하고 필요로 하는 것은 환자의 수준이나 입장에서 이해하고 반응해주는 것이다. 열린 질문, 적극적 경청, 비언어적 촉진 등을 통해 환자의 감정과 관점을 수용하고 의사와 환자의 공동 관계를 강조하게 된다.

이때 의사는 환자의 이야기를 지나치게 통제하여 의료적 부분에만 집중함으로써 환자가 자신의 관심사를 말할 수 있는 기회를 잃게 해서는 안 된다. 환자가 좀 더 완성된 이야기를 할 수 있도록 배려하고 기다려야 한다. 이것이 이야기의 활용법이며, 서사 중심 의학Narrative-based Medicine: NBM의 기본 원리이다.

이야기 접근을 통해 환자는 자아를 성찰하게 되며 자기가 누구인지 인지할 기회를 갖게 된다. 다양한 여러 사건과 섞여 있는 과거의 기억들이 형태적이고 시간적인 질서를 갖추게 되고, 이를 통해 과거의 경험이 논리정연해지고 명료해진다. 살아가면서 도움이 되는 좋은 요소들만을 선별하여 마음속에 정리함으로써 상처를 주었던 특정한 요소를 배제할 수 있다. 또 개인의 어쩔 수 없는 운명을 초超개인적인 의미로 편입시키고 사회적인 범주에서 이해하게 함으로써 자신의 경험의 부담감을 덜어줄 수 있다.

이야기 중에 떠오르는 감정을 경험하는 과정에서 환자는 특정한 사건과

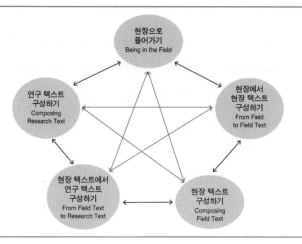

그림 3-1 | 내러티브 탐구 절차 모형

관련하여 숨겨져 있는 자신의 감정을 발견할 수 있다. 기억과 인지 과정을 통해 갈등적 경험이 설명되기도 하고 지난 일에 대해 이해할 수 있고 수용할 수 있는 경지에까지 이르게 되기도 한다.[43]

그렇다면 환자의 이야기를 통해 그들을 이해하는 방법은 구체적으로 어떻게 설계될 수 있을까? 내러티브 탐구의 진행 과정은 현장으로 들어가기(이야기 속에 들어가기), 현장에서 현장 텍스트 구성하기(이야기 공간에 존재하기), 현장 텍스트 구성하기, 현장 텍스트에서 연구 텍스트 구성하기, 연구 텍스트 구성하기의 순서로 진행되지만 필요에 따라서는 이 모든 순서를 교차하여 진행할 수도 있다.[44]

여기서 첫째, 현장이란 이야기를 구성하는 상황, 행위를 의미한다. 연구자는 환자와 사랑에 빠지는 것 같은 관계를 유지하며 그의 경험에 완전히 공감하되 텍스트를 작성할 때는 한발 물러나 환자의 삶 전체를 볼 수 있는 객관석인 서리를 두어야 한다.

둘째, 현장 텍스트를 구성한다는 것은 자료 수집과 같은 의미를 지닌다고 할 수 있다. 여기서 자료는 연구자와 환자가 연구 현장의 경험들을 보는 견해에 의해 새로이 창조되는 것이다. 연구자는 연구 노트에 갈겨쓰거나, 속기용 구술 녹음기를 사용하거나, 현장 경험에 대해 기술적으로 관찰한 것들을 컴퓨터에 타이핑한다.

셋째, 연구자는 여러 자료를 채택하여 혼합적으로 현장 텍스트를 구성한다. 교사들의 이야기, 자서전적 글쓰기, 저널 쓰기, 현장 노트, 편지, 대화, 인터뷰, 가정사, 문서, 사진, 기억 상자, 기타 개인적, 가족적, 사회적 가공물, 그리고 삶의 경험들이 활용 대상이다.

넷째, 연구 텍스트를 구성할 때는 연구자의 목소리뿐만 아니라 환자의 목소리도 동일하게 날 수 있도록 관계를 구축해야 한다.

2장
이야기와 역사

1. 역사와 서사의 유사성

서사에 대한 역사학자들의 최근 주요 논쟁은 "역사학자는 인과관계에 입각하여 연대순으로 사건을 이야기해야 하는가?"라는 물음에 관련한 것이다. 이는 역사학은 과학 이하도 이상도 아니라는 주장과 역사의 예술은 서사의 예술이라는 주장, 이 두 대립하는 견해의 비교와도 일치한다.[1]

특히 최근 역사 논문들이 개별적인 사건보다 일반적이며 대중적인 사건을 다루면서 논란은 더해가고 있다. 예를 들어 초기 역사학자들은 주로 경제, 사회, 기후, 가족, 인구통계학 등을 다루었지만, 아날학파가 중세 마을에서 일어난 개인적인 사건, 또는 무명씨와 남편에 관한 것들을 다루면서 역사와 서사의 경계는 점차 모호해지고 있는 상황이다.[2] 원문을 풀이하는 데 전력했던 역사가들이 좀 더 많은 정보량을 활용하여 더 광범위한 비교와 결론을 제시하는 과정에서 서사의 필요성은 자연스럽게 대두한다.

사료를 순서에 따라 연대기 순으로 짜 맞추고 부차적인 줄거리들을 알아서 짜 맞추며 그 내용을 하나의 큰 줄기에 맞추어 구성하는 데 초점을 맞추는 것 자체가 사실을 그대로 기록하는 것이라는 견해와는 상반된다. 이처럼 역사를 서사로 보는 견해는 다시 세 가지로 나뉜다.

첫째, 기술적인 것으로서 서사를 활용하는 것이다. 서사적 틀이 역사가들이 취급하는 사료를 다루는 최선의 방법을 제공한다는 견해이다. 서사적 틀로 전쟁 당사자들이 어떻게 전쟁을 경험했는지, 사건들의 객관적 상호 관계는 어떤지 포착할 수 있다. 둘째, 서사적 사건들이 매우 유익하기 때문에 인용한다는 주장이 있다. 셋째, 서사는 단순히 사료 편찬의 특정 장르가 아니라 역사 서술을 구성한다는 좀 더 적극적인 주장이 있다.

자연적 연대기 자체는 역사적으로 무의미하다. 역사적 연대기를 확인하려면 그것을 구조화해야 한다. 역사는 사건들의 경과에 내재하는 통시적 구조로서 시간의 흐름 속에서 쟁점과 전환점과 위기와 파국을 행위자에게 분명하게 보여준다.

예를 들어 18세기 유럽의 7년 전쟁 중에 있었던 로이텐 전투의 승리를 그린 역사 서술이 있다고 하자. 전투의 흐름, 7년 전쟁과의 연관 속에서 이 승리가 갖는 위치 등은 물론 연대기적으로 서술된다. 그러나 로이텐 전투는 상징이 된다. 이 전투의 결과에 구조적 의미를 부여함으로써 사건은 구조적 지위를 가지게 된다. 사건은 구조에 얽매여 전체의 일관된 구조 속에 해석되고 그 가치가 위치 지어진다. 이로써 역사가가 사료를 통해 한 사건을 발굴해내게 되는데, 그는 자신의 이야기를 그럴듯하게 만들려고 사실적인 허구에 열중하는 문학적 이야기꾼에 가까워진다.[3]

리쾨르는 『시간과 이야기Temps et Recit』에서 서사가 시간의 주관적 경험에 내재하는 아포리아aporia에 실천적 해법을 제공한다고 주장한다. 아우구스티누스는 시간을 정신 그 자체의 확장이라 전제한 후, 실례를 들어 설명하고 있다. 과거, 현재, 미래는 의식 속에서 '삼중의 현재'를 형성하는데, 그 속에서 기억은 '과거의 현재'를, 주의attention는 '현재의 현재'를, 기대는 '미래의 현재'를 지각한다. 그 결과 세 가지 현재 사이의 불일치가 정전正典 속에 발생한다. 줄거리 구성은 이 불일치를 해결하는 적절한 방법이다. 예를 들어 비극의 전형적인 줄거리는 그 속에 운명의 반전을 포함하기 때문에 불일치 속의 일치 모델에 해당한다.[4]

이렇게 역사 서술을 이야기와 연결하는 방식은 서사의 본질 때문이기도 하다. 모든 개인은 서사 속에서 자신의 삶을 영위한다. 따라서 서사적 형식은 자신과 타인의 행위 모두를 이해하는 토대를 제공한다. 인간은 본질적으로 행위와 실천 속에서 '이야기하는 동물storytelling animal'이다. 개인의 정체성이란 바로 서사의 통일성이 요구하는 등장인물의 통일성에 의해 전제된 정체성이다. 그와 같은 통일성이 없이는 이야기를 구술하는 주체는 존재할 수 없다.[5]

사람들은 왜 이야기를 하는 것일까? 그것은 세상의 수많은 사건과 알 수 없는 정보 속에서 개인이 자기 정체성을 찾는 중요한 방식이기 때문이다. 어떤 사건에 대해 자기 나름의 방식으로 이야기하는 과정을 통해 복잡한 현실 상황에서 분열하고 길을 잃은 주체는 하나로 통합되어 중심을 찾게 되는 것이다. 시간적 경과의 의미 있는 구조화를 통해 이야기가 이루어지고 이 인과율에 따른 연쇄 관계 속에서 인간은 자기 정체성을 찾아간다.[6]

우리는 어린 시절부터 동화책을 읽고 초등학교 때부터 문학 수업을 받으며 명작을 읽도록 권장받는다. 그것은 좋은 이야기, 특정 인물이 인생에 부딪히는 여러 난관을 헤쳐나가며 세상에 대한 나름의 해석 방식을 획득하는 과정을 대리 체험할 수 있기 때문이다. 심리 치료, 정신과 진료에도 이야기는 즐겨 활용된다. 의사나 상담사는 환자의 이야기를 통해 그의 의식을 파악하고 그의 분열된 정체성을 회복할 방도를 찾는다.

이처럼 인간이 세계를 인식하는 기본 방식인 이야기의 속성 때문에 역사 서술에서 이야기는 매우 중요한 요소로 등장한다. 역사 서술은 과거의 파편적 기록을 복원하는 작업이다. 여기에는 상상력이 필요하며, 개연성 있는 하나의 줄거리를 만들어내기 위해서는 필연적으로 서사적 방식이 쓰인다. 서술 주체가 자기 분열을 극복하기 위해 스스로 납득할 만한 하나의 사건 서술을 하는 행위가 이야기하는 주체의 경우와 다를 바가 없기 때문이다.

그리하여 화이트헤드A. N. Whitehead는 역사 편찬이 서사성을 고려하기 좋은 토양이라 주장한다. 가능성에 대한 우리의 욕구가 실제와 사실의 절대성에 도전해야만 하기 때문이다. 우리가 서사와 서사성을 상상과 실제의 상반되는 주장을 중재하고 조정하며 담화 속에서 해결하는 도구로 사용한다면 역사의 올바른 이해가 가능할지도 모른다.[7]

2. 현실과 허구의 차이, 그리고 역사와 문학

역사 소설은 현실 재현을 최대 과제로 삼았던 근대 리얼리즘 소설이 필연적으로 만날 수밖에 없었던 이율배반적인 장르이다. 역사와 문학의 가장 큰 구별점은 전자는 사실을 그대로 서술하고 후자는 작가의 상상력과 창의력에서 꾸며낸 허구의 세계라는 점일 것이다. 고대사와 같이 객관적인 자료가 없어서 많은 부분을 역사가의 추리와 개연성으로 보강해야 하는 부분에서도 역사가가 끝까지 놓지 못하는 가장 중요한 정의는 역사가 '사실'을 기록하는 영역이라는 점일 터이다.

이런 점 때문에 일찍이 플라톤은 예술을 현실의 영역과 차별 지으며 폄하했다. 그에 따르면 세상의 진정한 실재이자 원형은 이데아ᵢdea이다. 목수나 건축가, 장인은 이 이데아의 개념적 파악의 인도를 받아 현실 속에서의 물질인 책상, 집, 항아리를 제작한다. 반면 화가는 그들이 만들어낸 현실의 물질들을 모방하여 그림을 그린다. 그러므로 현실의 물질은 이상적 상eidolon이며 그림은 물리적 물질의 상이라고 할 수 있다. 즉, 예술가가 만든 상은 이데아의 모방의 모방인 데다 결핍된 대상이다. 그림 속의 칼은 실제 칼이 지니고 있는 효용성(사물을 자르는 기능)조차 상실하고 있는 것이다.[8]

그러나 아리스토텔레스, 헤겔Georg W. F. Hegel, 루카치 등의 미학자들은 예술가의 작품(그림 속의 칼)을 특수자로 규정함으로써 그것이 개별자(현실의 칼)의 모방이 아니라 개별자와 보편자(이데아의 칼)를 이어주는 매개로 격상시켜 리얼리즘이 현실을 반영하는 미학적 가치를 정립했다. 한마디로 말해서 예술에서 자연 모방이란 자연적인 것의 외면성을 모방하는 것일 뿐만 아니라 정신으로서 중요하고 의미 있는 자연 형식을 취한 것이다.[9]

이것은 소설과 역사를 대입시켜 볼 때 그 의미가 명백해진다. 역사는 개별적인 사건을 서술하는 데 치중한다. 반면 그 역사적 사실을 소설로 쓸 때, 그것은 거짓말이나 단순한 상상의 세계가 아니다. 소설가는 과거 일련의 사건 속에서 현실을 살아가는 우리가 감동할 만한 어떤 보편적인 메시지를 전달하는 사람인 것이다.

루가치는 스콧Walter Scott의 역사 소설을 분석하면서 리얼리즘 이론가의 입장을 선명하게 드러낸 바 있다. 스콧에게 역사 소설은 과거의 서사 문학에 새 생명을 불어넣으려는 현대적 시도가 아니라 현실적이면서 진정한 소설이다. 그는 자신의 주제를 영웅시대, 즉 인류의 유년 시대에서 구했지만 형상화의 정신은 이미 성년의 정신이며 승리를 구가하는 인간 생활이 산문화散文化에 기초한 정신이라고 보았다.[10]

역사 소설에 대한 근대 문학 이론가의 견해는 대체로 동일하다. 역사 소설이란 과거라는 시간을 통해 오늘을 이룬 인간을 규명하려는 노력이라는 것이다. 즉, 과거에다 오늘이라는 현실적 관점을 주어 예술적 표현으로서 역사적인 진실성을 구해보려는 예술적인 태도라고 볼 수 있다. 다시 말하면 과거에 현실적인 의의를 줌으로써 역사적인 진실성을 구해보려는 의의를 주는 것이다.[11]

작가가 자신의 전망을 가지고 현실을 재현하는 리얼리즘 방식은 사실과 상상력 간의 긴장 관계에서 항상 사실에 무게중심을 두면서 발전해왔다. 예를 들어 김윤식은 역사 소설의 네 가지 유형을 이념형理念型, 의식형意識型, 중간형中間型, 야담형野談型으로 분류했다. 이념형 역사 소설로는 저항적 민족주의를 바탕으로 역사 소설을 쓴 춘원 이광수의 작품들이 있다. 의식형은 작가가 자신이 지닌 이데올로기를 바탕으로 쓰는 경우를 말한다. 홍명희의 『임꺽정』 같은 작품에는 작가의 계급관이 잘 드러나 있다. 반면 중간형 역사 소설은 작가적 개성을 가미하여 작중인물에 개성과 생명력을 불어넣는 소설을 말한다. 김동인이 『젊은 그들』에서 대원군을 형상화하는 방식이 그것이다. 반면 근대 소설 연구자들에 의하면, 야담형은 형편없는 대중소설이다. 윤백남의 『대도전』은 역사적 인물이나 사건이 사실에 입각해 있지 못하고 공간적 배경도 문

제라는 것이다.[12]

역사 소설이 작가의 현실에 대한 전망이 과거 역사에 투영된 것이라는 현대 리얼리즘 미학에 입각한 역사 소설 분석은 강영주도 예외는 아니었다. 그는 역사 소설을 낭만적인 것과 사실적인 것으로 구분한다. 낭만주의 역사 소설은 현실 도피적인 것이나 비유를 통한 교훈적인 소설을 말하고, 사실주의 역사 소설은 역사적 진실이 작품에 형상화된 역사 소설이다. 예를 들면 홍명희의 『임꺽정』은 역사적 진실성을 지닌 소설이다.[13]

공임순은 터너Mark Turner의 기록적記錄的·가장적假裝的·창안적創案的 분류 방법을 활용, 여기에 환상적 영역을 첨가하여 대체 역사 소설을 분류했다. 환상적 역사 소설은 가능한 세계 또는 대안의 세계를 그리며 현실과 역사의 시간을 넘어 다른 시·공간으로 도약하려는 또 다른 방식이라는 것이다.[14] 그러나 이 경우도 신채호의 『꿈하늘』이나 최인훈의 『태풍』, 복거일의 『비명을 찾아서』 등 현실 세계의 비판을 저변에 깔고 있는 것이다.

물론 최근에 역사 소설이나 드라마, 영화는 이 현실에 대한 긴장의 끈을 놓고 있는 상황이기는 하다. 최근 김훈의 『현의 노래』나 김별아의 『미실』, 『논개』, 전경린의 『황진이』, 김탁환의 『리심』, 신경숙의 『리진』 등은 역사 기록에 잠깐 등장하는 인물을 다루고 있다. 작가는 이런 인물들을 선택하여 그 주위에 무수한 가공의 인물들을 배치하여 이야기를 진행함으로써 현실 재현에 대한 긴장감을 아예 놓아버리는 경우가 많이 발생하고 있는 것이다.

이때 역사 공간은 기록에 충실하려는 과거 그곳이 아니라 가상의 공간과 다를 바 없다. 이런 허구성 짙은 역사물은 드라마나 영화에 오면 훨씬 노골적으로 드러난다. 드라마 〈주몽〉이나 〈태왕사신기〉의 공간은 컴퓨터 게임의 그것과 다를 바 없다. 그러나 이 경우 인용되는 역사는 독자를 허구 공간으로 이끌어가면서도 체험의 생생함을 보완하려는 기제로 쓰이고 있다는 점에서 아예 역사가 아니라고 봐도 무방할 것이다. 즉, 이때 역사는 역사가 아니라 환상의 초월적 공간으로 들어가게 하는 시·공간적 배경에 불과할 뿐이다.[15]

3. 문화재 해설의 스토리텔링

실제로 스토리텔링은 허구·현실의 이분법과 큰 상관이 없다. 정보를 전달하되 감동을 창출하는 방법이라고 보는 것이 무방할 것이다. 그렇다면 우리의 소중한 역사 자원인 문화재를 해설할 때 스토리텔링의 기법은 어떻게 쓰이는 것이 옳을까?

문화재 해설이 역사 서술과 가장 다른 점은, 첫째, 종이책에 쓰인 역사 기록과 달리 문화재 해설은 연행performance의 방식을 띤다는 점이다. 해설자가 청중 앞에서 직접 구연하는 연행은 실행이고 행동에 옮기는 것이며 구체화하는 것이다. 연행의 움직임에는 상호작용성이 포함되기 때문에 가변성이 있으며 판단이 필요하다. 연행은 언제나 타인의 응시와 평가에 굴복하기 마련이다. 연행에는 화자의 여러 가지 요소와 말하기 능력tellability, 그리고 청중의 반응도 포함해야 한다. '나'는 상호 협력적 또는 경쟁적일 수 있는 투쟁, 지식, 권력, 즐거움, 소유를 통한 투쟁 속에서 '너'를 만난다.[16]

이는 '이야기tale'와 '이야기하기telling'의 차이와도 같다. 이야기하기는 연행을 포함한다. 전통적인 의미의 연행은 보는 자와 보이는 것, 듣는 자와 들리는 것 사이의 합의된 관계에 의존하고 포함과 배제의 관계에 의존한다.

화자는 이야기하기가 이루어지는 공간 안에 특정 청자들만을 포함시킨다. 우리는 이 공간을 놀이의 무대라고 부르거나 수용·reception의 무대라고 부를 수 있다.

여기서 중요한 것은 화자와 청자의 결합 관계이다. 청자가 화자의 통제하에 있는 것처럼 화자도 청자의 통제하에 있게 된다. 화자는 청자의 반응에 따라 정보를 수정해야 하는 피드백이 있으며 정보를 지나치게 많이 제공하는 경우와 충분히 제공하지 않는 경우 사이에서 미묘한 균형점을 발견해야만 한다. 서사 연속체 안에는 항상 청자의 상상력과 청자의 정신에 존재하는 구조화할 수 있는 힘을 자극하는 틈새 또는 빈 공간이 있게 마련이다.[17] 즉, 문화재 해설은 기술된 역사 서사에 반한, 구연되는 역사 서사라고 말하는 것이 옳을 것이다. 빠른 이해를 위해 구체적인 사례를 중심으로 분석해 보기로 하겠다.

다음 채록은 2007년 문화유산 관광해설사 콘테스트에서 대상을 받은 박경순 문화관광해설사의 것으로 문화재란 역사적 자취가 어떤 스토리텔링 기법을 통해서 더 감동적으로 관광객에게 전달되는가를 대표적으로 보여줄 수 있는 예이다.

안녕하십니까?
예약팀, 서울 한국노인대학 어르신들 맞습니까?
네, 반갑습니다. 내려오시는 길이 막히진 않으셨나요?
네, 다행입니다.
인사드리겠습니다.
경기도 문화관광해설사 여주 신륵사 담당 박경순 입니다.

여러분 만나 뵈려고 꽃단장하고, 버선발로 내달아 미중 나왔습니다. 박수 한번 주세요. 감사합니다.

오늘 해설 내용은 신륵사 창건 설화·명칭의 유래, 그리고 중창 인연 인물들을 간단히 말씀드리고, 신륵사가 보듬고 있는 총 11점의 문화재 중 백미白眉인 보물 226호 다층 전탑을 해설해 드리겠습니다.

여러분, 신라의 원효대사 잘 아시죠? 유명한 일화가 있는데 그게 뭐죠? 네, 맞습니다. 그 원효대사가 하루는 꿈을 꾸었는데, 하얀 도복의 노인이 나타나 "그 모습이 봉황을 닮은 산세를 찾아 꼬리 부분의 물을 메우고 절을 지으면 천년 명찰이 되리라" 하는 말을 듣고는 전국 만행 끝에 다다른 곳이 오대산 줄기가 봉황의 형세로 공작산 우두산 고달산을 지나 남한강에 꼬리를 적셨던 이곳 봉미산입니다. 봉미산은 말 그대로 봉황의 꼬리라는 뜻입니다. 여러분께서 지금 앉아 계신 이곳은 원래 시퍼런 연못이었는데, 7일간 단을 쌓고 기도하니 아홉 마리 용이 승천하면서 물이 말라 절을 짓게 되었답니다. 아쉽게도 신라 유물이 한 점도 남아 있지 않습니다만 극락보전 앞 '구룡루九龍樓'라는 석 자가 당시 원효대사의 비원을 전하고 있습니다.

신륵사란 명칭 또한 물과 관련된 것으로 앞에 보이는 여강과 관련이 있습니다. 여주驪州, 그리고 여강驪江의 려驪 자는 고을 려麗 앞에 말 마馬 변이 붙어, 검은 말 려驪 자를 씁니다. 강 건너 마암 주변에서 늘 사나운 용마가 출현하여 여주 사람들에게 해를 끼쳐도 이를 다스릴 자가 없어 애를 먹던 차에 고려 공민왕의 왕사를 지낸 나옹선사가 오셔서 법력으로 굴레를 씌우니 꼼짝 못 하고 말을 잘 듣더라 해서 신기할 신神 제압할 륵勒, 말 그대로 용마를 신력으로 누른 절이란 뜻입니다. 그렇다면 과연 용미란 무엇이었을까요? 바로 여강의 범람이었습니다. 4년 전 태풍 루사, 태풍 매미, 기억하시죠? 그때도 그랬지만 작년 7월 15일 16일 양일에도 여강 물이 마치 사나운 말이 날뛰듯 하여 여주대교에 통행금지령이 내려졌고 경내 들어오시는 길이 한길 너머 물에 잠겼습니다. 충주댐에서 수위 조절을 하는데도 말입니다. 말하자면 "부처의 힘으로 물의 위력을 다스려 주세요" 하는 여주 사람의 마음이 서린 절이 '신륵사'인 것입니다.

신륵사는 창건 이래 많은 시인 묵객들이 찾는 경승지였습니다만 특히 두 분에 의해 크게 중창을 이루게 됩니다. 1376년 나옹선사가 우왕에 쫓겨 밀양 영원사로 호송 중에 입적하여 신륵사 강가 넓은 바위 3층 석탑자리에서 다비식을 거행하니 588과의 사리 출현과 많은 이적이 일어나, 3년 뒤 내쫓았던 우왕의 명으로 '선각'이란 시호를 받으며 석종부도, 비, 석등의 불사가 이루어져 크게 중창되었습니다. 그리고 100년 뒤인 1469년 원래 태종 헌릉 옆에 있던 세종대왕릉이 그 자리가 좋지 못해 후손 문종, 단종, 세조 등이 단명한다 해서 예종 원년, 세종께서 승하하신 지 19년 만에 명당을 찾아 여주로 천장되고 세종대왕의 극락왕생을 비는 원찰로서 보은사란 사액을 받아 크게 중창되었습니다. 해서 신륵사 큰 업당은 대웅전이 아니고 모든 중생을 극락세계로 이끈다는 아미타 부처가 모셔진 '극락보전'입니다.

이제 신륵사의 백미 보물 226호 다층전탑으로 모시겠습니다. 전탑의 전자는 벽돌 전塼 자로, 말하자면 벽돌 탑입니다. 조선 시대엔 동대탑이라고도 불리었습니다. 이 탑자리는 신륵사를 감싸고 앉은 봉미산의 우백호의 내달림을 막는 한편, 강월헌 정자를 지나 여강까지 뻗어 나간 좌청룡의 지세가 센 혈을 끊어 세운 높은 양각의 6층탑입니다. 이 탑은 애초 연못이었던 경내와 강물의 범람이 잦은 주변의 음기를 중화시키려는 풍수적 액막이탑, 그러니까 비보탑입니다.

뒤편을 보시면, 증수비에 '숭정기원지재병오중추일립崇禎紀元之再丙午仲秋日立'이라고 적혀 있습니다. 1726년 영조 2년에 당시 영현, 범밀 스님이 탑이 쇠퇴한 걸 보고 모금하여 많은 기둥을 세우고 해체하니 맨 아래 기단에서 다섯 과의 사리와 함께 나온탑이라 적힌 접지가 나왔다 기록되어 있어 나옹선사 입적 후, 고려 말기에 세워진 전탑으로 보고 있습니다. 벽돌 안에 반원의 연주당초문양이 새겨져 있고 사면의 기단에 12지간 중 자子, 묘卯, 오午, 유酉 란 한자가 새겨 있는데 방향 표시와 탑돌이를 시계방향으로 유도하는 글자입니다.

전탑 앞에 서시면 남한강이 한눈에 보는데요. 강원도, 경상북도, 충청북도의 지류가 어우러져서 스미고, 섞이고, 휘돌아치는 곳이 바로 여깁니다. 오랜 세월 동안 그 물길이 탑 왼쪽 절벽에 부딪쳐 밑을 깎으니 그 깊이를 알 수 없고 소용돌이가 매섭게 일어 옛 사공들에게는 여간 위험한 곳이 아니었습니다. 하지만 이 위에 이렇게 전탑이 우뚝 서서 위험을 알리니, 임금님께 드릴 특산물·진상품을 뗏목이나 황포돛배에 가득 싣고 한양 마포나루로 가는 사공들은 멀리서 이 벽돌 탑이 보이기 시작하면 이를 피하는 뱃길을 잡았다고 합니다. 그러니까 여러분들이 보시는 다층전탑은 당시 가까운 마포나루의 경우에는 3일, 강원도·경상도까지는 7일 이상이 걸리는 뱃길의 무사함을 기원하던 등대요 수로신장 역할을 했던 것입니다. 해서 신륵사, 보은사란 이름보다 "여주 즈음 흘러가다 보면 강가에 벽돌탑이 있는 절이 있더라" 하여 여주 벽절, 여주 벽사로 더욱 유명하였습니다.

강 건너 그 옛날 황포돛배를 재현해놓아 여러분을 기다리고 있으니 승선하셔서 깊어가는 여강, 조포나루의 가을 정취를 마음에 흠뻑 느껴보심은 어떠실까요?

세월은 흐르는 것이 아니라 쌓여가는 것이라죠?
오늘 저와 함께 하신 시간을 여러분 삶에 아름다운 추억으로 한 겹 쌓아 가셨으면 하는 저의 바람입니다.

끝까지 경청해주셔서 대단히 감사합니다. [18]

    도입부는 해설사와 관광객의 관계를 설정하는 부분이다. 로만 야콥슨 Roman Jakobson의 언어 이론에 따르면 친교적 기능에 해당한다. 우리는 처음 상대방을 만나 대화를 시작할 때 상대방과의 관계를 조율하는 언어를 구사한다. 예를 들어 "날씨가 참 좋지요?"라는 화두는 그날의 일기예보를 말하려는 정보적 기능이 아니라 상대방이 자신과 대화할 준비가 되어 있는지 살펴보는 기능을 한다. 이때 화자는 상대방의 반응을 떠보며 존칭어 등을 통해서 상대방과의 상하 관계도 설정한다.

    채록에 나타나지 않았지만 노인대학 어르신들은 해설사의 "길이 막히진 않으셨나요?"라는 답변에 "네"라고 한 것으로 보인다. 즉, 이런 연행 상황에서 다른 스토리텔링과 달리 가장 중요한 것은 화자와 청자 사이의 상호작용이다. 말하는 화자의 자극에 청자의 반응이 어떤가에 따라 다시 화자의 이야기 방향이 달라진다.

    청자가 극심한 교통정체 현상으로 피로와 짜증에 가득 차 있으면 말하는 해설사의 입장은 매우 힘들고 조심스러울 것이니 자연히 관광객들의 안색과 상태를 살펴야 할 것이다. 원효대사의 일화를 잘 아느냐고 해설사가 물었을 때, 관광객들이 적극적이고 긍정적인 반응을 보인다면 당연히 해설사는 기분 좋게 부연 설명 없이 간단하게 그 일화를 이야기할 것이다. 반면 전혀 모른다는 반응을 나타낸다며 설명은 길어지고 좀 더 신중해질 것이다. 이처럼 관광객의 응시와 태도에 비추어 자신의 태도를 정비하며 언변을 가다듬는다는 점에서 문화재 해설은 타인의 응시와 평가에 굴복하는 연행의 성격을 띤다.

물론 해설사가 관광객의 통제하에 놓여 있는 것이 사실이지만, 관광객도 또한 해설사의 통제하에 놓여 있다. 해설사는 관광객의 반응에 따라 이야기 내용과 길이를 조절하며 직업, 학력, 연령대에 따라 적절하게 정보를 수정해야 한다. 그러나 근본적으로는 해설사가 해설을 하고 관광객은 그것을 듣는다는 합의된 관계가 존재한다. 해설사는 이야기하기가 이루어지는 공간 안에 노인대학의 어르신이라는 특정한 청자들만을 포함시키면서 하나의 공동체 의식을 형성한다.

다음은 해설사가 관광객의 상상력을 자극하고 어떤 새로운 이미지를 형성할 여지를 주는 담론 구조이다. 해설사가 구사하는 이야기의 빈 틈새를 따라 관광객들은 과거의 공간으로 거슬러 올라가 상상하며 자신의 이야기를 만들어낸다. 그의 내부에 존재하는 수많은 정보의 스크립트에서 같거나 유사한 역사적 사실들을 끄집어내고 드라마나 영화에서 보았던 이미지들을 조합하면서 현재 해설사가 이야기하는 내용들을 결합하여 하나의 새로운 이야기를 만들어내는 것이다.

해설사는 때로는 작은 목소리로 속삭이듯이, 때로는 확신에 찬 목소리로 관광객들의 관심을 집중시키며, 몸짓과 표정을 통해 미처 말로 다 표현하지 못한 정보들을 전달한다. 이야기 속에 등장하는 인물들의 말투와 동작을 흉

내 내며 이 장소에서 과거 어느 시절 일어났던 사건을 이야기한다.

앞의 예문의 해설은 주로 지명에 관계된 것이 많다. 해설문의 중간 즈음에 봉미산이란 지명을 관광객에게 각인시키기 위해 해설자는 지명설화를 활용하고 있다. 해설사는 여주 신륵사의 한자명이 여주驪州라는 점에 착안하여 전해 내려오는 검은 말의 설화를 적절하게 끌어들이고 있다. 나옹선사가 용마를 제압했다는 설화를 소개하고 이때 용마가 여강의 검은 물을 의미한다고 첨부함으로써 유난히 물살이 센 여강의 특성을 사람들에게 각인시키고 있는 것이다.

여주의 한자명은 매우 어렵고 지명이 직접적으로 사람들에게 의미를 전달해주지 않는다. 그 때문에 사람들의 가슴에 와 닿지 않고 감흥을 불러일으키지 않는다. 이런 평범한 공간적 정보에 사회·문화적 정보를 덧씌움으로써 그 지형지물의 특성이나 위치를 더 쉽게 기억시키는 것이 문화해설의 주요 기능이기도 하다.

여주의 전탑에 대한 정보도 이처럼 공간에 장소성, 즉 장소의 특성을 각인시킬 수 있는 일화들을 중심으로 진행된다. 임금님께 드릴 진상품을 황포돛배에 가득 싣고 한양으로 오는 배들이 이 전탑이 보이면 이를 피하는 기점으로 삼았다는 정보, 그리고 물살에 침몰하는 배 때문에 뱃길의 무사함을 기원하기 위해 탑을 세웠다는 정보를 통해 우리는 검은 물살이 휘돌아치는 이 지역의 장소적 특성을 확실하게 기억할 수 있게 된다.

'공간space'과 '장소place'는 많은 연구자에 의해 그 차이가 지적된다. 공간은 물리적 속성을 지닌 것이고, 장소는 인간의 인식체계를 통해 특정한 이미지와 가치를 지니고 인지된 공간이다. 따라서 장소를 형성하는 것은 그곳에서 일어나는 사건이나 사물의 의미이며 인간의 목표나 가치, 의도, 행위 등

이다.[19]

　관광객은 해설사의 여주 지명의 한자명과 신륵사의 다층 전탑의 유래를 듣는 과정에서 여주는 추상적 공간에서 벗어나 구체적인 장소로 탈바꿈한다. 그들은 여주에 대해 과거에 들었던 경험에 현재 공간에서 경험하고 있는 시각적·청각적·촉각적 사항들을 총체적인 경험으로 종합해 다시 마음속에 하나의 이야기로 저장하게 된다.

　만약 관광객이 해설사의 설명을 듣지 않고 신륵사를 탐방하고 전탑 앞의 강물을 바라보았다면, 그것은 그냥 강과 탑이라는 물리적 존재로만 인식될 가능성이 크다. 그냥 벽돌로 된 탑의 모양과 크기를 감지하거나 흐르는 여강의 너비와 깊이를 가늠하며 서 있었을 것이다. 그러나 해설사의 탑 중건 유래와 당시 센 물살 때문에 일어난 조난 등을 전해 들으며 특히 물살이 센 여강 이쪽 여울의 특성을 감지하며 기억할 것이다. 그리고 원효대사와 나옹선사의 이야기가 더해지면서 '신륵사'라는 절의 아우라가 드러난다. 이제 신륵사는 단순히 고려조에 창건된 절이 아니라 신망 있는 승려들이 꿈에서 지시받은 영험한 절이 되는 것이다.

　이로써 여주라는 장소는 자연현상, 문화, 역사 등이 유기적으로 결합되어 그 고유한 특성을 지닌 하나의 유기체로 형성된다. 여주라는 장소에 대한 인간의 기억과 미래에 대한 기대가 현재의 경관 경험에 의해 하나의 정체성을 형성한다. 장소에 어떤 성격을 부여하는 그 무엇을 총체적으로 경험이라고 하는데, 경험은 사람들이 실제를 인식하고 구성하는 여러 가지 양식을 포괄하는 용어이다. 이러한 양식들은 후각, 미각, 촉각 등의 좀 더 직접적이고 수동적인 감각에서 능동적인 시각적 인지, 상징화라는 간접적인 인식까지 다양하다.[20] 그런데 관광에서 경관 경험에 가장 큰 요소로 작동하는 것이 해설사의 이야기이다. 해설사는 상징화의 원리로 관광객의 경험에 중요한 역할을 한다.

장소에 정체성과 아우라가 부여된 것을 우리는 장소성, 장소감, 또는 장소의 혼이라고 한다. 장소의 정신이란 다소 비유적이고 낭만적인 느낌이 없지 않은데 장소의 혼은 고대 로마인의 믿음에서 온 용어이다. 그들은 독립적으로 존재하는 모든 존재는 그 자신의 혼, 즉 그 자신을 지키는 정신을 가지고 있다고 믿었다.[21] 해설사는 여주 신륵사란 장소에 사물이 존재하고자 하는 것, 또는 되고자 하는 것을 사람들에게 알리는 역할을 한다.

4. 구술사에서의 사실과 내러티브

1) 구술사의 개념

증언은 어느덧 우리 시대의 문화 기호가 되었다. 증언은 증언자가 면담자의 질문에 따라 대답하는 과정에서 수동적으로 이루어지는 것이 아니라, 구술 상황에서 자신의 과거 경험을 해석해내면서 생산하는 과정이다. 따라서 여기에는 증언자와 그 증언을 끌어내려고 노력한 면담자의 입장이 상호작용하게 된다. 도저히 말하지 못할 것 같은 상황들이 필설로 옮겨지고, 이 과정에서 빈번히 논리적 모순이 빚어지며 끊임없는 수정이 가해진다.[22]

이처럼 증언이 사료의 중심을 이루는 구술사에 대해서는 다양한 개념 정의가 있다. 벨기에의 구술사가이자 역사가인 반시나Jan Vansina는 아프리카의 구전을 연구하면서 '여러 세대에 걸쳐서 내려오는 구술 증언'이라고 구술사를 정의했다. 그러나 이 경우 목격자의 증언이 배제된다. 미국의 구술사가인 스타Louis Star는 '이제까지 이용되었지만 보존할 가치가 있는 구술을 기록함으로써 생기는 1차적 자료'라고 정의했다. 역시 미국 구술사가인 리체Donald Ltchie는 '구술사는 기록된 인터뷰를 통해 역사적으로 중요한 구술된 기억과 개인적 논평들을 수집하는 것'이라고 했다.

기록 관리사 중심의 미국형 구술사 개념에 비해 영국에서는 구술사의 정치성을 강조한다. 영국의 대표적인 구술사가인 톰슨Paul Thompson은 구술사가 '피지배계층의 구술 자료를 통해서 밑으로부터 역사를 쓰는 작업'이라고 정의한다. 톰슨보다 더 급진적인 영국의 대중기억연구회는 구술사를 '과거에 대한 개인적 기억들의 환기와 기록'이라고 정의하고 있다. 좀 더 정치적인 이들에 반해 이탈리아의 구술사가인 폴텔리Alessandro Portelli는 구술사를 '구술을 표현의 매개로 하는 과거에 대한 서술'이라고 본다.

한국에서도 구술사에 대한 다양한 개념 정의가 존재한다. 역사인류학자인 윤택림은 '구술자 또는 화자가 연구자 또는 해석자 앞에서 자신의 과거의 경험을 기억을 통해 현재로 불러오는 작업으로 얻은 자료'로 정의하며, 함한희는 구술을 '기억을 통한 과거에 대한 서술'로 정의하면서도 구술이 지니는 과거와 현재의 문화적 배경을 중요시할 것을 강조한다. 반면 역사학자 김기석은 구술사를 '구술 기록에 근거한 역사 서술'이라고 정의한다.[23]

이러한 정의에 따라서 형식적으로 구술사는 생애사life-story, 자기보고서self-report, 개인적 서술personal narrative, 구술전기oral biography, 회상기memoir, 심층면접in-depth-interview을 포괄하게 된다.[24]

2) 역사 서술에서 구술사 등장의 배경과 성격

그러면 어찌하여 역사 서술에서 개인의 이야기가 중요한 기능을 하게 되었던 것일까? 세계대전을 포함한 현대의 전쟁이 여기에 큰 원인을 제공했다. 근대 이후 개개인의 체험을 묶어주는 가장 공신력 있는 의미망은 역사였다. 역사는 일련의 기념비적 사건과 영웅적 인물들이 쉴 새 없이 교차하면서 민족의 형성 같은 큰 흐름을 형성해가며, 개인은 이런 역사적 흐름에 자신을 종속시킴으로써 민족의 일원으로서 정체성을 획득할 수 있었다.

그러나 현대에 이르러 전쟁의 폭력성, 그 전대미문의 참혹함에 개인은 더 이상 역사적 사건에 자신을 의탁하기 힘들어지게 되었다. 이제 더는 역사적 사건들이 개인의 체험들을 통합하기 어려워진 것이다. 이 과정에서 공적인 영역에서 억압되거나 무시되어왔던 개인의 사적인 기억들이 새롭게 주목받게 되었다. 일관된 주장이나 논리로 어떤 사건을 설명하기 힘들어진 역사 기록의 빈틈을 서로 다른 모습으로 재현되는 개인의 내러티브가 차지하게 된 것이다.

물론 이 기억이 완전히 개인적인 것은 아니다. 집단기억으로서의 이런 재현은 기억이라기보다는 일종의 합의로 보는 것이 마땅할 터이다. 이 기억은 사후적 기억post-memory으로 자기 재현의 형식으로 드러난다. 20세기 역사의 기억은 일종의 기의signifie 없는 기표signifiant라고 할 수 있다.

자네Pierre Janet에 따르면 인간의 기억은 습관적 기억, 내러티브 기억, 트라우마 기억으로 나뉜다. 이 중 내러티브 기억은 인간이 경험에서 의미를 생성하는 데 기여하는 정신 활동이다. 인간은 자신의 경험을 사회적으로 유의미한 이야기 체계에 능동적으로 편입시킴으로써 정상인의 심리를 지니고 살 수 있다. 반면 트라우마 기억은 충격적인 사건의 경험 때문에 내러티브에서 이탈하여 무의식에 고착됨으로써 치유가 불가능해진다.

역사적 트라우마의 대표적인 예가 홀로코스트라 할 수 있다. 홀로코스트는 박물관, 기념비, 영화, 책, 제의 등 각종 재현 방식이 도입됨으로써 기억이 전형적인 이미지들에 고착되어 반복·강박되는 폐단도 있어왔다. 상품화된 내러티브들이 희생양으로서의 희생자들의 입장을 특권화하거나 〈쉰들러 리스트Schindler's List〉(1993)처럼 한 선인의 미화담으로 단순화하는 등 많은 오류가 있었다. 재현 불가능한 상황의 재현이 이처럼 내러티브의 자기 완결성을 위해 진실을 희생해버리는 대중문화의 내러티브로 종속되어서는 안 되며, 이 극복의 분기점에 역사의 내러티브와 대중문화의 내러티브가 놓여야 한다.

역사학에서는 재현 불가능성을 지표로 삼으면서 홀로코스트에 대한 증언을 중심으로 진지하게 접근하려는 노력이 있다. 평범한 내러티브로 전락하지 않기 위한 방법으로 애도와 용서의 기제가 거론된다. 프로이트는 상실된 대상에 대한 집착을 '우울Melancholie'이라고 칭했다. 우울은 사랑하는 대상의 상실을 마치 자신이 상실된 것처럼 착각하는 현상으로, 이를 극복할 방안이 '애도Trauer'이다. 애도란 타인의 상실을 지속적으로 슬퍼하는바, 과거를 기억하되 더 이상 그것에 집착하지 않고 지나간 일을 겸허하게 받아들이는 것이다. 만약 그가 피해자라면, 시간을 거스르는 기억의 과정을 거친 뒤 흔쾌한 용서를 선사할 수 있을 때, 그는 비로소 그 사건을 극복한 것이라 할 수 있다.

한편, 역사 서술에서 문헌 자료와 비교할 때 구술 자료가 갖는 특징은 다음과 같다.

첫째, 구어이기 때문에 상황의 영향을 크게 받는다. 매우 상황적이고 연행적이기 때문에 구술은 누구에게, 언제, 무엇 때문에, 어디서 되고 있느냐에 따라 크게 영향을 받는다.

둘째, 주관성과 개인성을 피해 갈 수 없다. 구술사는 다른 사회과학 연구에서 다루기 어려운 개인의 사적·주관적 경험을 드러나게 하고, 개인의 주관적 경험이 개인에게 어떤 의미가 있고 어떻게 객관적 구조와 상호 연관되는지 보여줄 수 있다.

셋째, 서술성, 즉 구술자가 내어놓는 이야기이다. 그래서 구술자가 실제적인 경험의 재현을 어떻게 서술하는가, 어떤 이야기체를 사용하는가, 어떻게 시간을 나누는가가 중요하다. 예를 들어 한국인들은 '신세타령' 형식으로 자기 이야기를 하는데, 이 구조가 무속 신화의 서사 전통을 이어받고 있다는 것이다.[25]

3) 종군위안부의 내러티브와 진실

한국에서 종군위안부 문제가 처음으로 거론된 것은 1980년대 말, 한국교회여성연합회 주최로 열린 '여성과 관광문화'란 세미나에서였다. 당시 한국에서는 일본인의 매춘 관광이 문제가 되었고, 그 문제점을 거론하는 자리에서 과거 일제 강점기 일본군의 조선 여인 성적 착취의 문제가 자연히 수면으로 떠오른 것이다.[26] 1980년대 당시 일본인들은 아시아 각국에 매춘 관광을 가고 있었으며 캄보디아에 파병되는 자위대원들에게 콘돔 지급 문제가 거론되고 있었다.[27]

일본인들의 은폐였는지, 여성의 더럽혀진 정조를 여성 자신의 죄로 전가

해버린 피해국의 침묵이었는지는 알 길이 없다. 아무튼 1991년 여름 종군위안부 출신인 김학순 할머니의 증언 이후, 역사 속에 가려 있었던 위안소 내에서의 인권 유린이 한국, 북한, 중국, 대만, 필리핀, 인도네시아, 말레이시아 출신의 종군위안부들의 증언으로 알려지기 시작한다. 알려진 자료에 의하면 1930년대 초에 상하이와 만주에서 군위안소가 설립·운영되었으며 1937년 난징학살사건을 계기로 중국, 조선, 일본 등지에서 위안부 모집이 군 개입을 중심으로 조직적·본격적으로 진행되었다는 것이다.[28] 군위안부 모집에는 속임수와 강제적 구인이 이용되었고, 위안소 내에서는 엄청난 인권 유린이 행해졌다. 전후 위안부들은 많은 경우 전지에 버려지거나 심지어 학살되기도 했다.

그런데 주로 자료 조사를 통해 드러나는 초기 종군위안부의 역사에 대한 견해는 각국마다 차이가 있었다. 먼저 한국 학자들은 이 사례를 일본의 침략성과 폭력성을 드러내는 대표적인 만행으로 지목했다. 최근까지도 전쟁 중의 군인을 대상으로 하는 성매매는 일반적인 것이지만 일본만큼 세세하고 조직적으로 자국의 군인들의 성욕을 관리한 사례는 일찍이 유례가 없었다. 그리고 그 제도화를 위해 점령국의 많은 여성이 희생되었음은 물론이다. 그리하여 일본군의 비도덕성, 윤리의식과 죄의식의 결핍을 강조하기 위해 상대적으로 종군위안부의 순결성이 강조된다.

가난한 부모들이 딸을 팔아먹은 것이 아니라 가난에 못 이겨 입을 덜려고 수양녀 등으로 보낸 딸들이 사실은 유괴범에 의해 유곽 등의 매음굴이나 일본군 '위안부' 로 팔려간 경우들인 것이다.[29]

조선인 '종군위안부'는 모두 매춘부 출신이 아닌 일반 처녀들이었다.[30]

"이십 몇 명 모집한 중 몇 명은 순처녀였다" 하고 '위안부'들을 검진한 경험을 이렇게 말했다. …… 일본인 '위안부'는 나이 많은 매춘부 출신이 많았다고 했지만 조선인이나 중국인 '위안부'는 대부분 나이 어린 처녀들이어서 그 수치심은 극도에 달했고 일본인 군의관까지 울고 싶게 한 것이다.[31]

초기 연구자들은 당시 종군위안부들이 원래 성매매 여성이 아니라 어리고 순진한 처녀였으며 이들을 꼬이거나 강제로 납치하여 그 순결성을 유린했음을 강조하고 또 강조한다. 조선 시대부터 유교 도덕 속에 키워져 왔기 때문에 순결을 생명보다 더 소중하게 생각하는 이 여성들을 유린한 일본군의 죄가 크다는 것이다.[32]

흔히 역사서나 시가, 소설 등에서 한국 여성의 순결은 한국의 꿋꿋한 민족성, 외세에 굽히지 않는 절개로 연결된다. 낙화암의 삼천궁녀나 논개의 모습은 수많은 문학작품으로 승화되어 한국 서사의 중요한 메타포로 군림해왔다. 그러나 역사 서술의 논리를 이렇게 몰아갈 경우, 여성이 순결을 잃을 경우 절개를 굽힌 여성이 된다는 점에서 종군위안부의 또 다른 비극이 있다. 한국 여성을 성노예로 농락한 일본이 침략자로 비난받는 동안 종군위안부들은 유린된 대상, 버린 대상으로 우리 시야에서 사라진다. 어째서 종군위안부 문제가 해방 후 50년이 넘게 침묵에 묻혀야 했는지가 짐작되는 대목이다.

종군위안부 정책은 일본의 명백한 범죄 행위이자, 여성을 성적 수단화하는 가부장제의 이중적 성문화가 낳은 여성에 대한 범죄이기도 하다. 즉, 군위안부 정책은 여성에게 가장 중요한 것으로 정절과 순결을 강요하고 남성의 욕구 해소의 방편으로 손쉽게 그것을 박탈하는 가부장제 사회의 이중적 성문화 속에서 구성되고 실행되었다.[33] 종군위안부들이 귀국 후 가족과 친지, 남편에게서 경멸과 학대를 받으면서도 스스로를 죄인이라 여기고 숨어 살았던 이유도 바로 여기에 있다.

일본 정부의 태도는 처음에는 침묵과 무시로, 그다음에는 "조선위안부에 학대를 가한 사실이 없다"라든가 "조선인뿐만 아니라 일본인도 있었다", "징용, 징병이 법령에 따른 것이므로 보상할 필요가 없다"라는 말을 되풀이했다.[34] 학자들은 군전용 위안소에 있었던 위안부의 총수는 만 수천 명이었고 민족별로는 내국인이 가장 많았으며 군을 포함한 관헌의 조직적인 강제 연행은 없었다고 주장하고 있다. 심지어 전지 위안소의 생활 조건은 평화시의 유곽과 같은 수준이었고 위안부의 95% 이상이 생환했으며 위안부들에 대한 생활 원조는 다른 전쟁 희생자에 비해 융숭하다는, 피해자인 종군위안부들과는 매우 대조적인 주장을 하고 있는 형편이다.[35]

위안부들은 대부분 소규모 자작농, 소작농, 노동자의 자녀로 빈곤한 가정에서 태어나 자랐고 학력도 거의 보통학교 이하이다. 군위안부에 가게 된 연유는 좋은 곳에 취직시켜준다는 꾐에 빠졌거나, 납치, 강제연행, 심지어 부모나 친척에 의해 팔린 경우도 있다.[36] 결국 한국의 군위안부 문제는 대체로 피식민지 빈곤계층 여성의 문제로 귀착된다.

종군위안부 자료들은 일본에 의해 은폐되거나 폐기·분실되었기 때문에 많은 경우 생존 위안부들의 증언을 통해 이루어질 수밖에 없다. 그런데 그들의 기억을 되살리는 작업은 호락호락한 일이 아니다.

이야기하기를 꺼리는 경우, 기억이 심하게 훼손되어 있거나 기억하기 싫은 경우 등에 의해 증언자들의 이야기는 복합적이고 다면적이며 모순적이다. 이야기는 기억하기 쉬운 것, 기억하고 싶은 것, 가장 강렬한 기억을 중심으로 곁가지가 자라듯 뻗어 나간다. 그리고 긴 침묵, 끊어짐, 불연속성, 시간의 혼종과 연상…….♦ 이들의 기억 방식은 텍스트의 선형성linarity이 도저히 담을 수 없는 것이다.

이들은 군대식 통제와 감시가 있는 위안소에서 엄청난 잔혹 행위에 시달렸다. 성병, 낙태, 구타, 폭격 등으로 정신적·신체적 고통을 당했다. 극소수는 병이나 주위의 도움으로 귀환했지만 대부분 전쟁이 끝나자 위안소에 버려져 천신만고 끝에 귀환한다. 아이를 낳은 경우도 있었으나 대부분 위안소 생활의 후유증으로 임신이 불가능했으며, 결혼하지 못했거나 결혼 후에도 잘 살지 못하고 파탄으로 끝나는 경우가 대부분이었다.

그러나 증언자들의 구술에서는 정형화된 위안부의 모습을 찾아보기 힘들다. 일본군에 대한 원한은 일본군 장교와의 사랑과 공존하기도 하고, 자궁을 강탈당한 현생의 원한이 아들 낳고 살아보는 후생에의 바람으로 이어지기도 하며, 독립운동가의 딸로서의 자부심은 다른 위안부들의 삶을 '더러운' 과거로 치부한다.[37]

진실은 그들이 자기 의지와 상관없이 여성으로서 말로 하기 힘든 혹독한 고난을 당했다는 사실에 있고, 그들의 고난을 틀에 넣어 규정짓고 하나의 방향으로 몰아가는 것은 그것을 말하는 사람의 입장일 뿐인지 모른다.[38]

이 때문에 종군위안부들의 언술 구조는 완결된 플롯으로 구성되어 있지

♦ 한국정신대문제대책협의회 2000년 일본군 성노예 전범 여성국제법정 한국위원회 증언팀,『기억으로 다시 쓰는 역사』(풀빛, 2001)의 서론에 그 고충이 상세하게 나와 있다.

않다. 하나의 기억이 불쑥 던져지고 그것과 관계된 기억들이 넝쿨처럼 휘감겨 나오다가 다시 처음으로 돌아온다. 그들 담론 구조의 비선형성은 전형적인 트라우마 구조의 그것과 같다. 다중인격증Multiple Personality Disorder: MPD 환자 중 일부는 고통스러운 학대의 기억을 하나의 완성된 형태로 간직하기가 너무 고통스럽기 때문에 자신이 감당할 정도의 기억의 덩어리로만 묶어낸다.[39]

도저히 하나의 플롯으로 완결되지 못하는 이 진실의 실체 때문에 종군위안부에 대한 역사서가 그들의 증언 기록으로 구성되는 경우도 있다.◆ 진실을 기록하는 역사가들로서는 이 복합적인 요소들을 하나의 일관된 사관으로 정리하기에 불가능했던 것이다. 이 때문에 정리된 내러티브가 아니라 위안부 자신들의 혼란스럽고 착종된 내러티브를 기술함으로써 독자에게 진실의 실체에 직접 접근하게 한 것이다.

이야기는 고도로 정치적일 수 있다. 그것은 이야기가 발신자의 의도를 강하게 담는 기제로 원시 시대부터 존재해왔기 때문이다. 역사학자들이 내러티브로서의 역사 기술을 존재 자체부터 부정하고 싶은 것은 이 때문일 터이다. 그러나 이처럼 구술의 내러티브를 정리함으로써 평면적인 내러티브 기술의 정치성을 극복할 여지를 남겨놓고 있다.

◆『기억으로 다시 쓰는 역사』가 대표적인 예이다.

3장
이야기의 정치성과 브랜드

1. 이야기의 정치성

1) 이야기, 현실을 정리하는 도구

1981년 브루너Jerome Bruner는 에밀리라는 두 살짜리 여아를 대상으로 흥미 있는 실험을 수행한다. 대학교수인 에밀리의 부모는 아이를 침대에 눕혀놓으면 혼자서 한참 재잘거리다가 잠든다는 사실을 알고 그것을 녹음해보았다. 그리고 총 122개의 테이프는 하버드 대학의 캐서린 넬슨Katherine Nelson 교수가 이끄는 언어학자와 심리학자로 구성된 연구 단체에 전달되었다. 넬슨은 이 연구를 자신의 대표 저서 『요람에서 들려오는 이야기Narrative from the Crib』(2006)에 소개했다.

방에 홀로 남게 된 에밀리가 기분이 좋아서 혼자 중얼거린 것은 아니었다. 아이는 그날 겪었던 흥미로운 사건에 대해 중얼거리기도 했지만, 그 밖에 내일 무엇을 할지, 누구와 할지, 기분이 어떨지를 상세하게 말하고 있다. 아이는 일종의 시나리오를 짜고 있었던 것인데, 가끔 익살스러운 유머를 넣기도 했다. 브루너와 동료 연구자들은 에밀리가 단지 누군가 대화를 하기 위해 이렇게 중얼거린 것이 아니라는 사실을 알아냈다. 아이는 이야기를 통해 현실관을 형성하고 수정해갔던 것이다.[1]

옛날부터 사람들은 태양이 매일같이 떠오른다는 사실을 깨달았고, 그리하여 하늘을 달리는 헬리오스와 그의 전차에 관한 스토리를 만들어냈다. 사람들은 병들었고, 그리하여 체액과 방혈이란 스토리를 만들어내어 환자들을 이발사에게 보냈다.[2]

현대 과학은 지구가 태양을 도는 위성이고 헬리오스 같은 신은 존재하지 않는다는 사실을 밝혀냈다. 그리고 병든 환자를 고치는 데는 머리칼을 자르는 이발사보다는 전문적인 교육을 받은 의사가 낫다는 사실도 깨닫게 되었다. 그렇다면 당시 사람들은 진심으로 태양신이 존재한다고 믿었으며 머리를 다듬는 사람이 환자를 고치는 재주가 있다고 믿었을까? 어느 정도 근대에 이르러서 사람들은 굳이 인공위성을 쏘아 올리는 방법을 과학적으로 알 때까지는 아니더라도 대체로 이런 종류의 신화가 거짓말이라고 생각했을 것이다. 그럼에도 아직 확실한 진실이 밝혀지지 않을 때까지는 어느 정도 세상을 나름대로 정리할 기제가 필요했던 것이고 이 과정에서 많은 거짓말이 우리를 편안하게 해준다는 사실 때문에 진실한 이야기로 통용되게 된다.

그렇지 않으면 해가 왜 동쪽에서 떠서 서쪽으로 지는지, 혹시 다음 날 거꾸로 가는 것이 아닌지, 얼마 가지 않아 없어지지 않는지 수많은 의혹과 걱정 속에서 우리는 하루해를 보내게 될 것이다. 거짓말일지라도 그런 정리된 이야기는 우리가 세상을 편안하게 살아가는 방편이 되어준다. 아니 거짓말인지 알더라도 일단 지식이 이야기로 정리되어야 다음 판단에 이를 수 있는 것이다.

세상에는 온갖 틀린 속설이 떠돌아다닌다. 시험 치는 날 아침에 미역국을 먹으면 시험에 낙방한다는 이야기는 미역의 매끄러운 이미지가 만들어낸 거짓말에 불과할 뿐이다. 그러나 이런 이야기들은 시험에 붙을 것이라는 자심감을 심어주는 데 중요한 기능을 한다. 아니, 거기까지 가지 않더라도 시험 당일 매사에 조심하라는 하나의 경고로서 정리되어 우리로 하여금 세상을 편안하게 살게 하기 위한 방편으로 통용된다.

우리 모두는 거짓말쟁이이다. 우리가 스스로에게 스토리를 들려주는 이유는 우리 자신이 미신적인 존재이기 때문이다. 상세한 것을 모두 알아내기에는 이 세상 정보가 너무 많고, 따라서 우리는 하나의 지름길로서 스토리를 선택하는 것이다. 우리가 스스로에게 들려주는 스토리는 이 복잡한 세상을 한결 쉽게 살아가도록 해주는 거짓말이다.[3]

이야기는 원래 전략적이다. 이야기는 원시 시대부터 사람들이 세상을 살아가는 방식을 담은 매뉴얼이었다. 그 속에는 겨울이 언제 오고 봄은 또 언제 오는지, 아름다운 여인을 얻으려면 어떤 미덕을 갖추어야 하는지, 좋은 신랑감을 만나려면 어떻게 처신해야 하는지 소상하게 담겨 있다. 원래 이야기는 고도로 전략적이며 목적 지향적인 존재였다.

2) 이야기의 주술성, 그 본질

'봉산탈춤'은 황해도 지방에 널리 분포한 산대도감 계통의 한 분파인 해서 탈놀이 중 하나로서 조선 시대부터 매년 연중행사로서 연희되어온 대표적인 탈춤이다. 봉산탈춤의 중흥자는 약 200년 전 봉산의 이속吏屬이었던 안초목安草木이라 하며, 그 후 이속들에 의해 놀이가 전승되어온 것으로 전해진다. 봉산탈춤은 1938년까지도 사리원, 봉산, 해주, 강령, 은율 등지에서 매년 연희되나 1939년 이후 일제가 전통 연희의 공연을 금하여 자취를 감추었다가 해방 후, 1967년 6월 중요 무형문화재 17호로 지정되어 보존·전수되고 있다.[4]

전부 7과장으로 구성되어 있는데, 1과장은 사상좌춤으로 상좌 넷이 등장하여 신에게 배례하며 의식무를 춘다. 2과장은 팔목중 과장으로 여덟 명의 중이 차례로 나와 합동춤을 추고 들어간 후 다시 두 중이 나와 법고놀이를 하며 쾌락적이고 본능적인 춤을 추는 내용으로 되어 있다. 3과장은 사당춤이다. 사당과 거사의 성적인 내용을 담은 춤으로 되어 있다. 4과장은 노장춤으로 소무에 의해 파계하는 노장의 이야기를 담고 있다. 5과장은 사자춤으로 취발이와 노장의 파계와 사자의 등장, 회개와 화해의 춤으로 이루어져 있다. 6과장은 양반춤으로 말뚝이가 세 양반을 풍자하는 내용으로 되어 있다. 7과장 미얄춤, 미얄과 영감, 덜머리집의 삼각관계로 이루어져 있다.[5]

그런데 이야기는 한국적인 서사 구조에 비추어서는 납득하기 어려운 내용으로 가득 차 있다. 전라도 제주 망막골이 고향인 미얄은 난리 중에 헤어진 영감을 찾아 나섰고 우여곡절 끝에 만나 운우지정을 나누었으나 영감에게 덜머리집이란 젊은 첩이 있다는 사실을 알고 첩과 싸우던 끝에 영감에게 맞아 죽는다. 할미가 죽은 것을 확인한 영감은 다시 덜머리집과 희롱한 후 남강노인을 불러 명복을 빌어준다.[6]

봉산탈춤의 전 과장은 하나의 통일된 플롯이 아니어서 전체적인 이야기의 맥락을 잡는 것이 힘들다. 나아가 독립된 과장들의 이야기도 이해하기 어려운 구조로 되어 있다. 한국의 서사는 대부분 권선징악의 해피엔딩 구조로 되어 있다. 특히 처첩 간의 갈등은 본부를 빼앗은 첩에 대한 응징으로 되어 있는 것이 보통이다. 설사 그렇지 않고 본처가 죽더라도 그 과정에서 반드시 그것의 부당함이 지적되거나 비극적인 색조를 띠게 된다. 그런데도 7 과장은 전반적으로 남녀 간의 정사와 한바탕의 춤사위가 흥겨운 내용으로 가득 차 있다. 영감과 할미가 만나 회포를 푸는 장면 또한 음란하기 이를 데 없이 노골적으로 연행되며 할미의 시신을 앞에 두고 영감과 덜머리집의 희롱 또한 난잡하기 그지없다.

이런 비논리성은 탈춤에 얽힌 굿의 흔적을 살펴볼 때 비로소 이해가 된다.[7]

그러나저러나 너하고 나하고 이 동네를 떠나면 이 동네에 인물 동티난다. 너는 저 윗묵에 서고 내가 아랫묵에 서면 이 동네에 잡귀가 범치 못하는 줄 모르더냐?[8]

미얄이 영감에게 자기네 부부가 늘 싸움만 한다고 동네에서 쫓아내려 한다고 전해주자 영감은 이와 같이 대답한다. 두 부부가 동네의 잡귀가 들어오지 못하게 하는 구실을 해준다는 것이다. 즉, 윗목과 아랫목에 서서 잡귀를 막아주는 남녀는 마을의 수호신이다.

한국의 굿중에서 문호장굿이 있다. 역시 남신과 본처 여신, 첩 여신 사이의 삼각관계를 그리며 본처 여신의 쓰러짐으로 끝나는 이 굿은 농사의 풍요를 비는 굿이다. 남신은 생산이 불가능한 늙은 여신을 버리고 풍요를 기약할 수 있는 첩 여신을 거두어들인다. 여기서 본처 여신은 겨울이고 첩 여신은 여름을 말한다.

원시 시대 원시인들에게 겨울은 매우 위협적인 존재였다. 긴긴 겨울을 견디면서 언제 올지 모르는 봄을 기다리는 기간은 정말 지루하고 견디기 힘들었을 것이다. 원시인들은 자연스럽게 겨울이 물러가고 봄이 오게 하는 모의주술의 의식을 행했고, 이런 의식은 '바보제祭', '단오' 등으로 전 세계에 보편적으로 남아 있는 스토리텔링이 되었다. 미얄할미 과장이 바로 이 풍요제의 흔적이다. 이 과정에서 남녀 간의 성행위는 역시 생산과 풍요를 비는 모의주술에 해당한다.

그렇다면 당시 원시인들은 이런 모의주술을 행하면 정말 여름이 겨울을 이기고 와서 풍요로운 생산을 거두게 한다고 믿었던 것일까? 아주 옛날에는 그런 맹목적인 믿음이 있었을지 모르나 중세만 되어도 그런 의식이 희박해졌을 것이다. 그러나 그런 믿음이 사라지거나 의심의 대상이 되었을 때라도 사람들은 주술의 스토리텔링을 통해 마음의 위안을 얻는다.

중요한 것은 그것이 진실인가 거짓인가의 문제가 아니다. 사람들이 그것을 믿는 것이 중요한 것이다. 그것이 스토리텔링의 본질이다. 사실이 아니어도 좋다. 단지 그것을 받아들일 때 내가 마음의 위안을 얻을 수만 있다면 그 이야기는 훌륭한 것이다. 이 세상은 알 수 없는 것으로 가득 차 있지만 우리의 마음속의 지식은 어떤 방식으로든지 정리되어 지식저장고에 저장되어야 우리가 세상을 살아갈 수 있기 때문이다. 틀린 판단일지라도 일단 판단을 해야 행동하면서 세상을 살아갈 수 있는 것 아닌가? 이야기는 그 정리의 기능을 해준다.

당시 일기예보 측정 방식으로는 언제 봄이 올지, 올해는 이상기후가 닥치지 않을지 알 길이 없다. 그렇다면 효험이 있든지 없든지 그렇게 하면 효력이 있다고 전해지는 이야기를 그대로 행하는 것은 내가 앞으로 닥쳐올 기후 변화에 대해 속수무책으로 가만히 있어야 한다고 생각하는 것보다 유익하고 보람찬 일이다.

그리하여 늙은 미얄은 풍년을 위해서 가차없이 죽어주어야 하며 그 스토리텔링을 통해 당대 사람들은 무한한 마음의 위안을 얻게 된다. 그 이치는 현대에 이르러서도 그대로 계승된다. 거의 품질이 같은 운동화일지라도 박지성이 신은 나이키 신발을 신는 것이 우리를 한없이 기쁘게 한다. 그가 만들어낸 대한민국의 축구 신화를 소비하며 소비자는 마치 자기가 프로 축구 선수처럼 잘 뛸 수 있을 것 같은 무한한 희망을 맛보게 된다. 그 희열은 너무 큰 것이어서 단순히 그 선수가 신었던 신발을 신는 것이 달리기에 어떤 영향도 미치지 못한다고 굳게 믿고 속수무책으로 동네 축구경기에 임하는 것보다는 훨씬 우리를 행복하게 한다.

3) 정보 폭발 시대의 이야기의 주술성: B형 남자

이야기의 주술성이 이 정보 폭발의 시대에 큰 빛을 발휘하는 대목이 있다. 2000년도 초반 'B형 남자'를 소재로 한 영화, 가요 등을 필두로 하여 혈액형별 성격 유형 나누기가 큰 유행이었던 적이 있었다. 이 단순하고 간결한 혈액형의 유형별 스토리텔링이 가요, 영화, 광고, TV 프로그램, 애니메이션, 책, 다이어트 요법, 이메일 카드, 액세서리 상품 등 아홉 가지 장르에 걸쳐 OSMUOne Source Multy Use 방식으로 나타났던 것이다.

원래 혈액형은 1990년 카를 란트슈타이너Karl Landsteiner가 수혈 과정에서 서로 다른 사람의 혈액이 섞일 때 혈액이 뭉치는 현상과 같은 응집 반응이 서로 나른 항원과 항체가 만났을 때 일어나는 생리 현상임을 알아내면서부터이다.

그 후 혈액형과 성격의 상관성을 알려고 하는 연구가 진행되었다. 1927년 후루카와 다케지古川竹二라는 심리학자가 자기 친척, 동료, 학생 319명을 조사해 「혈액형에 의한 기질 연구血液型による氣質の硏究」라는 논문을 일본 심리학 회지에 발표했다. 그러나 당시 일본 법의학회의 반발을 사는 바람에 중도하차할 수밖에 없었다. 그런데 1971년에 언론인 출신인 노미 마사히코能見正比古가 쓴 『혈액형으로 알 수 있는 상성血液型でわかる相性』이 독자들로부터 큰 반향을 불러일으키면서 혈액형과 성격의 상관성은 일종의 유행처럼 번지기 시작했다.

물론 많은 과학자가 혈액형에 따른 성격 분류는 과학적인 근거가 없다고 일축하고 있다. 그럼에도 일본에서 대중의 혈액형에 대한 신봉은 대단한 것이었다. 정치인을 인터뷰할 때조차 빠지지 않고 들어가는 정보가 바로 혈액형일 정도로 혈액형은 사람의 성격을 파악하는 데 없어서는 안 될 존재로 자리매김하고 있다.

한국에서도 2000년도 들어 이 정보는 개인의 취향을 넘어서서 대중음악(김현정의 「B형 남자」), 영화(〈B형 남자친구〉), CF 광고(요플레 스위벨), 혈액형별 다이어트 방법, 혈액형별 사랑법, 혈액형별 건강법, 혈액형별 태교 음악 등 일종의 문화 콘텐츠로 각광받았다. 그뿐만 아니라 2004년에는 대전에 있는 농협중앙회 한밭사업단이 공제보험 담당직원 20명을 모집하면서 혈액형이 B형과 O형인 사람으로 지원자를 제한해서 물의를 빚자 이를 취소하는 일까지 발생했다.

혈액형별 성격은 대체로 이렇다. A형이 주위 사람을 배려하고 틀에 박힌 사고를 하며 현상주의를 지향하는 완벽주의자인 데 반해, B형은 속박을 싫어하여 제멋대로 행동하며 다방면에 흥미를 가지고 집중력이 뛰어나다는 것이다. AB형은 합리적인 사고를 하고 대인관계에 거리를 두며 동화적이고 공상을 즐긴다고 한다. 반면 O형은 목적 지향적이고 솔직하며 승부사적인 기질이 있고 동료의식이 강하다는 것이다.

혈액형 관련 콘텐츠에서도 등장인물의 성격이 대체로 여기에 입각하여 드러난다. 영화 〈B형 남자친구〉의 영빈은 B형으로 자기 생각대로만 행동하려 하고 예의 없어 보일 정도로 파격적인 행동을 보여서 여자친구인 A형인 하미를 놀라게 한다. 영빈은 늘 자기만 생각한다. 자기 물건을 건드렸다고 하미에게 화를 내는가 하면 몸에 좋아서 와인을 마신다면서도 같이 마시자는 하미의 요청을 거절한다. 자신의 사업이 잘 풀리지 않을 때면 으레 하미에게 짜증을 낸다.[9]

사실 혈액형과 성격 사이에는 뚜렷한 상관성이 없다는 것이 과학자들의 판단이다. 그런데도 이런 영화가 인기를 끌고 〈개그콘서트〉에까지 중요 스토리텔링으로 등장했다. 사람들은 앞다투어 혈액형에 맞춰 다이어트를 하려 하고 태교 음악을 들으려 한다. 혈액형과 성격의 상관성을 다룬 책이 인기리에 판매되었다. 왜 이렇게 근거 없는 스토리텔링에 사람들은 열광하고 그것을 믿으려 하는 것일까?

이 또한 이야기의 매력인 것이다. 세상은 너무 넓고 알 수 없는 일이 너무 많은데도 정보는 폭발 직전에 이르고 있다. 특히 거대한 익명의 사회에서 특히 인간관계는 날로 더욱 예측 불허하고 어렵기만 하다. 과거 수십 년 전만 해도 한국은 일종의 농촌 공동체였으며 자기 주변의 사람들은 어린 시절부터 같이 지내왔거나 집안끼리 아는 사이였다. 그러나 최근 이런 공동체

사회보다는 교육이나 직업 등 서로의 이해관계에 의해 모이는 이익집단이 훨씬 많아지는 추세이다. 학교, 직장 같은 이익사회에서 부딪치는 사람들의 정보를 우리가 알 길이 없다. 더구나 평생을 같이할 반려자의 특성에 대해서조차도 우리가 알 수 있는 사실은 극히 일부분이다.

이런 불확실한 상황에서 우리는 매일 사람들과 접촉하며 물건을 팔아야 하고, 사업 계약을 맺어야 하며, 심지어 결혼할 파트너를 찾아내야 한다. 이때 혈액형이 간단하게 취할 수 있는 지침서 구실을 하는 것이다. 어차피 매 순간 판단해야 할 사람들의 성향이라면 이런 방식으로 사람들을 구분하는 것이 마음에 평화를 가져다주는 것이다. 중요한 것은 진실이 아니라 내가 믿는 것이다. 그리하여 상대방을 판단할 수 있는 근거라고 유포되는 혈액형은 우리의 복음서로서 우리 마음을 편안하게 해주는 존재가 된다. 이것이 우리가 혈액형의 스토리텔링에 열광하는 가장 큰 이유이다.

4) 일상의 권태로움을 이기는 방법: '…데이'

계절의 변화에 밀접하게 연관되어 파종하고 수확하며 날이 밝으면 일하고 어두워지면 귀가하는, 자연의 흐름에 자신을 접목하는 농경사회에서와 달리 현대인들에게 하루는 반복되는 무의미한 날일 뿐이다. 여름에 아무리 날이 밝아도 6시면 퇴근해야 하고 겨울철 아무리 깜깜해도 7시가 되면 집을 나서야 한다. 현대 일상의 이런 자동 반복성 때문에 현대인들은 전보다 훨씬 무미건조함을 느끼게 되었고, 따라서 전보다 훨씬 자주 일상으로부터의 탈출을 꿈꾸게 되었다.[10]

더구나 양식의 부재는 우리가 무엇을 어떻게 입어야 할지에 대한 생각마

저도, 어떻게 행동해야 하는지에 대한 규정마저도 스스로 결정하도록 만들어 버렸다. 어떻게 보면 개인에게 무한한 자유를 준 것처럼 보이지만 실제로는 소속감으로 인한 자기 정체성을 박탈해버리는 결과를 낳는다. 따라서 현대인들은 이른바 유행이라는 것을 창출하고 그 유행에 양떼처럼 이리 몰려다니고 저리 몰려다니게 되었다.◆ 일상의 지루한 나날들을 하나하나 이름을 지어 특별한 날로 만들고 그 기념일의 스토리텔링을 자신의 가슴에 새김으로써 지루한 나날을 극복할 몸부림을 하게 된 것이다.◆◆

다음 페이지의 〈표 3-1〉은 현대에 들어 유행이 되다시피 한 기념일의 스토리텔링을 요약한 것이다.

과거 농경사회에는 파종과 수확의 절기에 맞춘 설, 단오, 추석 등의 세시풍속이 있었다. 계절의 흐름과 생활의 흐름이 접속되어 있던 그 안정이 현대사회에서는 상실되었다. 현대인에게는 '…데이'라는 새로운 기념일이 ─ 상술에 휘둘릴지언정 ─ 소중한 추억을 가슴에 아로새기고 지난 세월을 정리할 수 있는 스토리텔링으로 작동한다.

즉, 도시인들에게 2010년 음력 8월 15일은 1년 동안 땀 흘려 농사지은 곡식들을 조상에게 바치고 내년의 풍요를 기원하는 기념일이 아니다. 단지 2010년 365일 중의 하루에 불과할 뿐이다. 자연과 더불어 살며 자연의 흐름에 순응하는 결과로서 드러나는 이 절기들이 회색의 콘크리트 도시에서는 무의미한 숫자에 불과할 뿐이다. 그러나 우리가 살아내야 할 세월이 우리

◆ 명품을 앞다투어 사거나 유명한 연예인이 입은 옷, 장신구, 핸드백이 열광적인 유행이 되는 것도 이런 이유에서이다.

◆◆ 물론 대중의 이런 심리는 상품 판매 촉진의 계기로 활용되고 있다. 결국 상술에 휘둘린다는 비판인데, 이 책에서는 그 비판을 일단 괄호 안에 넣고 스토리텔링의 작동 방식만을 가치중립적으로 보려고 한다.

표 3-1 | 기념일의 정의와 유래

기념일	정의	유래 및 풍습
다이어리데이 (1월 14일)	한 해 계획을 세운다는 의미로 1년 동안 쓸 수첩을 연인에게 선물하는 날	1년을 시작하는 의미로 준비하는 것이 다이어리이므로, 다이어리를 선물할 때는 그 안에 기념일이나 생일 등을 미리 표시해주기도 한다.
밸런타인데이 (2월 14일)	여자가 평소 좋아했던 남자에게 초콜릿을 선물하며 사랑을 고백하는 날	① 밸런타인은 3세기경 로마 제국에서 서로 사랑하는 젊은이들을 황제의 허락 없이 결혼시켜준 죄로 순교한 사제의 이름이다. 그가 죽은 날이 밸런타인데이인데 현재 연인들의 날로 알려져 있다. ② 영국인들이 새가 짝을 짓는 날이 2월 14일이라고 믿었던 것에서 유래했다는 설이 있다. ③ 그 밖에도 고대 로마에서는 루퍼칼리아(Lupercalia)라는 축제를 2월 15일에 열어서 늑대로부터의 보호를 기원하고 이 축제 기간에 여자들은 다산을 빌었는데, 이런 로마의 축제가 영국으로 이어져 오늘날의 밸런타인데이가 되었다고도 한다. ④ 사랑을 전하는 매개체로 초콜릿이 이용되는데, 그것은 초콜릿의 달콤함 때문이다. 그러나 최근에는 초콜릿 이외에 자기만의 개성적인 선물을 준비하는 경우가 더 많아지고 있다.
화이트데이 (3월 14일)	남자가 좋아하는 여자에게 사탕을 선물하며 자신의 마음을 전하는 날	서양에는 없고 동양에만 있는 이날은, 우리나라 연인들에게는 남자가 밸런타인데이에 받은 선물을 답례하는 날이라는 의미가 있다.
블랙데이 (4월 14일)	애인 없는 사람들끼리 모여 위로의 자장면을 먹는 날	① 짝이 없는 사람들끼리 모여 자장면을 먹으면서 서로를 위로하는 날인데, 때로는 이날 만난 남녀가 연인이 되기도 한다. ② 옷을 비롯해 구두, 양말, 액세서리까지 검은색으로 갖추고, 카페에 가도 블랙커피를 마신다.
로즈데이 (5월 14일)	연인들이 장미꽃을 주고받는 날	① 5월은 장미의 계절이자 야외로 나가기 좋은 달. 연인 사이가 발전하려면 분위기 있는 야외 데이트가 필요한데, 분위기 있는 데이트를 할 수 있는 장미 축제와 관련지어

		로즈데이가 만들어졌다. 흰 장미는 이별, 노란 장미는 우정, 빨간 장미는 사랑을 뜻하기도 한다.
		② 옐로데이: 블랙데이까지 애인을 사귀지 못한 사람이 노란 옷을 입고 카레를 먹어야 독신을 면한다는 날. 화사한 봄에 잘 어울리면서 이성을 주목을 끌 수 있는 색이 노란색이기 때문에 이러한 옐로데이가 만들어졌다고도 한다.
키스데이 (6월 14일)	연인끼리 입맞춤을 하는 날	5월 로즈데이를 무난히 치르고 사랑이 더욱 깊어질 때 맞이하는 날. 멋진 장소와 분위기를 조성하여 더 아름다운 사랑을 만들어내는 날.
실버데이 (7월 14일)	연인들이 서로 '은'으로 된 액세서리를 주고받는 날	① 은반지와 같이 은으로 된 액세서리를 주고받는다. ② 선배(학교, 직장 선배는 물론이고 부모님)에게 데이트) 비용을 부담하게 하면서 자신의 애인을 다른 사람에게 선보이는 날. 그 자리에 나온 선배는 데이트 비용을 최대한 보조해주어야 한다.
그린데이 (8월 14일)	연인과 자연 속에서 삼림욕을 하는 날	① 무더운 여름에 시원한 산을 찾아 연인끼리 손잡고 걸으며 삼림욕을 해보는 날. ② 한편으로 애인이 없는 사람들이 같은 이름의 소주를 마시며 외로움을 달래는 날이기도 하다.
포토데이 (9월 14일)	청명한 가을 하늘 아래서 연인과 사진을 찍는 날	① 음악이 있는 곳에서 친구들에게 연인을 소개하거나 음악 CD를 선물하고, 사랑하는 사람끼리 사진을 찍어 추억을 간직하는 날. ② 뮤직데이: 나이트클럽 등 음악이 있는 곳에서 친구들을 모아놓고 자랑스럽게 연인을 소개하면서 둘 사이를 공식화하는 날.
와인데이 (10월 14일)	연인과 가볍게 와인을 마시는 분위기 있는 날	① 유럽의 포도 수확철인 10~11월에 지역별로 와인축제를 여는 데서 유래한다. ② 깊어가는 가을에 연인과 가볍게 와인을 마시는 분위기 있는 날. 가벼운 데이트가 아닌 멋진 레스토랑에서의 만남도 의미가 있다.
무비데이 (11월 14일)	연인과 함께 영화를 보는 날	① 연인과 함께 흥미진진한 액션 영화를 보면서 스트레스 해소도 하고, 가슴 시린 영화를 보면서 감동을 느끼는 날.

		② 오렌지데이: 연인과 함께 영화를 보며 오렌지주스를 마시는 날이기도 하다.
허그데이 (12월 14일)	연인끼리 껴안는 것이 허락되는 날	① 허그(hug)는 꽉 껴안는 것을 의미하는 말이므로 연인끼리 포옹이 가능하다는 뜻이다. 추운 겨울 사랑하는 연인끼리 따뜻한 마음으로 서로를 감싸주는 날. ② 머니데이: 한 해 동안 잘 사귀어온 것을 기념하여 남자가 여자에게 많은 비용(money)을 들여 봉사하는 날이기도 하다.

마음의 지도 속에 의미 없는 숫자로만 기억된다면 그 세상은 정말 끔찍한 디스토피아일 것이다.

우리 모두가 바라는 것은 2010년 8월 15일을 비롯한 1년 열두 달 365일이 그날 겪었던 추억의 이야기로 저장되는 것일 것이다. 그렇게 되기 위해서는 기억에 남을 만한 경험이 필요하다. 기념일은 그 경험을 위해 만들어진 스토리텔링이다.

예를 들어 2월 14일 밸런타인데이는 여자가 평소에 좋아했던 남자에게 초콜릿을 선물하며 사랑을 고백하는 날이다. 이 경험을 의미 있게 하기 위해 믿거나 말거나 의미 있는 유래담이 만들어진다. 밸런타인은 3세기경 로마제국에서 서로 사랑하는 젊은이들을 황제의 허락 없이 결혼시켜 주어 순교한 사제라는 것이다. 그 때문에 그가 죽은 날이 연인들의 날이 되었다는 것이다. 혹은 영국인들이 새가 짝을 짓는 날이 2월 14일이어서 거기에서 유래했다는 설도 있다. 고대 로마에서는 2월 15일 축제 기간 중 여성들이 다산을 빌었다는 설에서 유래했다는 이야기도 있다.

그 이야기가 사실인지 아닌지는 중요하지 않다. 중요한 것은 우리가 그 이야기를 믿는다는 사실이다. 누구나 사랑의 고백이란 경험을 하고 싶다. 누구나 사랑의 고백을 받고 싶다. 그런데 2월 14일은 정말 특별한 날인 것이다. 그날의 경험에 그날에 얽힌 역사와 기억이 존재한다. 우리는 그 기억의 스토리를 가지고 현재 2월 14일의 시·공간에서 특정한 경험을 하려는 기대를 가지게 된다. 그리하여 미래에 대한 기대가 현재의 경험에 의해 하나의 정체성을 형성하게 되는 것이 기념일의 스토리텔링의 특징이다.

밸런타인의 유래담에 나오는 다산을 비는 여인의 바람처럼, 그리고 황제의 명령을 어기면서까지 결혼하려 했던 순결한 연인들과 그를 맺어주려 한 사제의 고귀한 희생처럼, 새들처럼 제 짝을 만나고자 했던 고대 영국인들처럼 나 또한 그날 사랑을 이루려는 기대감이 현재의 경험을 더욱 절실하게 하고 황홀하게 하는 것이다. 그리고 그 사랑의 스토리텔링의 소도구로 초콜릿과 꽃다발이 등장하고 우리의 연극의 스토리텔링은 완벽해지는 것이다.

그리하여 의미 없는 다른 날보다 그날의 고백이 더욱 의미 깊고 낭만적이게 된다. 2월 14일이 연인들에게 특별한 날이라는 이야기가 날짜에 중첩되면서 사람들은 사랑의 대본을 읽을 마음의 준비가 된다. 밸런타인데이에 얽힌 온갖 스크립트들이 그날의 현재적인 경험과 매핑되면서 사람들의 감동은 극대화된다.

2. 브랜드 스토리텔링의 이론

1) 「처용가」와 〈방자전〉의 공통점

앞에서 우리는 이야기 치료로서의 처용 이야기의 특성을 살펴보았다. 그러나 후대에 이르러 처용의 이야기는 이야기 치료뿐만 아니라 일종의 주술적 의미, 오늘날의 의미로 말한다면 브랜드 스토리텔링으로 활용되어왔음을 볼 수 있다.

먼저 신라인들은 역신이 처용의 그림 앞에서 절대 나타나지 않겠다는 맹세를 했음을 들어 처용의 형상을 문에 붙여 사귀를 물리치려고 했다. 그런데 신라 시대에 처용의 화상을 그려 역신을 피하려는 습속이 고려에 들어와서는 궁중의 예식과 결부되어 〈처용무〉로 발전했다. 긴 소매 옷을 입고 붉은색 가면을 쓰고 머리에 꽃가지를 꽂은 처용이 춤을 추었다는 기록이 있으며, 이 춤은 연회무로도 추었다.[11]

〈처용무〉는 무가에서 신을 부르는 청배請拜로 시작해서 처용의 모습, 그의 너그러운 마음에 대한 찬양이 나오고 곧 열병대신에 대한 처용의 호령과 위력의 연기가 나오는 극적 형식의 무용극이다. 특히 「처용가」의 대목을 소개할 때 "본디 내 것이다마는 빼앗긴 것을 어떻게 하겠느냐"라는 구절이 생략됨으로써 아내를 잃은 지아비의 애끊는 심정이 생략되고, 역신을 쫓는 처용의 주술성이 한층 강화되었다. 즉, 「처용가」는 귀신을 쫓는 주술적 방식으로 세인들의 사랑을 널리 받았던 것이다.

당시 사람들은 왜 처용의 화상을 대문 앞에 붙여놓았으며 역신을 호령하는 처용의 모습을 즐겼던 것일까? 그것은 처용설화의 내용 때문이다. 처용이 너그러운 마음으로 귀신을 쫓았기 때문에 그의 얼굴만 그려놓아도 귀신이 접근하지 않겠다고 맹세했다는 이야기는 어느덧 사람들의 뇌리에 각인되어 사람들에게 믿음을 주는 것이다.

그러나 이때부터 벌써 사람들은 처용의 화상이 병을 물리쳐 준다고 진심으로 믿지는 않았을 것이다. 그보다는 그 믿음이 위안을 주기 때문에 믿었을 것이다. 중요한 것은 사실이 아니라 그것에 대한 믿음이다.

처용 화상의 브랜드 가치는 이렇게 해서 탄생했다. 종이에 그려진 처용의 얼굴은 바로 역신을 물리쳤다는 그 브랜드 스토리텔링 때문에 고가로, 인기리에 팔렸을 것이다. 그의 얼굴이 그려진 그림이 자기 집 대문에 부착될 때, 사람들은 위안을 받으며 편안한 잠을 취할 수 있었을 것이다. 그 다디단 잠 때문에 사람들은 본전보다 수십 배나 비싼 것임을 뻔히 알면서도, 의학적인 효험 여부는 일단 괄호 안에 묶어두고, 처용 화상을 앞다투어 구입했을 것이다. 마치 산타 할아버지가 크리스마스에 착한 일을 한 아이들에게 선물을 가지고 온다는 믿음을 어렴풋이 의심하게 되는 여덟 살 난 아이가 그 믿음 자체만으로도 크리스마스에 대한 기대감, 풍요로움이 채워진다는 사실을 또한 어렴풋이 깨닫고 짐짓 속아주는 것처럼 말이다.

이야기는 무언가 정보를 전달하기 위해 만들어진 도구이다. 그 때문에 이야기에는 어떤 고도의 전략이 함의되어 있는 경우가 많다. 이야기의 이런 특성 때문에 이제는 상품이나 사람의 이미지를 각인시키기 위해 이야기를 이용하는 전략이 최근 브랜드 이론에 널리 쓰이고 있는 것이다.

〈방자전〉(2010)은 이야기의 이런 속성을 교묘하게 비틀어서 표현하고 있다. 『춘향전』이 탄생하기까지의 과정을 거짓으로 만들어낸 이 영화는 이야기가 전략적으로 만들어지는 과정을 역설적으로 표현한다.

영화에 의하면 원래 춘향이 사랑했던 사람은 이몽룡이 아니라 방자였다는 것이다. 신분상승의 욕망을 위해 이몽룡에게 의도적으로 접근했던 춘향은 자신에게 접근한 방자와 사랑에 빠지면서도 이몽룡과의 관계의 끈을 놓지 못한다. 한편 이몽룡은 이 사실을 알고 한양으로 떠난다. 노력 끝에 과거에 급제한 몽룡은 단순한 급제만으로는 자신이 꿈꾸는 권력을 획득할 수 없음을 깨닫게 된다. 내시들에게 온갖 모욕을 받으면서 말 두 마리짜리 마패를 겨우 손에 쥔 몽룡은 다시 신분상승의 사다리를 오를 준비를 한다.

이몽룡은 자신만이 가질 수 있는 어떤 이야기를 지녀야만 조정의 주목을 받을 수 있다는 사실을 깨닫고 춘향과 만나 은밀하게 거래한다. '가짜 미담'을 만들기로 한 것이다. 기생 신분의 춘향이가 변학도의 수청 요구를 죽음을 무릅쓰며 거부하여 정절을 지키려 했다는 것이다. 이들의 연기로 성춘향과 이몽룡은 진정한 사랑을 성취했으면서 동시에 삼강오륜의 규범을 목숨을 걸고 지킨 미담의 주인공이 되어 원하던 것을 거머쥔다. 춘향은 정렬부인에 책봉되면서 양반의 정실이 되었고 몽룡은 한갓 말 두 마리짜리의 흔하디흔한 어사 신분에서 두 계급이나 승차하는 행운을 누리며 앞으로의 출세를 보장받는다.

그러나 기쁨도 잠시, 방자와의 관계를 지속하려는 춘향의 이중생활에 질투를 느낀 이몽룡은 그녀를 절벽 아래로 떨어뜨린다. 방자는 그녀를 가까스로 구해 도망쳤으나 춘향은 그 충격으로 어린아이처럼 변해버린다. 방자는 그녀를 위해 통속 소설 전문가인 몰락양반에게 현재 전해 내려오는 것과 같은 내용의 『춘향전』을 써달라고 부탁한다.

이몽룡이 자신의 브랜드 가치를 올리기 위해 자신만의 이야기를 만들어 내려는 행위는 현대에 들어 기업이나 정치인이 자기 고유의 이야기를 만들어 내기 위해 많은 노력과 자금을 쏟아붓는 것과도 같다.

한편 방자는 현실에서 이루지 못한 욕망을 소설에서나마 풀 수 있도록 춘향이 이몽룡과 사랑에 빠져서 정절을 지키게 되었다는 가짜 이야기를 써달라고 소설가에게 부탁한다. 우리는 소설 속의 등장인물에 감정이입하면서 대리만족을 느낀다. 이야기 속의 등장인물은 우리가 현실에서 못다 한 꿈을 대신 이루어주는 존재이다. 방자는 『춘향전』을 읽으면서 춘향이 자기 때문에 못다 이룬 꿈을 반추하며 죄책감을 이겨낸다. 이야기 속에 자신이 춘향을 업었던 장면을 넣어줄 것을 소설가 양반에게 부탁한다. 방자는 그 장면을 두고두고 읽으면서 아름다웠던 사랑의 순간들을 추억할 것이다.

2) 현대의 브랜드 스토리텔링

브랜드brand란 단어는 원래 고대 노르웨이어의 'brandr'에서 유래했으며 'to burn'의 뜻이 있다. '불에 달구어 지지다'라는 뜻으로 가죽이나 창작물에 소유주나 제조자를 표시하는 것을 의미했다. 그러나 현대에는 단순한 표시 기능을 넘어 그 제품의 차별화된 이미지를 쉽게 전달하는 효과적인 매개체 역할을 하고 있다.[12]

브랜딩branding은 오랜 기간 다양한 생산자들이 자신의 재화를 타인의 것과 구별하기 위해 사용한 수단이었다. 미국마케팅협회American Marketing Association에 따르면 브랜드는 판매자의 재화와 서비스를 식별하고 경쟁자의 재화와 서비스와 차별화하기 위한 이름, 용어, 기호, 심벌, 디자인, 또는 그러한 요소들의 조합이다. 그러므로 그 정의에 따르면 브랜드 창조의 핵심은 특정 제품을 식별하고 다른 제품과 구별하도록 하는 이름, 로고, 심벌, 포장 디자

표 3-2 | 브랜드를 식별하는 이름 붙이기

사람	장소
Estēe Lauder (화장품) Porsche (자동차)	Santafe (자동차) Chryslers New Yorker (자동차) British Airways (항공사)

동물 · 식물	속성 · 장점
Mustang (자동차) Dove (비누) Carnation (무가당 연유)	Mop & Glo (바닥청소제) Beautyrest (매트리스)

인 또는 기타 속성을 선택하는 일이다. 이와 같이 브랜드를 식별하고 차별화하는 여러 가지 구성 요소를 브랜드 요소brand element 라고 부른다.[13]

제품에 부여한 이름도 다양한 형태로 나타난다. 사람, 장소, 동물이나 식물, 제품의 중요한 속성이나 장점을 암시하는 단어를 사용하기도 한다.

브랜드는 동일한 목적을 가진 다른 제품과 차별하기 위해 다른 특성들이 첨가된 제품을 말한다. 브랜드와 비브랜드 상품을 구별하여 브랜드에 가치를 부여하는 요인은 제품의 특성과 브랜드 네임, 그리고 기업에 대한 소비자들의 인식과 느낌이다.

코닥, 질레트, 소니, 3M 등은 꾸준한 기술 혁신에 의한 월등한 제품의 성능으로 경쟁적 우위를 창조한 브랜드이다. 반면 제품과 무관한 요인으로 경쟁 우위를 점한 브랜드도 있다. 코카콜라, 캘빈클라인, 샤넬 No.5, 말보로 등이다. 이 브랜드들은 소비자의 욕구, 동기에 대한 이해와 더불어 제품을 어필할 수 있는 이미지를 창조함으로써 각 분야에서 우위를 점했다. 종종 이러한 추상적 이미지 연상은 차별화의 중요한 방법이 되기도 한다. 모든 브랜드는 다양한 형식의 연상을 통해 제품에 대한 차별화된 이미지를 만들어냄으로써 기업의 이윤을 창출한다.[14]

이렇게 차별화된 이미지를 각인시키기 위해서 최근에 가장 효율적이라고 생각되는 기법이 스토리텔링 기법이다. 어찌 보면 당연한 귀결이라 하겠다.

이야기는 대표적인 정보처리장치이며 기억하기 쉬운 구조로 되어 있다. 제품의 이름을 이름 자체가 아니라 하나의 이야기 상황 속에서 기억나게 하는 방식이야말로 소비자들이 그 제품을 떠올리게 하는 가장 손쉬운 방법일 수 있다. 여기에 그 이야기가 소비자를 감동시킬 수 있는 구조로 되어 있다면 금상첨화일 것이다.

3. 브랜드 스토리텔링의 실제

아주 비싼 명품에는 이상하게도 예외 없이 이야기가 존재한다. 심지어 물에도 명품이 있고, 그 명품 물에 유명한 이야기가 존재한다. '에비앙 Evian'이 그 예이다. 프랑스 혁명이 일어난 1789년, 눈으로 뒤덮인 아름다운 알프스의 작은 마을 에비앙에서 신장 결석을 앓고 있던 한 후작이 요양을 하고 있었다. 어느 날 마을의 한 주민이 이곳에서 나오는 지하수가 몸에 좋으니 한번 드셔보시라고 권했다. 주민의 말에 따라 지하수를 꾸준히 마신 후작은 놀랍게도 병이 깨끗이 나았다. 그때부터 후작은 에비앙 마을의 물에 대해 연구하기 시작했고 그 결과 이 지하수가 알프스의 눈과 비가 15년간에 걸쳐 내려오면서 정화되었고 미네랄 성분이 들어 있다는 사실을 발견했다. 에비앙의 지하수가 나오는 땅을 소유하고 있던 주민은 이 소식을 듣고 곧 물을 팔기로 했고, 1878년에 마침내 정부의 공식 허가를 받아 상품으로 판매되기 시작했다는 것이다.[15]

누구나 항상 마시는 평범한 물도 병을 치료했다는 스토리텔링 앞에서 비싼 돈을 주고 먹게 되는 것이다. 물값이 거의 약값에 필적해도 몸에 좋다는 그 스토리텔링은 사람들을 건강의 환상 속으로 인도한다. 모든 명품의 판매 전략이 그러하듯이 상품이 아니라 사람들에게 꿈을 사게 하기 때문에 에비앙 또한 성공했다.

명품 화장품의 판매 전략도 이와 다르지 않다. 왜 여성들은 화장품을 사용하는가? 사람들에게, 특히 남성들에게 아름답게 보이고 싶어서이다. 그리고 더 실용적인 목적은 남성들의 사랑을 얻는 것이다.

메이블린Maybelline의 스토리텔링은 바로 이런 여성들의 꿈을 적확하게 짚어내는 것이었다. 1913년, 약사였던 윌리엄스는 여동생 메이블이 다른 여자에게 애인을 빼앗기고 시름에 잠겨 있자, 그녀를 도울 방법이 없는지 생각하게 된다. 그는 여동생이 좀 더 예뻐 보이게 하기 위해서 집에 있는 바셀린 젤리와 분탄을 혼합해서 속눈썹을 진하고 풍부하게 보이게 하는 최초의 마스카라를 만들어 동생에게 선물한다. 마스카라로 화장한 또렷하고 아름다운 눈 덕분에 동생은 애인과 재회하게 되고, 이듬해 마침내 결혼에 성공했다. 한편 자신의 발명품으로 동생이 성공을 하자 이에 용기를 얻은 윌리엄스는 여동생의 이름 메이블과 바셀린을 합친 메이블린이라는 회사를 창립하게 되었다는 것이다.[16]

마스카라를 하면 물론 눈이 아름답고 또렷해 보인다. 그러나 모든 화장품 회사가 마스카라를 만들어내게 된 오늘날에도 여성들은 메이블린의 마스카라에는 뭔가 특별한 마술이 있을 것 같은 환상에 사로잡히게 된다. 사람들은 과연 메이블린의 마스카라가 여동생을 아름답게 하기 위한 오빠의 사랑에서 나온 것이 사실인지 굳이 의심하거나 따져 묻지 않는다. 왜냐하면 그 이야기의 효과는 그 사실을 믿는 데 있기 때문이라는 것을 사람들은 그동안의 삶에서 이미 잘 알고 있기 때문이다. 마스카라가 자신을 아름답게 보이게 할 것이라는 믿음을 더욱 확고히 해주는 이야기의 힘 때문에 짐짓 믿는 척할 뿐이다.

이런 이야기의 힘 때문에 이제 많은 명품 브랜드들은 자기 제품, 나아가 자기 회사에 이야기를 만들어내기 위해 여러 방면으로 노력하고 있다. 그 대표적인 사례가 샤넬 브랜드의 창시자 코코 샤넬의 경우이다.

샤넬 브랜드의 옷은 장식이 없고 단아하면서도 활동적이다. 몸의 굴곡을 드러내지는 않으면서도 여성스러움이 훼손되지 않는 절제된 디자인은 멀리서 보아도 샤넬 스타일임을 알아볼 정도로 특징적이다. 그런데 이런 샤넬 브랜드의 특징이 그녀의 전기를 그린 책이나 영화 등에서 나타나는 그녀의 생애와 정확하게 일치한다는 사실은 참으로 놀라운 일이다. 일부러 사실을 왜곡하면서까지 그녀의 일생을 바꾸지 않았을지라도 거기에 맞게 재구성했다는 혐의를 지울 수 없다.

샤넬 브랜드에서 그 브랜드의 창시자인 샤넬은 걸어 다니는 광고물이라 불릴 정도로 그녀 자신의 이야기가 회사의 이야기와 일치한다. 이런 마케팅 방식은 그녀의 문화계에서의 자유분방한 활동과 교제를 강조하는 전기물이나 영화에서도 잘 드러난다. 그녀가 디아길레프, 니진스키, 스트라빈스키, 피카소, 달리, 콕토 등 당대의 최고 예술가들과 교류하고 그들을 후원했다는 것이다. 우리는 그녀의 이런 활동에서 은연중에 패션을 예술과 동격에 놓게 된다. 샤넬의 '작품'을 입는 것은 예술을 소비하는 것과 같은 것이다. 다소 비싼 옷과 장신구들일지라도 예술작품보다는 저렴하니 어떻게 소비하지 않을 수 있겠는가?

그녀가 디자인한 절제되고 단순한 옷과 가방은 아직도 예전의 콘셉트를 유지하면서 변형되어 나오고 있다. 그런 상황에서 그녀의 전기나 영화의 스토리넬링은 당당한 녹립된 인간으로서의 그녀의 사랑과 독신 생활을 이야기하고 있다. 즉, 그녀는 아서 카펠을 비롯해서 드미트리 대공, 웨스터민스터 공작, 초현실주의 시인 르베르디 등 당대의 유명한 실력자들과 사랑을 나누었지만 평생 독신으로 살았다.◆

우리는 그녀가 정말 독립된 자아를 성취하기 위해 그 남자들과 결혼하지 않았는지, 아니면 당시의 보수적인 계급의식 때문에 그 남자들로부터 진지한 구혼을 받지 못했는지 알지 못한다. 그러나 그녀의 사랑과 독신주의는 샤넬 디자인의 옷이 갖는 활동성, 실용성과 맞물리면서 여성의 진취적인 삶이란 메시지로 변형된다. 현대 여성들은 샤넬의 옷을 입음으로써 남성과 평등한 존재라는 꿈을 살 수 있게 되는 것이다.

그리고 샤넬 성공의 스토리텔링은 정말 눈물겹고 감동적이다. 1883년 프랑스 오르베뉴 지방, 장돌뱅이 아버지와 허드렛일을 하는 어머니가 결혼도 하지 않은 상태에서 태어난 가브리엘 샤넬은 열두 살 때 어머니를 잃고 아버지로부터 고아원에 내팽개쳐진다. 결국 그녀는 수녀원에서 자라게 되었지만 고집이 세고 자유분방하여 그곳에 오래 머무르지 못하고 노트르담 학교에서 직업훈련을 받게 된다.

그녀 가브리엘은 낮에는 의상실 수습공으로, 밤에는 클럽에서 가수로 전전하면서 부유한 남성들과 여러 차례 만남과 헤어짐을 반복하며 상류 생활을 체험하게 된다. 그녀는 자신이 걸어 다니는 광고판으로 적극적으로 자신의 간편하고 절제된 의상을 소개하면서 명성을 얻게 되었다고 한다.[17]

◆ 앙리 지델, 『코코샤넬』, 이원희 옮김(작가정신, 2008)에서 진취적이고 매력적인 샤넬의 성공기를 다루고 있다.

이야기에는 문제 해결의 매뉴얼이 담겨 있다. 사람들은 이야기의 주인공을 통해 어떻게 험한 세상을 헤치고 나가야 하고 사랑을 해야 하는지 배운다. 흔히 간접경험이라고 하는 이런 이야기 체험 때문에 고난 극복의 스토리텔링은 이야기 구조 중에 가장 사람들을 감동시키는 장르가 된다. 샤넬의 일대기는 이런 부분을 유난히 강조함으로써 여성들의 자아실현 욕구를 충족시켜주는 것이다.

샤넬 브랜드는 항상 이런 방식으로 자신의 브랜드 이미지를 획득해갔다. 대표적인 예가 향수인 샤넬 No.5이다. 이 향수의 탄생담 또한 여성의 로맨스에 대한 욕구를 충족시키는 것이었다. 11세 연하의 파블로비치와 사랑에 빠진 샤넬이 향수에 대한 영감을 받았다고 한다. 그녀는 당시 실력 있는 화학자였던 에르네스 보를 찾아가서 고급향수를 만들자는 제안을 했고 보는 80개 요소를 혼합한 다섯 가지 종류의 향수를 만들었다. 향을 맡은 샤넬은 'No.5'란 번호가 붙은 다섯 번째 병을 택했다는 것이다.

'사랑에 빠진 여성의 욕망'이란 콘셉트를 자신의 이야기로 만들어낸 샤넬은 이 향수를 세계적인 명품으로 만들어낸다. 이야기는 여기에 그치지 않는다. 마릴린 먼로가 1954년 기자회견 중에 "잘 때 뭘 입고 자느냐"는 질문에 "샤넬 No.5 몇 방울"이라고 대답한 일화는 이 향수의 로맨틱한 특성을 더욱 공고히 했다.

향수와 로맨틱한 이야기와의 천생연분인 궁합을 확인한 샤넬 브랜드는 여기에 힘입어 또 다른 로맨스의 스토리텔링을 창작했다. 영화배우 니콜 키드먼이 주연을 맡고 〈물랑 루즈Moulin Rouge〉(2001)의 감독 바즈 루어만이 제작한 향수 광고는 당시 한국에도 동영상이 배포되어 큰 반향을 불러일으킨 바 있다. 최고의 여배우가 그녀를 끈질기게 쫓아다니는 파파라치를 피해 어느 사진작가의 차에 뛰어들고, 그의 삭고 초라한 다락방에서 하룻밤을 보내게 된다. 그곳에서 그와 사랑을 나눈 그녀는 다시 자신의 세계로 돌아가고 사진작가는 그녀를 잊지 못한다는 줄거리이다.

영화 〈로마의 휴일Roman Holiday〉(1953)을 연상시키는 이 스토리텔링은 샤넬 향수의 '공주스러운' 품격과 사랑의 이미지들을 담고 있는 광고계의 수작이며, 기존 샤넬의 브랜드 스토리를 더욱 공고하게 하는 것이기도 했다.

4장
이야기와 공간

1. 심상, 시지각, 그리고 언어 정보

1) 소설의 주제와 공간적 배경

우리는 작가가 쓴 글의 공간적 배경을 어떻게 지각하는 것일까? 작가가 실제 공간을 배경으로 했을 때 문제가 될까? 복잡하다. 소설을 읽고 공간적 배경을 마음속에 떠올리고 있는 상황에서 그 작품의 실제 공간을 찾았을 때 우리는 충격을 받거나 복잡한 감정에 빠지게 된다. 자신이 생각했던 것과 너무 달라서, 또는 너무 흡사해서, 또는 지금까지 이해하지 못했던 실제 작품의 분위기나 주제를 확연하게 이해할 수 있게 되기 때문에…….

이 문제는 최근 문화산업에서 하나의 스토리가 다양한 장르로 응용되는 'OSMUOne Source Multy Use' 방식 때문에 더욱 중요하게 떠오르고 있다. 예를 들면 『해리 포터Harry Potter』라는 연작 소설은 영화화되면서 글을 먼저 읽은 독자들이 극장을 찾는 순서로 향유되었다. 그런데 독서하면서 그렸던 공간적 배경과 영화 속 공간과의 관계에서 관객들은 매우 다양한 반응을 보였다.

또 최근 들어 문학작품이나 영화, 드라마, 역사적 사실의 공간적 배경을 테마파크화하여 관광산업으로 만드는 작업들이 많이 진행되고 있기 때문에 이 과정을 학문적으로 연구하여 이야기가 어떤 방식으로 공간화될 때 관람객들을 감동케 하는가에 대한 규칙을 정립함으로써 어마어마한 건설비가 드는 관광사업의 초기 위험 부담을 줄일 수 있다.

실제 공간을 배경으로 한 소설에 묘사된 공간적 배경에서 중요한 것은 작가가 실제 공간을 어떻게 받아들였는가 하는 것이다. 많은 경우에 공간적 배경은 그 작품의 주제, 줄거리, 등장인물의 성격과 밀접한 관련을 지닌다. 즉, 많은 작가들이 공간적 배경에서 영감을 받아 작품을 쓴다. 예를 들어 에밀리 브론테Emily Brontë는 황량한 언덕 위, 폐가가 된 저택을 보고 영감을 받아 『폭풍의 언덕Wuthering Heights』(1847)을 썼다.

워더링 하이츠란 히스클리프 씨의 집 이름이다. '워더링'이란 이 지방에서 쓰는 함축성 있는 형용사로 폭풍이 불면 위치상으로 정면으로 바람을 받아야 하는 이 집의 혼란한 대기를 표현한 말이다. 정말 이 집 사람들은 줄곧 그 꼭대기에서 일 년 내내 그 맑고 상쾌한 바람을 쐬고 있을 것이다. 집 옆으로 제대로 자라지 못한 전나무 몇 그루가 지나치게 기울어진 것이나, 태양으로부터 자비를 갈망하듯 모두 한쪽으로만 가지를 뻗고 늘어선 앙상한 가시나무를 보아도 등성이를 넘어 불어오는 폭풍이 얼마나 거센지 짐작할 수 있으리라.[1]

그 바람받이 언덕배기는 땅이 거무스름한 서리로 얼어붙었고 바람이 어찌나 차가운지 온몸이 떨렸다. 나는 문을 맨 쇠사슬을 풀 수가 없어 뛰어넘었다. 그리고 까치밥나무 덤불이 경계를 이루고 늘어선, 디딤돌을 깐 길을 뛰어가서 현관문을 두드렸으나 들어오라는 기척은 없이 주먹만 얼얼했고 개만 짖어댔다.[2]

거센 바람 소리와 눈이 휘몰아치는 소리도 똑똑히 들렸다. 또한 전나무 가지가 되풀이하여 성가신 소리를 내는 것도 들렸으며 그 원인도 정확히 알고 있었다. 그리하여 나는 일어서서 창의 걸쇠를 벗기려고 애쓴 모양이었다. 그러나 그 걸쇠는 걸린 채 백랍으로 봉해져 있었다. …… 그러나 내 손가락에 잡힌 것은 그 가지가 아니라 조그마하고 얼음처럼 싸늘한 손이었다.[3]

1년 내내 거센 바람이 휘몰아치고, 여름 한 철 아름다우나 겨울 북풍의 세기가 상상을 초월하는 낡고 음산한 저택의 모습이 작품 앞부분에 새로 이사 온 이웃집 남자 록우드의 눈에 잡혀 있다. 그날 밤을 워더링 하이츠에서 보낸 록우드는 캐서린의 유령을 만난다. 잠을 깰 정도로 반복적인 바람 소리와 창문 삐걱거리는 소리가 들리는 상황에서 차가운 유령의 손을 잡는다고 상상해보라.

『폭풍의 언덕』에 나오는 등장인물들은 한결같이 음산하고 광적이며 집요하다. 첫사랑에 실패한 히스클리프가 평생을 캐서린의 무덤을 맴돌며 자신의 사랑을 방해한 집안 전체를 향해 복수를 하는 것은 보통 사람으로서는 상상할 수도 없는 극단적인 행동이다. 작품 전체를 떠도는 특유의 광기와 비극적인 분위기를 서머싯 몸은 이렇게 표현하고 있다.

『폭풍의 언덕』은 나른 어떤 저작과도 비교가 되지 않는다. 만약 비교하기로 한다면 엘 그레코의 그림이 하나 있을 뿐이다. 우레 구름이 두텁게 하늘을 덮고 있는 음산하고 황량한 풍경 속에서 키가 크고 수척한 사람들 몇이 너나 할 것 없이 자세를 꾸부리고 으스스한 느낌에 사로잡혀 숨을 죽이고 있는 그림, 한 줄기 번개가 하늘을 가로지르는 것이 그 광경에 이상야릇한 무서운 느낌을 주는 그러한 그림이 하나 있을 뿐이다.[4]

작품을 읽고 마음에 떠오르는 이미지가 그림의 그것과 일치하는 경지, 이는 작품의 주제가, 더 나아가 주인공이 히스클리프나 캐서린이라기보다 폭풍이 몰아치는 언덕이라는 공간적 배경이라는 사실을 잘 증명해주고 있다. 작품 전체에 떠도는 음산하면서도 격정적인 분위기는 바로 폭풍우가 몰아치는 워더링 하이츠의 공간적 특성과 같다.

앞에서 지적했듯이 작가는 언덕 위의 폐가를 보고 영감을 얻어 소설을 썼다고 한다. 이처럼 독자는 작품의 실제 공간적 배경을 경험하고 나서 작가의 코딩coding 작업을 더 정확하게 디코딩decoding할 수 있다.

2) 심상, 시지각, 그리고 언어 정보

언어예술에서 시각성을 지닌 공간 정보를 표현할 때, 그 정보가 인간의 심상mental images에 어떤 방식으로 작용하는가를 연구하기에 앞서, 시각 표상과 언어 표상과의 차이에 대해 알아보려고 한다. 산타J. L. Santa의 1977년 실험에 의해 도형과 같은 물체의 정보는 공간 위치에 따라 저장되며 단어와 같은 정보는 선형적 순서로 저장되는 경향이 있음을 알 수 있다.

또 두뇌의 다른 신경 영역이 언어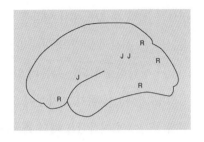
정보 처리와 공간 정보 처리에 관여
한다. 옆의 그림에 표시된 것처럼, 언
어로 반복되는 운율을 상상할 때(J)와
공간적 통로를 상상할 때(R), 좌측 피
질의 혈류는 각각 다른 곳에서 증가한다.[5]

이는 독자가 작가가 쓴 소설의 공간적 배경을 받아들일 때 상당히 간접적
인 방식으로 받아들인다는 것을 의미한다. 즉, 언어가 묘사하는 상像이 독자
에 의해 시각 심상으로 변모할 때는 작가 자신이 직접 보았던 시각 정보에
가깝다기보다는 독자가 지금까지 보아왔던 시각 정보들의 종합에 더 가까
울 것이다.

『해리 포터』의 독자가 영화 〈해리 포터〉를 보고 원작에서의 감흥이 없다
고 실망하는 것은 이런 때문이다. 특히, 원작 소설과 같은 문화를 공유하고
있는 영국 독자나 서구의 독자와 달리, 한국 독자처럼 영국의 전설 몇 편 정
도를 들어본 경험밖에 없는 사람이 소설 속의 묘사를 보고 상상한 장면은 결
코 실제 영국의 공간적 배경과 같을 수가 없다.

이런 현상을 놓고 일부 학자들은 영상 매체가 사람들의 상상력을 제한하
기 때문에 나타나는 일이라고 비판한다. 그러나 이는 언어 정보가 올바른
시각 정보를 제공하는 데 아주 열악한 소통 수단이기 때문이라고 하는 것이
더 옳을 것이다. 작가가 전달하려고 하는 메시지를 정확하게 파악하는 범위
내에서 독자의 상상력이 발휘되는 것이 옳은 일이지, 독자가 멋대로 상상하
는 것을 모두 다 허용한다는 의미는 아닌 것이다.

일단 논의를 바꾸면, 작가는 작품의 배경이 되는 실제 공간이라는 시각

정보를 접한 후 그곳에서 영감을 얻어 작품을 쓴다. 그렇다면 작가의 마음 속 심상은 시각적 감각 양태와 유사한가? 심상이 시지각과 같지는 않아도 그것과 상당히 중첩되는 부분이 있는 것은 사실이다.[6]

그렇기 때문에 독자가 자신이 소설을 읽고 마음속에 지니고 있는 심상을 실제 공간에서 지각했을 때의 효과는 상당하다. 이 논리는 소설, 역사 기록, 영화, 드라마의 스토리텔링을 접했던 독자들이 그 이야기의 실제 공간을 찾아가 새로운 감흥을 느끼는 이유이기도 하다.

마음속의 그림과 실제로 눈에 보이는 시각 정보들을 매핑하며 그 같음과 다름의 묘미에 취하는 재미 때문에 사람들은 『토지』의 공간적 배경인 하동을 찾아가고, 〈겨울연가〉의 남이섬을 찾는 것이다. 물론 영화나 드라마 같은 영상매체의 공간적 배경을 찾을 때 이질감은 훨씬 덜할 것이다. 예를 들어 관광객이 드라마 〈겨울연가〉를 보고 남이섬을 찾아와 텅 빈 공간에서 드라마로 저장된 자신의 내부의 스크립트를 끄집어낸다고 하자. 방문했던 때가 늦가을이어서 눈앞에 황량한 풍경만이 펼쳐져 있고 탁자 위에는 모조 눈사람 한 쌍만 덩그러니 서 있다. 그러나 그에게는 과거에 경험했던 이야기의 스크립트가 있다. 소복이 덮인 눈 속에서 선남선녀가 눈싸움을 하는 행복한 모습이 마음에 각인된 관광객은 가짜 눈사람 한 쌍만으로도 충분히 감동하고 즐거울 수 있다.

2. 인지 지도와 이야기 공간

인지 지도는 1948년 심리학자 에드워드 톨만Edward Tolman이 생쥐가 음식

상자에 도착하기 위해 익숙했던 길이 차단당했을 때 미로 속에서 어떻게 방향을 탐지하는지 묘사할 때 처음으로 사용되었다. 그런데 최근에는 이 용어가 도시처럼 복잡한 공간 환경의 심리적 이미지, 사람이 도시의 거리, 국가, 대륙의 자유로운 이미지를 그릴 수 있는 지식, 위험한, 안전한, 바람직한 휴가 공간, 살기에 좋은 곳 등처럼 개인적 가치에 속하는 상이한 지역들에 대한 지리적 실체들의 개인화된 재현으로서의 그래픽 지도로 사용되고 있다.

1981년 리처드 비욘슨Richard Bjornson은 문학의 인지 과정을 위한 것으로 인지 지도의 개념을 확대했다. 관찰자는 그가 보는 것이 무엇을 의미하는지 선택하고 조직하며 응시한다는 케빈 린치Kevin Lynch의 기본 입장에 의지하여, 비욘슨은 인지 지도 개념을 공간 관계만이 아니라 의미의 유형과 심리적 묘사를 내포하는 문학 텍스트의 정체적인 심리적 표상을 함축하는 것으로 보고자 했다. 이 개념은 프레드릭 제임슨Fredric Jameson에 의해 문학 비평적 지도에 '인지 지도화'를 적용하여 주목할 만한 비평적 개념으로 확장되었다.[7]

그가 주장하는 인식적 매핑은 린치의 저작 『도시 이미지The Image of the City』(1960)에서 가져온 것이다. 그는 사람들이 도시 주변 환경을 이해하는 현상을 기술하기 위해 이 용어를 사용했다. 실제로 그것은 개인적인 것과 사회적인 것의 횡단으로 작용하고 있으며 사람들이 활동하는 도시 공간 속에서 기능을 수행하도록 한다. 제임슨에게 인식적 매핑은 사회 세계에 대한 개인의 표상이 어떻게 전통적인 표상 비판으로부터 빠져나가는지를 이해하는 한 방법이다. 왜냐하면 매핑이란 실천(개인의 도시 공간과의 원만한 타협)과 직접적인 관계가 있기 때문이다. 이런 맥락에서 인식적 매핑은 정치적 무의식 과정에 대한 메타포이다.[8]

그에 의해, 사회적 현상의 인지 지도를 그림으로써 사회적 현상이 고립되지 않고 세계적 차원으로서 관계의 네트워크가 부분과 어떻게 결합하는지 연구할 수 있게 되었다. 예를 들면 런던에 사는 누군가의 현상학적 경험은 대영제국의 전체 식민 시스템과 관련된 것이며, 이러한 시스템은 개인의 주체적 삶의 주요한 특질을 결정한다. 인지 지도에 관한 제임슨의 개념은 문화와 세계화 연구를 가능하게 했으며, 포스트모던한 주체의 마음을 통과하는 모든 것을 지도화하는 방법론을 만드는 이론이 되었다. 결국 인지 지도는 공간적 관계의 심리적 모델인 것이다.

지도에 의해서 표상된 공간은 실재하는 것일 수도 있고, 상상적인 것일 수도 있다. 표상은 구체화된 경험(공간을 지나는 움직임, 세계를 보고 듣고 냄새 맡는), 혹은 텍스트를 읽는 것에 기초한다. 텍스트는 그래픽 지도일 수 있고, 구술에 따른 환기일 수도 있다. 구술적 환기는 제한적으로 공간에 초점을 맞추거나 내러티브 사건의 무대와 같은 공간을 다룬다.

모든 이야기는 지적 행위자의 행동에 관해 말한다. 이러한 행위자들은 세계 속에 놓여 있으며 그들은 행동하는 대상이다. 이야기를 하는 것은 허만 David Herman이 표현한 '타인을 모델로 삼아 공간적으로 관련된 실체들을 드러나게끔 배치하는 것'을 필요로 한다. 더구나 내러티브는 이야기 세계 속에서 단지 시간적이지 않고 시·공간적 위치를 표시하는 지시대상물을 지정하는 인지 지도화의 처리 과정을 수반한다.

그렇다면 인지 지도와 그래픽 지도의 관련성은 무엇일까? 이에 대해 마리-로르 라이언 Marie-Laure Ryan은 내러티브 텍스트의 마스터 지도(공간적 지시에 집중하여 재구축한)와 독자가 임의로 만든 지도를 비교하면서 설명하고 있다. 결론적으로 라이언은 텍스트 세계에 대한 심리적 지도는 마음이 구축하는 것에 따라 배타적으로 조정된다고 말한다.[9]

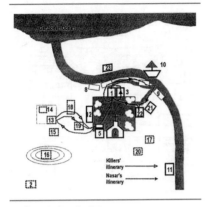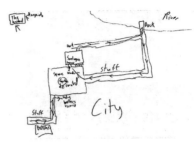

그림 3-2 | 마스터 지도   그림 3-3 | 인물 이동 지도

〈그림 3-2〉부터 〈그림 3-5〉는 가브리엘 가르시아 마르케스Gabriel Garcia Marquez의 『예고된 죽음의 연대기Crónica de una muerte anunciada』의 허구적 공간을 재현한 지도들이다. 〈그림 3-2〉는 마르케스의 심리적인 이미지보다 많은 것을 내포한 마스터 지도로서, 많은 노력이 수반된 정교한 지도이다.

라이언은 심리 모델의 유형을 조사하기 위해 20명의 고등학생에게 소설을 읽히고 지도를 그리게 했다. 그 결과 〈그림 3-3〉과 같은 인물 이동 지도가 제시되었다. 남편, 나사르(희생자), 살인자들(페드로와 파블로)의 움직임을 교차시켜 플롯을 개념화한 것이다.

반면 〈그림 3-4〉의 상징적 지도는 커다란 길이 두 개의 팔처럼 서로 교차하는 곳에 도시의 광장을 그려 놓은 것이 특징이다. 나사르와 안젤라가 광장을 가로지르는 행위에서 이 소설의 종교적 주제를 무의식적으로 떠올리고 있었던 것 같다.

〈그림 3-5〉는 이야기 공간 지도이다. 이 지도를 보면 캔버스에 그려진 다

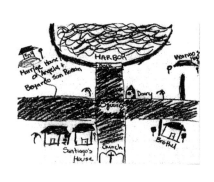

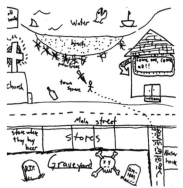

그림 3-4 | 상징적 지도   그림 3-5 | 이야기 공간 지도

양한 표시들이 독자로 하여금 내러티브 세계를 새롭게 윤색한 이야기들로
상상하게 만들어준다. 이 그림은 텍스트의 지형학적 수준을 정확하게 그리
지는 못했으나, 활기, 과장된 허풍, 그리고 마르케스 내러티브 스타일의 수
다스러운 특징을 아름답게 포착하고 있다. 전면에는 핼러윈Hallowe-e'en 모티
프, 뒷면에는 해변과 바닷속 괴물들, 그리고 중심가에는 쇼핑몰이 그려져 있
다. 그러나 한편 소설의 주제도 뚜렷이 인지하고 있다. 왼편에 교회를, 오른
편에 매음굴을 그림으로써 마을 사람들의 삶을 지배하고 있는 모호한 대비
를 제시하고 있다.

3. 「소설가 구보씨의 일일」에 나타난 그래픽 지도와 인지 지도의 관계

「소설가 구보씨의 일일」은 작가 자신임이 거의 틀림없는 구보라는 소설가가 하루 온종일 1930년대 초의 경성 공간을 산책하면서 겪고 느낀 일들을 서술한 글이다. 구보의 공간 이동을 라이언 식의 마스터 지도로 그려보기로 하자.[10]

여름날 오전에 다옥정의 집을 나와 다음 날 새벽 2시에 다시 집으로 향하기까지의 하루의 여정에는 1930년, 도시화된 식민지 경성의 사회적 현실이 녹아 있다. 출발지인 구보의 집은 광교 천변의 다옥정에 있고 구보는 걸어서 화신백화점에 도착한다. 도착해서 구보는 전차를 탄다. 전차는 종묘, 대학병원, 경성 운동장, 훈련원, 약초정, 본정통을 지나 조선은행 앞에 선다. 종로에서 장곡천정까지 걸어서 10분대에 갈 수 있는 거리임에도 굳이 전차

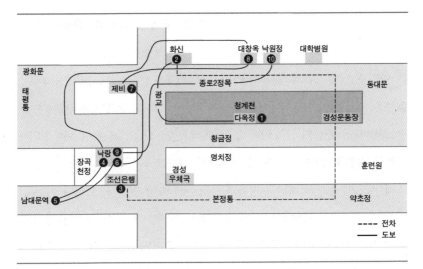

그림 3-6 | 구보의 공간 이동 마스터 지도

를 탄 이유는 무엇일까? 그것은 전차가 경성 외곽의 순환선 역할을 하기 때문에 단시간 안에 경성 공간을 파악할 수 있기 때문이다. 이미 파노라마화한 도시 공간을 달리는 차의 창으로 보는 효과적인 방법이다.

다음으로 낙랑 팔라에서 경성역까지 주인공의 여로가 이어진다. 당시 경성역은 절충주의의 르네상스 방식으로 지어져 있었다. 근대의 철골 구조를 하고 있으면서도 외부의 상세 장식을 서구 그리스나 르네상스 시대의 것을 본뜸으로써 서구에 대한 열등감을 표현했던 이 양식은 근대 식민지 공간의 모순을 단적으로 드러낸 것이기도 하다.

경성역은 하루 1만 명의 승객을 수송하여 도심 교통의 상징적 존재로 군림하고 있었다. 일제 강점기의 철도는 근대화와 식민지 통치의 양면적 요소를 지니고 있어, 경성의 명암이 교차하는 곳이었다. 이곳을 배회하는 지게꾼과 유랑민들의 무리, 시골 노파의 굳은 표정, 중년 시골 신사의 거만함 등은 경성역이 지니는 양면성을 단적으로 드러낸다. 밤중 종로 낙원정의 카페에서 여급들과 술을 마시며 농담을 주고받는 등의 유락은 또한 식민지 지식인의 소극적인 저항 방식일 수 있다. 이 밖에도 독자에 따라 각 장소는 또 다른 방식으로 해석될 수 있을 것이며, 결론적으로 이 마스터 지도는 그것을 읽는 독자의 인지 지도상에서는 다양한 방식으로 그려질 수 있을 것이다.

그렇다면 「소설가 구보씨의 일일」이 지금의 서울 공간에서 재구성되거나 테마파크로 만들어진다면 어떤 방식이 취해질 수 있을 것인가? 우선 마스터 지도의 공간적 개념을 정확하게 표현해야 할 것이다. 그러나 이 공간에서 소설을 이미 읽은 독자가 더한 감동을 느끼게 하기 위해서는 독자가 과거에 간직한 인지 지도에 크게 어긋나지 않으면서도 좀 더 새롭고 풍부한 경험을 할 수 있도록 이야기 공간을 만들어내어야 할 것이다. 그 방법으로 구체적인 교통, 건축물, 등장인물들과의 상호작용, 이야기 해설사와의 대화 과정 등을 통해 적절하게 새로운 경험을 할 수 있도록 유도해야 한다.

4. 소설의 공간적 배경과 이야기의 관계:『탁류』

다음의 글은 채만식의 소설『탁류』(1937~1938)의 맨 처음 부분이다.

금강錦江…….

이 강은 지도를 펴놓고 앉아 가만히 들여다보노라면, 물줄기가 중동께서 남북으로 납작하니 째져가지고는 ― 한강漢江 아니 영산강榮山江도 그렇기는 하지만 ― 그것이 아주 재미있게 벌어져 있음을 알 수 있다. 한번 비행기라도 타고 강줄기를 따라가면서 내려다보면 또한 그럼 직할 것이다.

저 준험한 소백산맥小白山脈이 제주도濟州道를 건너보고 뜀을 뛸 듯이, 전라도의 뒷덜미를 급하게 달리다가 우뚝…… 또 한 번 우뚝…… 높이 솟구친 갈재와 지리산智異山 두 산의 산협 물을 받아 가지의 장수長水로 진안鎭安으로 무주茂朱로 이렇게 역류하는 게 금강의 남쪽 줄기다. 그놈이 영동永同 근처에서는 다시 추풍령秋風嶺과 속리산俗離山의 물까지 받으면서 서북西北으로 좌향을 돌려 충청좌우도忠淸左右道의 접경을 흘러간다.

그리고 북쪽 줄기는, 좀 단순해서, 차령산맥車嶺山脈이 꼬리를 감추려고 하는 경기京畿 충청忠淸의 접경 진천鎭川 근처에서 청주淸州를 바라보고 가느다랗게 흘러 내려오다가 조치원鳥致院을 지나면 거기서 비로소 오래 두고 서로 찾던 남쪽 줄기와 마주 만난다.

이렇게 어렵사리 서로 만나 한데 합수合水진 한 줄기 물은 게서부터 고개를 서남으로 돌려 공주公州를 끼고 계룡산鷄龍山을 바라보면서 우줄거리고 부여扶餘로……부여를 한 바퀴 휘돌려다가는 급히 남으로 꺾여 단숨에 논메論山, 강경이江景까지 들이닫는다.

여기까지가 백마강白馬江이라고, 이를테면 금강의 색동이다. 여자로 치면 흐린 세태에 찌들지 않은 처녀 적이라고 하겠다. 백마강은 공주 곰나루熊津에서부터 시작하여 백제百濟 흥망의 꿈자취를 더듬어 흐른다. 풍월도 좋거니와 물도 맑다. 그러나 그것도 부여 전후가 한창이지, 강경에 다다르면 장꾼들의 흥정하는 소리와 생선 비린내에 고요하던 수면의 꿈은 깨어진다. 물은 탁하다.

예서부터가 옳게 금강이다. 향은 서서남西西南으로, 빗밋이 충청·전라 양도의 접경을 골타고 흐른다. 이로부터서 물은 조수潮水까지 섭쓸려 더욱 흐리나 그득하니 벅차고, 강넓이가 훨씬 퍼진 게 제법 양양하다. 이름난 강경벌은 이 물로 해서 아무 때고 갈증을 잊고 촉촉하다. 낙동강이니 한강이니 하는 다른 강들처럼 해마다 무서운 물난리를 휘몰아 때리지 않아서 좋다. 하기야 가끔 홍수가 나기도 하지만.

이렇게 에두르고 휘돌아 멀리 흘러온 물이, 마침내 황해黃海 바다에다가 깨어진 꿈이고 무엇이고 탁류째 얼러 좌르르 쏟아져버리면서 강은 다하고, 강이 다하는 남쪽 언덕으로 대처大處: 市街地 하나가 올라앉았다. 이것이 군산群山이라는 항구요, 이야기는 예서부터 실마리가 풀린다.

『탁류』는 초봉이라는 착하고 순진한 처녀가 탁류와 같은 세태에 휩쓸려 마침내 살인자로 전락하기까지의 인생 역정을 그린 소설이다. 소설의 주제는 이미 소설의 공간적 배경에 명시되어 있다. 작가는 마치 비행기를 타고 금강을 굽어보는 것처럼 묘사하고 있다. 부여까지는 맑고 완만한 강의 흐름이 잡힌다. 작가는 이 강의 모습은 '흐린 세태에 찌들지 않은 처녀 적'이라고 묘사한다. 초봉이의 처녀 시절이라는 말이다.

강경에 이르러 고요하던 수면의 꿈이 깨어지며 장꾼의 시끄러운 흥정 소리, 생선 비린내는 결혼 후 고태수의 죽음 이후 정체가 드러나, 갈 데 없는 과부가 되어버린 초봉이의 깨어진 신혼의 꿈과 일치한다. 이제부터 강은 더욱 넓어지고 조수까지 휩쓸려 강빛은 더욱 탁해진다. 마찬가지로 남편을 죽음에 이르게 한 곱사 장형보의 아내로 전락한 초봉이의 신세처럼 갈수록 험난한 인생살이가 더해만 간다.

마침내 초봉은 형보를 살해하고 만다. "에두르고 휘돌아 멀리 흘러온 물이, 마침내 황해 바다에다가 깨어진 꿈이고 무엇이고 탁류째 얼러 좌르르 쏟아져버리면서 강은 다하고" 마는 것처럼 초봉은 한 많은 인생을 살인 죄수로 마감하고 마는 것이다.

그러나 실제 금강의 모습은 작가의 표현과 같지 않다. 특유의 부유물질 때문에 부여의 금강은 늘 탁한 빛을 띠고 있으며, 이런 부연 물줄기는 강경에서 군산까지 계속된다. 바다에 가까운 군산에 이르면 강의 너비가 훨씬 넓어진다는 점이 다를 뿐 실제 강물의 탁함은 그리 큰 차이가 나지 않는다.

전라북도 옥구에서 출생하여 강경, 군산 등지에서 생활한 채만식이 금강의 정확한 상태를 몰랐을 리 없다. 그가 이 소설의 영감을 받은 곳은 금강 하구의 군산을 가로질러 흐르는 강줄기였을 것이다. 바다의 소금기와 어우러져 양양한 대해를 형성하고 있는 강줄기에 군산이라는 일제의 수탈 전진기지의 상징적 의미를 겹치게 하면서 거친 세태에 휩쓸려 인생을 마감한 가련한 여인의 모습을 떠올렸을 것이다.

이처럼 작품의 처음에 나타난 공간적 배경이 작품 전체의 이야기를 상징

적으로 드러내는 경우가 리얼리즘 장편 소설에는 많다. 장소성이 그것이 산
출해내는 이야기와 얼마나 밀접한 관계를 지니는지 잘 드러내는 대목이다.

5. 장소 마케팅과 이야기

21세기 들어 구경 관광에서 체험 관광으로 트렌드가 바뀌면서 이야기의
중요성이 대두했다. 공간을 거니는 과정에서 느끼는 감흥은 우리가 이야기
를 감상하는 방식과 같다. 인간의 체험을 시간의 순차구조로 기억 속에 배
치한 것이 바로 이야기이기 때문이다.

2009년 조선 왕릉이 유네스코 세계유산으로 등재되었는데, 이때 강원도
영월의 장릉이 등재의 일등 공신 역할을 했다 한다. 유네스코 현지 실사단
이 장릉에서 단종에 얽힌 이야기를 듣고 감동하여 조선 왕릉의 가치를 높이
평가하기 시작했다는 것이다. 그런데 실사단은 왜 다른 왕릉보다 유독 장릉
의 이야기에 감동했던 것일까? 그것은 장릉의 이야기가 '사랑(인간애, 부부
애 등)'이라는 보편적인 주제를 다루면서도 그 방식이 매우 한국적이었기 때
문이다.

외국의 왕릉도 재미있는 이야기를 많이 간직하고 있다. 중국에 진시황릉
이 있고 이집트를 위시한 멕시코, 남아메리카 등지에 피라미드가 유명하며
애절한 사랑의 장소인 타지마할도 있다. 외양의 규모나 화려함이 조선 왕릉
에 비길 바가 아니며 이야기 또한 감동적이다.

그러나 그들의 이야기는 분명히 우리와 다르다. 영생을 꿈꾼 황제가 만들
어낸 거대한 병마용갱과 지하 도시로 이루어진 진시황릉, 그 능원의 거대함

은 황제의 끝도 없는 욕망과 닮아 있다. 불멸의 욕망 이야기와 중국이라는 국토의 광활함, 능원의 규모가 일치하면서 진시황릉은 세계적인 관광명소로 자리 잡게 되었다.

막막한 사막 한가운데 솟아 있는 거대한 피라미드의 이미지가 당시 절대왕정의 힘과 영생이란 기약할 길 없는 꿈과 일치함도 눈여겨볼 일이다. 그리고 사람의 넋을 빼어놓는 신비로운 장소인 타지마할의 시각적 표현도 죽은 아내를 평생 그리다가 왕위마저 빼앗긴 샤자한 왕의 이야기와 많이 닮아 있다.

이처럼 유명한 왕릉의 이야기는 공통적으로 그 왕릉의 모양새, 그 장소의 혼魂과 밀접한 관련을 지니고 있다. 자연의 경관이 단순히 자연이 아니라 인간의 역사와 더불어 완성된 것이라는 점, 사람들이 그 지역의 기후와 산세, 풍토에 융합되어 문화를 이루기 때문에 어떤 장소에는 그 지역 사람들의 혼이 서려 있다는 사실, 독일 철학자 하이데거Martin Heidegger의 이 이론은 관광 영역에서 흔히 장소 마케팅으로 응용되고 있다.

그런데 장릉의 이야기의 요체는 바로 한국적 사랑인 '정情'이다. 평소 본적도 없는 왕이지만 열두 살 어린 나이에 죽은 영혼이 서러워 그토록 극진히 모신 영월 사람들의 정이 완만한 한국의 산을 닮은 봉분만큼이나 그윽하고 질기다. '고운 님 여의옵고 냇물 흐르는 소리를 눈물로 들었던' 왕방연이나, 단종의 아내 송비宋妃를 돕기 위해 채소시장을 열었던 민초들의 사연은 또 얼마나 은근하면서도 깊은 속정인가?

한국의 정은 완만한 구릉과 굽이굽이 도는 강물만큼이나 국토의 장소성과 닮아 있다. 세계 어느 곳에서나 있는 왕릉의 보편성, 그리고 '정'이라는 한국적 특수성의 절묘한 조화가 장릉의 스토리텔링의 정체이다.

'정'을 표방했던 둥근 초코파이가 '국민간식'이 되었고 '형님 먼저, 아우 먼저'라고 형제 사이의 정을 표방한 라면이 인기를 끈 것도 같은 이치이다. 우리는 영화 〈공동경비구역 JSA〉(2000)에서 남한 병사 이병헌과 북한 병사 송강호가 나누어 먹었던 초코파이를 아직도 감동으로 기억하고 있다.

여기에 더해 단종의 아내 송비의 절절한 그리움과 기다림에는 한恨이라는 지극히 한국적인 감정이 존재한다. 그 감정은 비디오를 켜는 사람마다 모질게 죽여대는 〈링リング〉(1998)의 일본 귀신의 그것과 다르고, 결투로 원수를 갚는 서양적인 복수의 감정과도 차이가 난다. 가슴속의 응어리진 원한을 스스로 삭여 승화하는 한국적인 원한의 감정은 참으로 독특한 것이다.

장소는 단순한 물리적 공간이 아니다. 그 속에는 수천 년 세월 동안 사람들이 살아온 자취와 숨결이 녹아 있으며 켜켜이 쌓인 역사가 장소의 혼을 만들어내고 있다. 사람이 자연을 닮고 어느새 자연이 사람을 닮아버린 그 결정체가 바로 그 장소의 이야기이고 우리 문화유산이 세계를 감동케 하는 원동력이며 국가의 브랜드 가치가 된다.

이제 죽은 듯이 누워 있는 우리 문화유산에 혼을 불어넣어 깨어나게 해야 한다. 그를 위해서는 장소의 혼을 불러오는 주술사가 필요하다. 구체적인 물질, 질료에 깃든 상상력을 깨어나게 하는 이야기꾼이 우리가 거주하는 한국을 추상적인 위치 이상으로 만들어 줄 수 있다.

epilogue

에필로그

장르의 외면적 형식이 이야기 구조로 되어 있는 것만이 이야기 장르였던 시절이 한때 있었다. 흔히 서사는 시간 장르라고 말하며 조각은 '공간에 얼어붙은 시간'이라고 묘사한다. 즉, 서사가 시간성을 지닌다면 조각이나 건축물은 공간성을 지닌다는 것이다. 외면적인 부분만 생각하면 그것이 맞을지 모르나, 이야기가 감상자의 내부 스크립트와 외부 스크립트의 매핑이라고 생각하면 문제는 다르다. 즉, 조각이나 건축물 자체에는 시간성이 없을지 모르지만 그것을 바라보는 사람의 마음에는 시간이 흐르고 있는 것이다.

2005년 기업도시위원회 위원으로 세계의 관광도시를 시찰할 기회를 가진 필자에게 가장 인상에 남는 도시는 두바이였다. 참으로 많은 것을 배울 수 있었던 곳이었는데, 그중 놀라운 곳이 버즈 알 아랍Burj Al Arab 호텔과 팜 아일랜드Palm Island 였다.

투명한 바다 위에서 거대한 돛단배를 보았는데, 바로 버즈 알 아랍이었다. 그곳은 황금 기둥으로 가득 찬 궁전이었다. 2층으로 된 호텔 방의 침실에는 금방이라도 샤리아르 왕과 셰에라자드의 도란거리는 목소리가 들릴 것 같았다. 식당의 유리창 너머로는 건설 중인 팜 아일랜드가 보였다. 거대한 야자수 모양의 섬에 관광단지와 세계 도시들을 축소한 테마파크를 건설하고 있었다.

마음의 스크립트들이 부지런히 외부 공간에서 경험되는 이야기에 매핑되면서 필자를 감동하게 했다. 그때 필자는 돛단배에 바람을 가득 안게 하고 해안가의 야자수를 바라보는 신밧드가 되어 "두바이는 위대하다"라는 말만 되풀이했다. 석유를 실어 나르는 물류도시로 성장한 두바이가 관광도시로 탈바꿈하려는 노력은 놀라운 것이었다. 시인인 왕세자는 상상력과 창의력으로 공간에 시를 쓰고 있었다.

필자가 보았던 것은 웅장한 호텔과 거대한 테마파크란 공간이었지만 필자의 내부에 작동했던 것은 아랍의 찬란한 문화유산인 『아라비안나이트』였다. 어린 시절부터 성인이 되어서까지, 동화로 된 요약본부터 완역본까지, 천천히 읽어 내려가 기억 속에 저장되어 있는 필자의 스크립트가 순간적으로 이 두 공간과 매핑되면서 인지되었던 것이다.

처음 바닷가에서 돛단배 모양의 호텔을 바라보았을 때는 단지 신기한 느낌이었다. 그러나 호텔 안의 황금 기둥, 방의 호화로운 장식, 그림이나 영화에서 보았던 왕실의 침대를 보면서 필자의 내부 스크립트는 쉽게 『아라비안나이트』의 이야기들을 끄집어냈다. 그리고 다시 호텔 창밖의 야자수 모양 매립지를 보았을 때, '신밧드의 모험'을 떠올리며 호텔과 섬의 스토리텔링을 스스로 완성하게 되었다.

건축가가 재현한 것은 공간일지 모르지만 감상자가 감상하는 바는 기억 속의 시간이다. 이 매핑이 순간적으로 일어나기는 하지만 우리가 인식하는 것은 틀림없이 시간성을 띠고 있는 이야기 구조인 것이다.

그 때문에 모든 이야기 장르는 표출된 이야기와 감상자 내부의 이야기가 합쳐져야 비로소 완성된다. 이런 법칙은 이야기 장르가 주로 일방향성의 매체인 인쇄 매체나 연극, 영화 등에서만 행해졌던 근대에는 별로 인지되지 못했다. 대부분의 미학자는 표출된 이야기의 내러티브 구조를 분석하며 작품의 완성도를 측정했다. 물론 수용 이론, 독서 이론 등이 있어서 독자의 기대 지평을 논의하기는 했으나, 이야기에 대한 기본적인 평가는 작가가 완성한 작품에 초점이 두어졌고, 자연히 이야기는 시간 예술로 치부되어왔다.

그러나 최근 이야기가 모든 것에 존재하게 되면서 그 모순이 뚜렷이 드러나기 시작했다. 특히 장소성을 중시하는 관광이나 건축, 공간 예술인 그림, 조각, 상품의 스토리텔링을 논할 때 사람들은 그것이 과연 내러티브 구조인가, 그 내러티브적 속성이 어떻게 구현되는가에 대해 의문을 가질 수밖에 없었다. 이런 의문은 내부 이야기에 대한 좀 더 적극적인 탐구가 병행될 때 풀리게 된다.

이는 상품의 스토리텔링에서 특히 뚜렷하게 드러난다. 2010년 여름에 인기를 끈 '맥심' 커피 광고가 있다. 임수정과 정우성이란 인기 배우의 캐스팅만으로도 화제를 불러일으킨 이 광고는 '그 남자, 그 여자의 로맨틱 스토리'라는 콘셉트로 이야기를 진행했다. 학창 시절 첫사랑의 추억을 간직한 두 남녀가 샌프란시스코에서 다시 만나게 된다는 줄거리의 이 이야기는 이문세의 「옛사랑」의 선율과 임수정의 감성적인 눈빛으로 누구나 한 가지씩은 지녔을 법한 첫사랑의 추억을 환기시켰다.

'잊을 수 없는 향기'인 커피 이야기는 광고를 본 모든 사람의 뇌리에 각인되어 커피를 마시는 행위에 지대한 영향을 미치게 된다. 커피는 원래 각성제란 사용가치가 있지만 실제로는 기호식품으로 더 널리 사용된다. 사람들이 만나서 담소를 나눌 때, 친교를 확인할 때 자주 등장하는 소품이다. 그런데 이 광고 때문에 커피가 연인들의 만남에 훨씬 빈번하게 사용될 가능성이 농후하다. 연인이 마주 앉아서 음료를 마시려고 할 때, 은연중에 음료 스크립트 중 서로의 사랑을 재확인한다는 이 스토리를 떠올릴 것이고, 이 스토리의 한가운데 등장하는 커피를 선택하게 될 것이다. 이야기의 위력은 단순히 여기서 그치지 않는다. 사랑의 추억을 간직하고 있는 소비자들에게 이 광고는 슈퍼마켓의 판매대에서 '맥심'이란 브랜드에 손이 가게 하는 조력자 역할을 할 것이다.

사람들의 음료 스크립트에 저장된 '맥심 커피'라는 정보는 다시 다음 광고를 제작하게 하는 데 하나의 나침반 기능을 한다. 커피가 일종의 '사랑의 매개자'라는 정보는 다음 이야기를 만들어내는 데 큰 영향을 줄 것이다.

내부 이야기와 표출된 이야기의 선순환 구조는 조금씩 내부의 스크립트들을 변모시키며, 그 변모된 내부 이야기가 다시 외부 이야기에 영향을 미치는 방식으로 진행된다. 애니메이션 〈슈렉Shrek〉(2001)은 〈잠자는 숲 속의 공주〉, 〈라푼젤〉 등의 현대적 변형이며, '여성이 좋은 남성을 만나는 법'의 매뉴얼이라는 점에서 〈신데렐라〉 스크립트의 자매편이기도 하다.

높은 탑에 갇혀 100년 동안의 깊은 잠에 빠져 입을 맞춰줄 왕자를 기다리는 공주의 이야기는 요즈음은 진부해져 버렸다. 여성이 사회에 참여하는 과정에서 자아실현을 하는 현대사회에서는 여성이 행복을 쟁취하는 방식이 달라졌기 때문이다. 이처럼 달라진 여성의 의식은 당연히 다른 매뉴얼을 요구하게 되었고, 이 '신데렐라 스토리'는 다양한 변주를 띠게 된다.

　〈슈렉〉이 개봉했을 때의 반응은 놀라운 것이었다. 애니메이션계의 아성이었던 디즈니의 흥행 성적을 가볍게 앞질렀는데, 그동안 역대 개봉 흥행 순위 10위 안에 들었던 비非디즈니 애니메이션으로는 오직 워너브러더스의 〈포켓몬스터Pokemon The First Movie〉(1998), 파라마운트의 〈러그래츠 무비The Rugrats Movie〉(1998), 그리고 드림웍스의 〈슈렉〉이 있을 뿐이었다.

　평론가들은 이 영화가 원래 디즈니 사에 근무하면서 수많은 흥행작을 만들었는데도 불화로 인해 끝내 새 회사를 창업해야 했던 카첸버그의 노골적인 디즈니 비틀기라고 평했다. 물론 외형적으로는 카첸버그가 디즈니 사의 애니메이션을 비판하고 패러디한 것으로 볼 수는 있다. 만화에 나오는 성은 디즈니랜드를 빼닮았으며 디즈니 애니메이션에 나오는 주인공들이 빠짐없이 등장한다. 아기돼지 삼형제, 백설공주와 일곱 난쟁이, 신데렐라, 피터팬, 피노키오 등이 대거 등장하니 말이다. 심지어 (카첸버그는 부인하지만) 악당 파쿼드의 모습이 디즈니의 마이클 아이너스 회장의 모습을 닮았다고들 수군거린다.

　그러나 우리는 한 단계 더 나아가 디즈니 애니메이션에 등장하는 인물들이 대부분 옛날부터 전해져 내려오는 민담, 설화 등에서 채취한 동화라는 사실을 염두에 두어야 한다. 즉, 디즈니 애니메이션이 〈신데렐라〉, 〈백설공주〉 등의 전통 민담, 그리고 그 전통 민담에 영향을 받았음이 틀림없는 〈인어공주〉, 〈피터팬〉 등을 원본을 존중하며 변형 없이 멀티유즈했다는 사실 말이다.

　그렇다면 지금까지 이야기의 원형을 존중해왔던 디즈니사의 애니메이션이 성공을 거두었다면, 왜 최근 들어서 〈잠자는 숲 속의 공주〉, 〈라푼젤〉,

〈신데렐라〉를 혼합하여 패러디한 것을 주 모티프로, 그 밖의 다른 민담은 각 장면 디테일의 패러디로 사용한 〈슈렉〉이 인기를 끄는 것일까?

디즈니 애니메이션이 그 명성을 굳힌 시기는 1930~1950년대이다. 특히 〈백설공주〉(1937), 〈신데렐라〉(1950)가 인기를 끌었던 때는 근대 전기로서 아직 여성의 사회적 지위가 확고하게 굳히지 않았던 시기였다. 여성의 자아 성취가 '좋은 남자를 만나는 것'이라는 수렵 시대 이후의 매뉴얼이 바뀌기 전의 상황인 것이다. 세상 모든 여성의 관심사인 좋은 신랑감 만나는 법은 동화로 꾸며져 어린 여학생들의 조기 교육용으로도, 혼기에 찬 처녀들의 지침서로도, 이미 결혼한 여성들의 이루어지지 못한 꿈의 대리 체험으로도 손색이 없었다. 이런 성공의 방식은 1980~1990년대에도 어느 정도 이어져서, 〈인어공주〉(1989), 〈뮬란〉(1998) 등에서도 스스로 운명을 개척한다는 약간의 변형은 있었지만 전체적인 맥락에서는 전통적인 결혼관을 반복했다.

그런데 세상이 변했다. 많은 여성이 사회에 진출했으며 진출하고 있고, 앞으로도 더 많은 여성이 직업을 가지게 될 것이다. 이제 결혼이 여성이 인생에서 이루고 싶은 성취의 전부가 아닌 세상이 온 것이다. 이즈음에 〈슈렉〉이 등장했다.

괴물 슈렉에게 어느 날 놀라운 일이 벌어진다. 수많은 동화 속의 주인공들이 슈렉의 집과 근처에 나타나 보금자리를 꾸미게 된 것이다. 악당 파쿼드에게 쫓겨난 이 불청객들에게서 안식처를 되찾기 위해 슈렉은 파쿼드의 요구를 들어주어야 했다. 파쿼드는 자신이 왕이 되기 위한 지름길로 피오나 공주를 용이 지키는 성에서 구해올 것을 제안한다. 온갖 고난을 헤치고 공주를 구해내 데려오는 과정에서 슈렉은 피오나 공주와 사랑에 빠진다. 공주는 마법에 걸려 낮에는 아름답고 날씬한 외모를 지니고 있지만 밤에는 괴물로 변해버린다. 슈렉은 사랑의 키스로 공주를 마법에서 풀어내는데, 의외로 밤의 괴물이 바로 공주의 실제 모습이더라는 이야기이다. 그리고 오히려 그 덕분에 공주와 슈렉은 오래오래 행복하게 살게 되었다는 것이다.

아름다운 왕자와 공주의 결혼 성공담이 아닌 데다 피오나 공주 또한 우아하거나 기품 있기보다는 용감하고 도전적이다. 사람들은 〈슈렉〉에 지금까지 자신들이 읽어온 스크립트 중에서 〈잠자는 숲 속의 공주〉, 〈백설공주〉, 〈신데렐라〉, 〈라푼젤〉 등을 매핑하여 그 닮음과 다름의 적절한 조화에 재미를 느끼게 된다. 그리고 한편으로는 이 얼마나 적절하고 현실적인 결혼지침서인가에 다시금 감탄하며 그 유익함을 높이 평가하게 되는 것이다.

이쯤 되면 모든 것에 이야기가 아닌 것이 없게 된다. 핸드폰을 조약돌 모양으로 디자인해서 사람들로 하여금 어린 시절 바닷가에서 조약돌을 쥐고 놀던 경험의 스크립트를 끄집어내게 하는 세상이다. 이제 사람들은 자신의 몸에 각인된 기억의 스크립트를 모든 콘텐츠에 스며들어 간 이야기 요소에 매핑하면서 감동하고 재미를 느낀다.

아니, 더 나아가 그렇지 않은 정보 전달 방식에 흥미를 느끼지 않는다. 심지어 지식 체계 자체도 논문이나 설명문 형식에서 이야기 형식을 띠게 되었다. 최근 역사학계가 자신의 논리 전개를 '내러티브'로 표현하는 것도 그 때문이다.

사람들은 자기 몸의 정보 저장 체계와 일치하는 구조를 지닌 이야기 형식에 매료되어버렸다. 이야기다, 이야기 세상이 된 것이다.

주(註)

제1부 1장 이야기에 관한 진화심리학적 관점

1 스티븐 핑커, 『마음은 어떻게 작동하는가』, 김한영 옮김(소소, 2007), 47~51쪽.

2 전중환, 『오래된 연장통』(사이언스북스, 2010), 150~151쪽.

3 주경철, 『신데렐라 천년의 여행』(산처럼, 2005), 목차, 12~13쪽.

4 같은 책, 17~19쪽.

5 같은 책, 38~42쪽.

6 Hobbs, Jerry R, "Will Robots Ever Have Literature?," Workshop on Literary Cognition, Information, and Communication, Carleton University, Ottawa, Ontario(June 1993).

7 스티븐 핑커, 『마음은 어떻게 작동하는가』, 828~831쪽.

8 최혜실, 『문자문학에서 전자문화로』(한길사, 2007), 168~169쪽.

9 김효진, 「문제해결교육론에 관한 연구」(경희대학교 교육대학원 석사학위논문, 2007), 4쪽.

10 David Herman(ed.), *Narrative Theory and the Cognitive Sciences* (CSLI Publications, 2003), p.3.

11 게오르크 루카치, 『소설의 이론』, 반성완 옮김(심설당, 1998), 25쪽.

12 같은 책, 168~170쪽.

제1부 2장 이야기에는 특별한 것이 있다

1 Gerald Prince, "Revisiting narrativity," in Mieke Bal(ed.), *Narrative Theory* I (Routledge, 2004), p.15.

2 폴 리쾨르, 『시간과 이야기 3』, 김한식 옮김(문학과 지성, 2004), 270~302쪽.

3 David Herman(ed.), *Narrative Theory and the Cognitive Sciences*, pp.2~3.

4 아리스토텔레스, 『시학』, 천병희 옮김(문예출판사, 2004), 56쪽.

5 권택영, 「서사의 역할과 용어 창조」, ≪내러티브≫, 10호(한국서사학회, 2008), 3쪽.

6 Jonathan Culler, "Story and Discourse in the Analysis of Narrative," in Mieke Bal(ed.), *Narrative Theory*, pp.117~118.

7 권택영, 「서사의 역할과 용어 창조」, 4~5쪽.

8 Wayne C. Booth, "Types of narration," in Mieke Bal(ed.), *Narrative Theory*, pp.138~146.

9 Seymour Chatman, *Story and Discourse: Narrative Structure in Fiction and Film* (Ithaca and London: Cornell University, 1978), p.151.

10 앙드레 고드로·프랑수아 조스트, 『영화서술학』, 송지연 옮김(동문선, 2001), 61~94쪽.

11 같은 책, 230~238쪽.

제1부 3장 이야기의 서술적 보편성

1 제랄드 프랭스, 『서사학: 서사물의 형식과 기능』, 최상규 옮김(문학과지성사, 1988), 1장.
2 한용택, 「프랑스 서사학의 발전과 방향」, ≪내러티브≫, 10호(한국서사학회, 2008), 45쪽.
3 츠베탕 토도로프, 『산문의 시학』, 신동욱 옮김(문예출판사, 1992), 32~33쪽.
4 한용택, 「프랑스 서사학의 발전과 방향」, 46쪽.
5 김열규 외, 『민담학개론』(일조각, 1997), 27~75쪽.
6 같은 책, 177~181쪽.
7 블라디미르 프롭, 『민담형태론』, 황인덕 옮김(예림기획, 1998), 54~58쪽.
8 같은 책, 59~106쪽.
9 김열규 외, 『민담학개론』, 191~197쪽.

제2부 1장 인지과학과 융합 학문

1 김광웅 엮음, 『우리는 미래에 무엇을 공부할 것인가』(생각의나무, 2009), 107쪽.
2 이인식, 『지식의 대융합』(고즈윈, 2008), 18~19쪽.
3 이정모, 『인지과학』(성균관대학교출판부, 2009), 32쪽.
4 이인식, 『지식의 대융합』, 20~21쪽.
5 이정모, 『인지과학』, 52쪽.
6 최혜실, 「콘텐츠 산업의 획기적인 발전을 위한 스토리텔링 활성화 방안」, 문화체육관광부 제출 보고서(2010.3.9.), 200~204쪽.
7 이인식, 『지식의 대융합』, 65~69쪽.
8 최혜실, 「괴델, 에셔, 이상」, 『한국 근대문학의 몇 가지 주제』(소명, 2002), 23~31쪽.
9 이인식, 『지식의 대융합』, 80~82쪽.
10 이정모, 『인지과학』, 438쪽.
11 임지룡, 「인지언어학의 성격과 설명」, 제30회 인지언어학회 정기학술대회 발표문(한국외국어대학교, 2008.11.29.).
12 최혜실, 「콘텐츠 산업의 획기적인 발전을 위한 스토리텔링 활성화 방안」, 205쪽.
13 G. 레이코프·M. 존슨, 『삶으로서의 은유』, 노양진·나익주 옮김(박이정, 2006), 26~30쪽.
14 오형엽, 「인지언어학적 은유론의 수사학적 고찰」, ≪어문학≫, 102호(한국어문학회, 2008.12.), 501~502쪽.
15 같은 글, 505쪽.
16 임지룡, 『말하는 몸』(한국문화사, 2006), 60~61쪽.
17 스티븐 핑커, 『빈 서판』, 김한영 옮김(사이언스북스, 2004), 71쪽.
18 스티븐 핑커, 『언어본능』, 김한영·문미선·신효식 옮김(동녘사이언스, 2008), 19~33쪽.

표 · 그림 출처

[표 2-1 | 관습적 은유의 종류] 최혜실 외, 「콘텐츠 산업의 획기적 발전을 위한 신패러다임 구축으로서의 스토리텔링 활성화 방안」, 문화체육관광부 제출 보고서(2010.5.), 256쪽.

[그림 2-1 | 인지과학의 각 핵심 학문 간의 관계와 각각 기여한 연구 주제와 방법] 이정모, 『인지과학』(성균관대학교출판부, 2009), 50쪽.

[그림 2-2 | 인지과학의 각 핵심 학문과 주변 학문] 이정모, 『인지과학』(성균관대학교출판부, 2009), 51쪽.

[그림 2-3 | 무한 역행의 기묘한 고리] [위 왼쪽, 바흐, 성군 웬서슬라스, 스콧 E. 킴에 의한 전화카논] 더글러스 호프스태터, 『괴델, 에서, 바흐』(상), 박여성 옮김(까치, 1999), 11쪽; [위 오른쪽, 에서, 손을 그리는 손] 『괴델, 에서, 바흐』(하), 888쪽; [아래 왼쪽, 에서, 폭포] 『괴델, 에서, 바흐』(상), 15쪽; [아래 오른쪽, 에서, 올라가기와 내려가기] 같은 책, 16쪽.

[그림 2-4 | 인공지능의 분야] 장병탁, '인공지능 접근 방법'(1998); 이정모, 『인지과학』, 330쪽에서 재인용.

제2부 2장 스크립트로서의 이야기

1 Roger C. Schank and Robert P. Abelson, *Scripts, Plans, Goals and Understanding* (LEA, 1977), pp.1~2.

2 Marvin Minsky, "A Framework for Representing Knowledge," in P. H. Winston(ed), *The Psychology of Computer Vision* (New York: McGraw-Hill, 1975).

3 David E. Rumelhart, "Understanding and Summarizing Brief Stories," in D. Labergo and S. J. Samuels(eds), *Basic Processes in Reading: Perception and Comprehension* (Hillsdale, New Jersey: Lawrence Erlbaum Associates, Publishers, 1976).

4 Roger C. Schank and Robert P. Abelson, *Scripts, Plans, Goals and Understanding*, pp.8~11.

5 〈개그콘서트〉, KBS2(2010.6.20.).

6 〈개그콘서트〉, KBS2(2010.6.27.).

7 Roger C. Schank and Robert P. Abelson, *Scripts, Plans, Goals and Understanding*, pp.47~48.

8 이문열, 「우리들의 일그러진 영웅」, 『이문열 중단편 전집 4』(둥지, 1994), 152~231쪽을 요약.

9 Roger C. Schank, *Tell Me A Story* (Northwestern University Press, 1995), pp.xv~xvi.

제2부 3장 사람과 이야기, 그 독특한 능력

1 Mark Turner, "Double-Scope Stories," in David Herman(ed.), *Narrative Theory and the Cognitive Sciences*, p.118.

2 박현욱, 『아내가 결혼했다』(문이당, 2006), 31~32쪽.

3 같은 책, 49쪽.

4 같은 책, 65쪽.

5 최혜실, 『신여성들은 무엇을 꿈꾸었는가』(생각의나무, 2000), 182~193쪽.

6 최혜실 외, 『토털 스노브』(박문사, 2010), 24~28쪽.

7 김현, 『김현문학전집 9: 행복의 시학 / 제강의 꿈』(문학과지성사, 1991), 102쪽.

8 홍명희, "Etude sur le complxe de Jonas chez Bachelard"(서울대학교 대학원 불어불문학과 석사학위논문, 1986), 38~39쪽.

9 최혜실, 『한국 현대 소설의 이론』(국학자료원, 1994), 257~258쪽.

10 최혜실 외, 「콘텐츠 산업의 획기적 발전을 위한 신패러다임 구축으로서의 스토리텔링 활성화 방안」, 문화체육관광부 제출 보고서(2010.5.), 336~356쪽에 열거된 자료 참조(최유경 연구원 집중 조사).

11 Manfred Jahn, " 'Awake Open Your Eyes!' The Cognitive Logic of External and Internal Stories," in David Herman(ed.), *Narrative Theory and the Cognitive Sciences*, pp.198~199.

12 스튜어트 홀 외, 『모더니티의 미래』, 전효관 외 옮김(현실문화연구, 2000), 330~342쪽.

13 가브리엘레 루치우스 회네·아르눌프 데퍼만, 『이야기 분석』, 박용익 옮김(역락, 2006), 69~70쪽.

14 질 포코니에·마크 터너, 『우리는 어떻게 생각하는가』, 김동환·최영호 옮김(지호, 2009), 40~43쪽.

15 최혜실, 「스토리텔링의 이해와 적용」, 농심 강연 원고(2008.11.10.).

16 M. M. Bakhtin, *The Dialogic Imagination*: Four Essays (University of Texas Press, 1982), pp.332~341.

17 최혜실, 『한국 현대 소설의 이론』(국학자료원, 1994), 50~54쪽.

그림 출처

[그림 2-5 | 이야기의 사이클] Manfred Jahn, " 'Awake Open Your Eyes!' The Cognitive Logic of External and Internal Stories," p. 201.

제3부 1장 이야기와 의학

1 일연, 『삼국유사』, 이민수 옮김(을유문화사, 1983), 139쪽.

2 현용준, 「처용설화고」, ≪국어국문학≫, 39·40(1968); 김원경, 「처용가연구」, ≪서울교대논문집≫, 3(1970); 서대석, 「처용가의 무속적 고찰」, ≪한국학논집≫, 2(계명대, 1975); 임기중, 『신라가요와 기술물의 연구』(이우출판사, 1981).

3 김열규, 「향가의 문학적 연구 일반」, 김열규·정연찬·이재선, 『향가의 어문학적 연구』(서강대학교 출판부, 1972.)

4 양주동, 『고가연구』(을유문화사, 1946); 황패강, 「처용가 연구의 사적 반성과 일시고」, 황패강 외, 『향가여요연구』(이우출판사, 1985).

5 이우성, 「삼국유사 소재 처용설화의 일분석」, 『김재원 박사 회갑기념 논총』(을유문화사, 1969).

6 이용범, 「처용설화의 일고찰」, ≪대동문화연구≫, 8권 별집 1(1972); 장덕순 외, 『한국문학사의 쟁점』(집문당, 1993), 173쪽에서 재인용.

7 같은 글에서 재인용.

8 김광일, 「한국 샤머니즘의 정신분석학적 고찰」, 김택규, 『한국민속연구논문선 4』(일조각, 1990).

9   최혜실, 『한국 근대문학의 몇 가지 주제』, 316~319쪽.

10 Jill Freedman and Gene Combs, 『이야기 치료』, 김유숙·전영주·정혜정 옮김(학지사, 2009), 62~74쪽.

11 Carol Lauritzen and Michael Jaeger, 『내러티브 교육과정의 이론과 실제』, 강현석 외 옮김(학이당, 2007), 4쪽, 75~85쪽.

12 앨리스 모건, 『이야기 치료란 무엇인가』, 고미영 옮김(청목출판사, 2004), 17~21쪽.

13 같은 책, 25쪽.

14 Jill Freedman and Gene Combs, 『이야기 치료』, 95~97쪽.

15 같은 책, 99쪽.

16 William Frawley, John T. Murray, and Raoul N. Smith, "Semantics and Narrative in Therapeutic Discourse," in David Herman(ed.), *Narrative Theory and the Cognitive Sciences*, pp.85~90.

17 James W. Pennebaker and Martha E. Francis, *Linguistic Inquiry and Word Count: LIWC* (Mahwah, NJ: Erlbaum, 1999); Kitty Klein, "Narrative, Construction, Cognitive Processing, and Health," in David Herman(ed.), *Narrative Theory and the Cognitive Sciences*, p. 58에서 재인용.

18 Lori A. Zoellner, Jennifer Alvarez-Conrad, and Edna B. Foa, "Peritraumatic dissociative experiences, trauma narratives and trauma pathology," *Journal of Traumatic Stress*, 15(2002); Kitty Klein, "Narrative, Construction, Cognitive Processing, and Health," p. 59~62에서 재인용.

19 Michael W. Pratt, Cheryl Boyes, Susan Robins, and Judy Manchester, "Telling tales: Aging, working memory, and the narrative cohesion of story retellings," *Developmental Psychology*, 4(1989); Kitty Klein, "Narrative, Construction, Cognitive Processing, and Health," p.63~72에서 재인용.

20 S. Katz, Holistic Scoring for Coherence, Unpublished manuscript, North Carolina State Univ.; David Herman(ed.), *Narrative Theory and the Cognitive Sciences*, p. 73~75에서 재인용.

21 Kitty Klein, "Narrative, Construction, Cognitive Processing, and Health," pp.56~84.

22 최혜실, 『디지털 시대의 문화 읽기』(소명, 2000), 290쪽.

23 도널드 위니캇, 『놀이와 현실』, 이재훈 옮김(한국심리치료연구소, 1997), 87쪽.

24 박성봉, 『대중예술의 미학』(동인, 1995), 304쪽.

25 로제 카이와, 『놀이와 인간』, 이상률 옮김(문예출판사, 1994), 47쪽.

26 히로나카 마사요시, 『놀이치료와 아동의 심리세계』, 이창숙·홍승연 옮김(시그마프레스, 2006), 19쪽.

27 Garry Landreth, 『놀이치료』, 유미숙 옮김(학지사, 2009), 30~31쪽.

28 같은 책, 33~35쪽.

29 Charles E. Schaefer and Donna M. Cangelosi, 『놀이치료 기법』, 이순행 외 옮김(시그마프레스, 2009), 249~253쪽.

30 M. Karp, P. Holmes, and K. B. Tauvon 엮음, 『심리극의 세계』, 김광운·박희석 외 옮김(학지사, 2005), 44쪽.

31 최헌진, 『사이코드라마 이론과 실제』(학지사, 2003), 19~21쪽.

32 같은 책, 20쪽.

33 원동연·유해숙·유동준,『5차원 독서치료』(김영사, 2005), 14쪽.

34 변희수,『통합적 문학치료』(학지사, 2006), 17~18쪽.

35 정병을·변상현·안상윤,『의료서비스 커뮤니케이션』(보문각, 2006), 13쪽.

36 최종덕,「의학의 인문학적 통찰」, ≪의철학연구≫, 1권(한국의철학회, 2006), 4쪽.

37 홍은영,「질병, 몸, 그리고 환자의 문제: 의학과 간호학 사이에서」, ≪의철학연구≫, 7권(한국의철학회, 2009), 121쪽.

38 에릭 J. 카셀,『고통받는 환자와 인간에게서 멀어진 의사를 위하여』, 강신익 옮김(들녘, 2002), 28~29쪽.

39 같은 책, 36~37쪽.

40 최재걸,「Evidence-based Medicine에 대한 소개」, ≪대한핵의학회지≫, 35권 4호(2001), 224~225쪽.

41 차경력·김찬형,「근거중심 정신의학」, ≪Korean Neuropsychair Assoc≫, 46권 2호(2007), pp.104~105.

42 최재걸,「Evidence-based Medicine에 대한 소개」, 225~226쪽.

43 박일환,「이야기 접근을 통한 환자중심적 병력청취 대화」, ≪가정의학회지≫, 31권 1호(2010.1.), 5쪽.

44 D. Jean Clandinin and F. Michael Connelly,『내러티브 탐구』, 소경희 외 옮김(교육과학사, 2007), 132~298쪽.

그림 출처

[그림 3-1 | 내러티브 탐구 절차 모형] 안영미,「내러티브 탐구를 통한 두 남성 노인의 삶과 죽음에 관한 이해」(이화여자대학교 간호학과 대학원 박사학위논문, 2008.6.), 29쪽.

제3부 2장 이야기와 역사

1 앨릭스 캘리니코스,『이론과 서사』, 박형신·박신권 옮김(일신사, 2000), 85쪽.

2 Hans Kellner, "The Value of narrativity in the representation of reality," in Mieke Bal(ed.), *Narrative Theory*, p.58.

3 라인하르트 코젤렉,『지나간 미래』, 한철 옮김(문학동네, 1998), 162~163쪽, 168~170쪽.

4 Hans Kellner, "Narrativity in history," in Mieke Bal(ed.), *Narrative Theory*, pp.108~111.

5 앨릭스 캘리니코스,『이론과 서사』, 88~101쪽.

6 폴 리쾨르,『시간과 이야기』, 김한식·이경래 옮김(문학과지성사, 2001), 15~17쪽.

7 Hans Kellner, "The Value of narrativity in the representation of reality," p.61.

8 먼로 C. 비어슬린,『미학사』, 이성훈·안원현 옮김(이론과실천, 1987), 28~31쪽.

9 게오르크 빌헬름 프리드리히 헤겔,『철학강요』, 서동익 옮김(을유문화사, 1983), 450쪽.

10 게오르크 루카치,『역사소설론』, 이영욱 옮김(거름, 1999), 39쪽.

11 한영환,「근대 역사소설의 개념과 기능의 고찰」, ≪연세국문학≫, 2권(1969), 39쪽.

12 김윤식,「역사소설의 네 가지 형식」,『한국근대소설사 연구』(을유문화사, 1986), 404~432쪽.

13 강영주, 『한국 역사소설의 재인식』(창작과비평사, 1991), 154쪽.

14 공임순, 「한국 근대 역사소설의 장르론적 연구」(서강대학교 대학원 박사학위논문, 2000) 참조.

15 최혜실, 「21세기 매체 환경과 한국문학의 변모양상」, ≪批評文學(Literary criticism)≫, 30호(한국비평문학회, 2008), 369~387쪽.

16 마리 매클린, 『텍스트의 역학』, 임병권 옮김(한나래, 1997), 17~19쪽.

17 같은 책, 18~24쪽.

18 문화재청 2007년 문화유산 스토리텔링 페스티벌 문화유산 해설 콘테스트 수상작, 대상 박경순.

19 Christian Norberg Schulz, 『장소의 혼』, 민경호 외 옮김(태림문화사, 2001), 18~23쪽.

20 이-푸 투안, 『공간과 장소』, 구동회·심승희 옮김(대윤, 1999), 23~27쪽.

21 최혜실, 『테마파크의 스토리텔링』(글모음, 2008), 24쪽.

22 비교역사문화연구소 기획, 전진성·이재원 엮음, 『기억과 전쟁』(휴머니스트, 2009), 20~21쪽.

23 윤택림·함한희, 『새로운 역사쓰기를 위한 구술사 연구 방법론』(아르케, 2006), 46~49쪽.

24 한국구술사연구회, 『구술사』(선인, 2005), 18쪽.

25 윤택림·함한희, 『새로운 역사쓰기를 위한 구술사 연구 방법론』, 50~55쪽.

26 한국정신대문제대책협의회 진상조사연구위원회 엮음, 『일본군 '위안부' 문제의 진상』(역사비평사, 1997), 496쪽.

27 이토 다카시 사진·기록, 『종군위안부』(눈빛, 1997), 12쪽.

28 吉見義明 편집해설, 김순호 원문번역, 『자료집 종군위안부』(서문당, 1993)을 주로 참조했다. 다른 연구서에도 시기나 운영 등에 대해 큰 이견이 없었다.

29 강만길, 「일본군 '위안부'의 개념과 호칭 문제」, 한국정신대문제대책협의회 진상조사연구위원회 엮음, 『일본군 '위안부' 문제의 진상』, 23쪽.

30 같은 글, 25쪽.

31 같은 글, 29~30쪽.

32 김정면, 『정신대』, 임종국 옮김(일월서각, 1992), 11~12쪽.

33 이상화, 「일본군 '위안부'의 귀국 후 삶의 경험」, 한국정신대문제대책협의회 진상조사연구위원회 엮음, 『일본군 '위안부' 문제의 진상』.

34 도츠카 에츠로, 『'위안부'가 아니라 '성노예'이다』, 박홍규 편역(소나무, 2001), 32쪽.

35 하타 이쿠히코, 「'위안부' 전설을 재조명한다」, 이원웅 옮김, 『군대 위안부 문제와 일본의 시민운동』(오름, 2001).

36 한국정신대문제대책협의회 한국정신대연구회 엮음, 『강제로 끌려간 조선인 군위안부들 I』(한울, 1993); 한국정신대문제대책협의회 2000년 일본군 성노예 전범 여성국제법정 한국위원회 증언팀, 『기억으로 다시 쓰는 역사』(풀빛, 2001)의 통계 자료를 참조했다.

37 한국정신대문제대책협의회 2000년 일본군 성노예 전범 여성국제법정 한국위원회 증언팀, 『기억으로 다시 쓰는 역사』, 17쪽.

38 최혜실, 「식민자 / 피식민자, 남성 / 여성, 부자 / 빈자 : 노라 옥자 켈러의 〈종군위안부〉를 중심으로」, ≪여성문학연구≫(2002.6.)를 중심으로 다시 작성한 부분이 많다.

39 서정신, 「디지털 시대의 자아탐구」, ≪영상문화≫, 1집(한국영상문화학회, 2000.6.).

제3부 3장 이야기의 정치성과 브랜드

1   리처드 맥스웰·로버트 딕먼, 『5가지만 알면 나도 스토리텔링 전문가』, 전행성 옮김(지식노마드, 2008), 16~17쪽.
2   세스 고딘, 『마케터는 새빨간 거짓말쟁이』, 안진환 옮김(재인, 2007), 16~17쪽.
3   같은 책, 17쪽.
4   최웅·유태수·이대범, 『한국의 전통극과 현대극』(북스힐, 2003), 40쪽.
5   채희완, 『춤, 탈, 마당, 몸, 미학 공부집』(민속원, 2009), 20쪽.
6   김진옥·민천식 구술, 이두현 채록(1965.8.).
7   조동일, 『탈춤의 원리 신명풀이』(지식산업사, 2006), 184쪽.
8   같은 책, 74~75쪽.
9   최혜실 외, 『문화산업과 스토리텔링』(다할미디어, 2007), 349~384쪽.
10 앙리 르페브르, 『현대세계의 일상성』, 박정자 옮김(세계일보, 1990), 171쪽.
11 이두현, 『한국연극사』(보성문화사, 1983), 38~40쪽.
12 김훈철·장영렬·이상훈, 『브랜드 스토리텔링의 기술』(멘토르, 2008), 17~18쪽.
13 임채숙, 『브랜드 경영이론』(나남, 2009), 18쪽.
14 같은 책, 26쪽.
15 최혜실 외, 『문화산업과 스토리텔링』, 299쪽.
16 같은 책, 301~302쪽.
17 앙리 지델, 『코코샤넬』, 이원희 옮김(작가정신, 2008).

표 출처
[표 3-1 | 기념일의 정의와 유래] 최혜실 외, 『문화산업과 스토리텔링』(다할미디어, 2007), 325~327쪽.

제3부 4장 이야기와 공간

1   에밀리 브론테, 『폭풍의 언덕』, 김종길 옮김(민음사, 2006), 9쪽.
2   같은 책, 18쪽.
3   같은 책, 42~43쪽.
4   같은 책, 567쪽.
5   존 R. 앤더슨, 『인지심리학과 그 응용』, 이영애 옮김(이화여자대학교출판부, 2000), 117~119쪽.
6   같은 책, 136쪽.
7   David Herman(ed.), *Narrative Theory and the Cognitive Sciences* (CSLI Publications, 2003), pp.214~215.
8   프레드릭 제임슨, 『지정학적 미학』, 조성훈 옮김(현대미학사, 2007), 15~16쪽.
9   Marie-Laure Ryan, "Cognitive Maps and the Construction of Narrative Space," David Herman (ed.), *Narrative Theory and the Cognitive Sciences* .

10 최혜실, 「소설가 구보씨의 일일에 나타난 산책자 연구」, ≪관악어문연구≫, 13권 1호(1986)의 그
    림과 전문 설명을 이용했다.

그림 출처

[그림 3-2 | 마스터 지도] Marie-Laure Ryan, "Cognitive Maps and the Construction of Narrative Space," *Narrative Theory and the Cognitive Science*, p. 221.

[그림 3-3 | 인물 이동 지도] 같은 글, p. 228.

[그림 3-4 | 상징적 지도] 같은 글, p. 228.

[그림 3-5 | 이야기 공간 지도] 같은 글, p. 229.

찾아보기

찾아보기_인명

지은이

최혜실

서울대학교 국어교육과를 졸업하고 서울대학교 대학원 국문과에서
석사와 박사 학위를 받았다. KAIST 인문사회과학부 및 문화기술학제 전공
교수를 거쳐 현재 경희대학교 국어국문학과 교수로 있다.
≪문학사상≫으로 문단에 데뷔했고, 2002년 김환태평론문학상을 수상했다.
하버드 대학 방문교수를 역임했고, 인문콘텐츠학회 부회장, HCI학회,
동북아 문화학회, 문화콘텐츠기술학회, 구보학회 이사로 있다.
과학문화재단 자문위원, 한국문화관광정책연구원 이사, 문화콘텐츠진흥원
CC&T포럼 위원장, 간행물윤리위원회 심의위원, 문화콘텐츠기술학회
부회장, 동북아시대위원회 전문위원을 역임하고, 기업도시위원회 위원,
로봇랜드 자문위원, 한류월드, 코레일 자문위원 등으로 활동하고 있으며,
≪문학사상≫, ≪문학수첩≫, ≪사회비평≫의 편집위원을 역임했다.
지은 책으로 『디지털 시대의 문화예술』(편), 『사이버 문학의 이해』(편),
『문화산업과 스토리텔링』(편), 『모든 견고한 것들은 하이퍼텍스트 속으로
사라진다』, 『신여성들은 무엇을 꿈꾸었는가』, 『디지털 시대의 문화 읽기』,
『디지털 시대의 영상문화』, 『문학과 대중문화』, 『가상놀이인간의 탄생』,
『문화콘텐츠 스토리텔링을 만나다』, 『문자문학에서 전자문화로』,
『방송통신융합시대의 문화콘텐츠』, 『테마파크의 스토리텔링』, 『서사의
운명』, 『토털 스노브』, 『한류문화와 동북아공동체』 외 다수가 있다.

한울아카데미 1330

스토리텔링,
그 매혹의 과학
이야기의 본질과 활용

ⓒ 최혜실, 2011

지은이 ｜ 최혜실
펴낸이 ｜ 김종수
펴낸곳 ｜ 도서출판 한울

초판 1쇄 인쇄 ｜ 2011년 1월 20일
초판 3쇄 발행 ｜ 2014년 3월 4일

주소 ｜ 413-756 경기도 파주시 파주출판도시 광인사길 153 한울 시소빌딩 3층
전화 ｜ 031-955-0655
팩스 ｜ 031-955-0656
홈페이지 ｜ www.hanulbooks.co.kr
등록번호 ｜ 제406-2003-000051호

Printed in Korea.
ISBN 978-89-460-4674-0 93800

* 책값은 겉표지에 표시되어 있습니다.